诗人们，解开语词的笼子吧！
它在所有逻辑之外，在所有视野之外，
它超越人的愤怒，超越时间能及之处
在坟墓和时令之上欢歌。

Poets, uncage the word!
It flies beyond all logic, all horizons,
Beyond the rage of men, the reach of time
Carolling over tombs and seasons.

桂冠诗人诗选

尼古拉斯·布莱克 桂冠推理全集

End of Chapter

诡异篇章

尼古拉斯·布莱克——著
吴宝康——译

上海文艺出版社
上海故事会文化传媒有限公司

尼古拉斯·布莱克桂冠推理全集（全16册）
编委会

总策划：夏一鸣
主　编：黄禄善
副主编：陶云韫

编辑成员
（按姓氏笔画为序排列）

丁娴瑶　王　琦　田　芳　吕　佳　朱　虹　孟文玉
赵媛佳　夏一鸣　陶云韫　黄禄善　曹晴雯　彭元凯

名家导读

提起英国黄金时代侦探小说的代表性作家，很多人马上就会想到阿加莎·克里斯蒂（Agatha Christie, 1890-1976）。确实，这位昔时光顾伦敦侦探俱乐部的"常客"，自出道以来，累计创作悬疑探案小说81部，总销售量近20亿册，是地地道道的"侦探小说女王"。不过，在当时的英国，还有一位男性侦探小说家，其创作才能一点也不亚于阿加莎·克里斯蒂，只不过他的身份比较显赫，甚至有点令人生畏。尼古拉斯·布莱克（Nicholas Blake, 1904-1972），这个生于爱尔兰、长于伦敦、后来活跃在诗坛的"怪才"，不但拥有牛津大学和哈佛大学教授、英国桂冠诗人、大不列颠功勋骑士、战时宣传口掌门、左翼社会活动家等多种显赫身份，还在出版大量彪炳史册的诗歌集、论文集、译著的同时，客串侦探小说创作，成就十分突出。说来让人难以置信，他创作侦探小说的原因竟然是囊中羞涩，无法支付居住已久的房屋的维修费。在给自己的诗友、同为桂冠诗人的斯蒂芬·斯潘德（Stephen Spender, 1909-

1995)的信中,他坦言,因为担心失业,一直想写些可以盈利的书。于是,一套以"奈杰尔·斯特雷奇威"(Nigel Strangeways)为业余侦探主角的悬疑探案小说诞生了。

该套小说共计16部,始于1935年的《罪证疑云》(*A Question of Proof*),终于1966年的《死后黎明》(*The Morning after Death*),陆续问世后,均引起轰动,一版再版,畅销不衰,并被译成多种文字,风靡欧美多地。直至今天,这套作品依然作为西方犯罪小说的经典被顶礼膜拜。《纽约时报》《泰晤士报文学增刊》《每日电讯》等数十家报刊连篇累牍地发表评论,称赞这套小说是西方侦探小说的"杰作","值得倾力推荐"。知名小说家伊丽莎白·鲍恩(Elizabeth Bowen)说,尼古拉斯·布莱克"拥有构筑谜案小说的非凡能力","在英国侦探小说史上独树一帜"。当代著名评论家尼尔·奈伦(Neil Nyren)也说,尼古拉斯·布莱克不愧为"神秘小说大师","在西方侦探小说从通俗到主流的文学转型中起着重要作用"。[①]

人们之所以热捧尼古拉斯·布莱克,首先在于这套悬疑探案小说构筑了16个扑朔迷离的故事情节。尼古拉斯·布莱克熟谙黄金时代侦探小说的各种创作模式,在他的笔下,既有引导读者亦步亦趋的"谜踪",又有适时向读者交代的"公平游戏原则";既有转移读者注意力的"红鲱鱼",又有展示不可能犯罪的"封闭场所谋杀"。而且,一切结合得十分自然,不留任何痕迹。譬如,该系列的第二部小说《死亡之壳》(*Thou*

[①] Neil Nyren. "Nicholas Blake: A Crime Reader's Guide to the Classics", https://crimereads.com, January 18, 2019.

Shell of Death），功勋飞行员费格斯不断收到匿名威胁信，断言他将在节日当天毙命。以防万一，费格斯请来了破案高手奈杰尔·斯特雷奇威。然而，劫数难逃，在节日家宴后，费格斯还是神秘死亡。凶手究竟是谁？为何要选择节日当天谋杀他？谋杀动机又是什么？种种线索指向参加节日家宴的、有可能从谋杀中获益的一些嘉宾，其中包括富有传奇色彩的女探险家乔治娅·卡文迪什，她与费格斯来往甚密。与此同时，奈杰尔·斯特雷奇威也开始调查死者费格斯鲜为人知的过去。又如该系列的第四部小说《禽兽该死》(The Beast Must Die)，故事以侦探小说家弗兰克的日记开头，讲述他6岁的儿子突遇车祸，肇事司机逃逸，由此他悲愤交加，展开了追查禽兽的历程。故事最后，复仇者锁定嫌疑人，并潜入嫌疑人家中，准备实施谋杀。然而，当东窗事发，弗兰克却坚称自己无罪。事情真相究竟如何？弗兰克是有罪，还是无罪？奈杰尔·斯特雷奇威依据严密的推理，做出了出乎众人意料的判断。再如该系列的第14部小说《夺命蠕虫》(The Worm of Death)，开篇即以死者之口预告了自身的死亡，设置了"自杀还是谋杀"的悬念。死者名为皮尔斯·劳登，是一个医学博士，他的尸体突然出现在泰晤士河中，全身只穿有一件粗花呢大衣，手腕处还有数道相同的刀伤。奈杰尔·斯特雷奇威奉命介入调查，似乎所有家庭成员都对死者抱有敌意，所有人都有强烈的作案动机，包括深受博士喜爱的养子格雷厄姆，次子哈罗德，还有小女儿瑞贝卡——死者曾坚决反对她与艺术家男友的婚恋。随着调查深入，家中发生的又一起死亡事件陡然加剧了紧张局势。恶意谋杀仍在继续，奈杰尔·斯特雷奇威不得不加快脚步。与此同时，他也在一艘腐烂的驳船上发现了令人毛骨悚然的事实真相。

不过，尼古拉斯·布莱克毕竟是驰骋在诗坛多年的"桂冠诗人"，他在构筑上述扑朔迷离的故事情节的同时，还有意无意地融入了许多纯文学技巧。故事行文优美，引语典故不断，清新、优雅的风韵中又不乏幽默，尤其是在刻画人物的心理和展示作品的主题方面狠下功夫。一方面，《酿造厄运》(There's Trouble Brewing)通过一家酿酒厂里的奇异命案，展现了资本家的贪婪、人性的扭曲和底层劳动者的苦苦挣扎；另一方面，《深谷谜云》(The Dreadful Hollow)又通过偏僻山村一系列匪夷所思的恐怖事件，展示了一幅幅极其丑陋的贪婪、嫉恨、复仇的图画；与此同时，《雪藏祸心》(The Corpse in the Snowman)还通过侦破豪华庄园一起诡异的"闹鬼"事件，反映了二战期间英国毒品的泛滥和上流社会的骄奢淫逸、人性丑陋。最值得一提的是《游轮魅影》(The Widow's Cruise)，该书的故事场景设置在希腊半岛东部的爱琴海上，与阿加莎·克里斯蒂的《尼罗河上的惨案》有异曲同工之妙，两者均通过游轮上一起离奇古怪的命案，揭示了人性的弱点与步入歧途的道德激情。

一般认为，尼古拉斯·布莱克对英国黄金时代侦探小说的最大贡献是塑造了栩栩如生的学者型业余侦探奈杰尔·斯特雷奇威这个人物形象。在他的身上，几乎汇集了之前所有业余侦探的人物特征。他既像吉·基·切斯特顿(G. K. Chesterton, 1874-1936)笔下的"布朗神父"，善于同邪恶打交道，洞悉罪犯的犯罪心理；又像阿加莎·克里斯蒂笔下的"前比利时警官波洛"，在与人的交往中十分随和，富有人情味；还像多萝西·塞耶斯(Dorothy Sayers, 1893-1957)笔下的"彼得·温西勋爵",风度翩翩,敏感、睿智、耿直的外表下蕴藏着几丝柔情。然而,比这些更重要的是,他还像尼古拉斯·布莱克及其几个诗友,温文尔雅,具有牛津大学教育背景,是个学者,以中古时期英格兰和苏格兰诗歌为研究对象,出版有多部相关专著,断案时喜欢"引经据典"。每每,他卷入这样那样的复杂疑案调查,或受朋友之嘱、亲属之托,如《罪证疑云》《雪藏祸心》;或直接听命于警官,如《饰盒之谜》(*The Smiler with the Knife*)、《谋杀笔记》(*Minute for Murder*);或路见不平,拔刀相助,如《暗夜无声》(*The Whisper in the Gloom*)、《游轮魅影》。

如此种种不凡的作者自身形象和人生轨迹,还屡见于小说的场景设置和其他人物塑造。譬如《亡者归来》(*Head of a Traveler*)和《诡异篇章》(*End of Chapter*),两部小说均设置了文学领域的疑案场景,而且案情也以"诗歌"为重头戏。前者描述奈杰尔·斯特雷奇威敬仰的大诗人罗伯特·西顿的美丽庄园发生的无头尸案,其人物原型正是尼古拉斯·布莱克昔时崇拜的偶像威·休·奥登(W. H. Auden, 1907-1973);而后者聚焦某出版公司编辑的一部书稿,许多细节描写来自尼古拉斯·布莱克二战期间担任国家宣传口负责人的经历。又如《罪证疑云》和《死后黎明》,两部小说也都以尼古拉斯·布莱克熟悉的校园生活为场景,案情分别涉及英国的一所预备学校和一所以哈佛大学为原型的卡伯特大学,其中,前者的嫌疑人迈克尔·埃文斯的不幸遭遇,与尼古拉斯·布莱克早年在中学从教的经历不无相似。他被指控谋杀了校长的侄子,还与校长的年轻妻子有染。正是这些原汁原味、源于生活又高于生活的描写，使它们被誉为"校园谜案小说的经典"。

自 20 世纪 30 年代起，尼古拉斯·布莱克的这套悬疑探案小说被陆续改编成电影、电视和广播剧，有的还被改编多次，如《禽兽该死》，其中包括 1952 年阿根廷版同名电影和 1969 年法国版同名电影，后者由克劳德·夏布洛尔（Claude Chabrol, 1930-2010）任导演。出演奈杰尔·斯特雷奇威一角的则分别有格林·休斯顿（Glyn Houston, 1925-2019）、伯纳德·霍斯法（Bernard Horsfall, 1930-2013）和菲利普·弗兰克（Philip Franks, 1956- ）。2018 年，迪士尼公司宣布将依据《暗夜无声》改编的电影《知道太多的孩子》列为常年保留剧目。2004 年，BBC 公司又再次宣布将《罪证疑云》和《禽兽该死》改编成广播剧，导演为迈克尔·贝克威尔（Michael Bakewell）。甚至到了 2021 年，英国的新流媒体 BriBox 和美国的 AMC 还宣布再次将《禽兽该死》改编成电视连续剧，由知名演员比利·霍尔（Billy Howle, 1989- ）出演奈杰尔·斯特雷奇威。

在我国，由于种种原因，尼古拉斯·布莱克的这套悬疑探案小说一直未能译成中文，同广大读者见面，但学界、翻译界、出版界呼声不断。2021 年 5 月，尼古拉斯·布莱克逝世 50 周年纪念之际，上海故事会文化传媒有限公司的夏一鸣先生慧眼识珠，开始组织精干人马，翻译、出版这套小说。经过一年多的准备和努力，这套图书终于面世。尽管是名家名篇、精编精译，缺点仍在所难免，敬请广大读者不吝指正。

黄禄善

奈杰尔侦探小传

奈杰尔·斯特雷奇威，是推理大师尼古拉斯·布莱克小说中虚构的一位私人侦探。在1935年至1966年间，作为重要角色出现在16部尼古拉斯的小说中。

奈杰尔年轻俊朗，不拘小节，常以苍白凌乱的形象示人。他是智商超群的学霸，却因性格过于叛逆被牛津大学开除。他性格幽默，行动力超强，气质温文尔雅。稚气面容与老道头脑形成戏剧化的反差。奈杰尔周身散发出儒雅的学者气息，在调查过程中，他喜欢借角色之口，引经据典，让人不知不觉靠近他，信任他，将案子交到他的手中。

在系列小说中，奈杰尔的情感故事同样精彩，他的妻子乔治娅是一名探险家，不幸死于闪电战。之后，奈杰尔又邂逅了雕塑家克莱尔。在奈杰尔生命中出现的两位女性，都是具备智慧、勇气、思想的"独立女性"，在古典推理小说中难得一见。

在侦探小说的王国中，奈杰尔这样的侦探形象，可谓独一无二。

人物关系

奈杰尔·斯特雷奇威： 私人侦探

詹姆斯·温汉姆： 温汉姆-杰拉尔丁公司的创始人之一

亚瑟·杰拉尔丁： 温汉姆-杰拉尔丁公司的高级合伙人

理查德·托雷比： 一位将军,自传《战斗的时刻到了》的作者

米利森特·迈尔斯： 畅销书作家

莉兹·温汉姆： 温汉姆-杰拉尔丁公司创始人的孙女,现任的合伙人之一

巴兹尔·莱尔： 新加盟温汉姆-杰拉尔丁公司的合伙人

查尔斯·布莱尔-查特里爵士:	一位少将,曾指挥处理过一场骚乱事件
斯蒂芬·普罗瑟罗:	温汉姆-杰拉尔丁公司的总审稿人,诗集《烈火与灰烬》的作者
赫伯特·贝茨:	温汉姆-杰拉尔丁公司的前印刷部经理
米里亚姆·桑德斯:	温汉姆-杰拉尔丁公司的接待员
西普里安·格利德:	米利森特·迈尔斯的儿子
苏珊·琼斯:	温汉姆-杰拉尔丁公司票据部门员工
克莱尔·马辛杰:	雕塑家,奈杰尔·斯特雷奇威的女朋友
赖特:	刑事侦缉部督察
芬顿:	刑事侦缉警长
珍:	温汉姆-杰拉尔丁公司参考资料图书馆员工
朱莉娅·布莱恩:	米利森特·迈尔斯的高中同学

目 录

第一章　临危受命……………………　1

第二章　初见印象……………………　17

第三章　保留删除……………………　34

第四章　另有说辞……………………　51

第五章　追踪查询……………………　66

第六章　消除威胁……………………　86

第七章　讯问调查……………………　101

第八章　迷局待破……………………　118

第九章　插入之页……………………… 135

第十章　端倪初现………………………… 149

第十一章　探究往事……………………… 168

第十二章　头绪渐明……………………… 187

第十三章　情节反转……………………… 204

第十四章　隐情误导……………………… 218

第十五章　接近真相……………………… 237

第十六章　最终证据……………………… 252

第一章

临危受命

奈杰尔·斯特雷奇威转向阿德尔菲路,走了进去,很快就抵达了安吉尔大街上出了名的幽静之处,他身后斯特兰德大街上的交通噪音变得柔和了,如同一道拦河坝似的隔开了他。他心想,这可真是一条舒适宜居的街道——如果能在那些风格优雅、外观统一的高楼顶层有一套公寓房间,那该多好啊!既超脱于市井的喧闹,又不隔绝于尘世的繁华。随着中年的到来,年轻时的幻想退缩了,唯一能重获开始或者新生般感觉的方式似乎就是搬家了。不过,虽说他本性不满于现状,但在十二个月里接连搬迁两次的话,那也把一个人的流动性能力发挥得有点过分了，人们还是得提防发展出对那种激励性毒品的耐药性。

奈杰尔的思绪陪伴着他沿着安吉尔大街一路走去，直到他来到了那扇高高的铁门前，那扇铁门里面有一条通道，这条通道把大街的尽头与几处堤岸花园隔离开了。在这 11 月下旬的阴冷早晨，这些花园显得有点憔悴、阴郁。花园背后的泰晤士河上，有一只拖船无精打采地呻吟着。奈杰尔瞥了一眼手表，决定还是比约定时间早到五分钟吧，免得只能站在阴冷的寒风之中，品味这几处花园对大自然发出的歉意了。

温汉姆－杰拉尔丁公司的办公场所占据着奈杰尔右边的最后一幢房子，那房子正面临街，南侧俯瞰着花园。大门两侧分别是两个陈列橱窗，还有一扇较小的门，开在街边向上五六码的地方。在深红色砖块砌就的建筑正面，白色油漆处熠熠生辉，门道造型精致，其楣窗风格优雅，这一切烘托出既厚重又雅致、既明媚又端庄的气势，与温汉姆－杰拉尔丁公司的影响相得益彰。奈杰尔思忖着，曾经有多少自视甚高的维多利亚时代的王公贵族踏上这几级平坦的台阶，去和如今成为传奇人物的詹姆斯·温汉姆一起喝上一杯马德拉白葡萄酒；又有多少人品不佳的现代继承人，打量着这个奢华的门面，他们肯定会咆哮一句："原来利润都花在这里了！"传奇人物詹姆斯·温汉姆总是宣称，书是大师精神的珍贵元气，在上个世纪里，已有巨量的元气或多或少被汲取，增强了温汉姆－杰拉尔丁公司的运气，造就了公司的繁荣昌盛。

更有甚者，虽然公司尊贵可敬，但仍能与时共进，至少不会落后于时代二十年之久。奈杰尔注意到，有个橱窗里陈列着一本新书，由来自英国皇家空军某个被广泛宣传的吹牛专家所写。与其一起陈列的，还有一个飞机场模型，上方用线悬吊着一些玩具飞机。他想，在此幽静之地，布置这个陈列肯定是浪费精力了，随后又意识到，对来自斯特兰德大街、去查令十字街地铁车站的行人来说，安吉尔大街不失为一条捷径，它在一天之中的某个时间段里极其繁忙。

奈杰尔发觉自己正走在一位保养得很好的女士前面登上台阶，那位女士长着一张马脸，于是乎她颈部套着的珍珠项链则颇似一个马项圈。他为她推开了接待室的门，侧身站立一旁。而她则快步走过他的身旁，并未理会他的礼貌表示，只留下一缕香水味，然后就消失在远处尽头的一个房间门里了。

"我叫斯特雷奇威，"他告诉接待员，"我和杰拉尔丁先生约好了。"

那女孩打了个内线电话后，对奈杰尔说："请您稍坐片刻，杰拉尔丁先生的秘书会下来接待您。"

奈杰尔后来才知道，自己受到的是二等待遇。而一等待遇是留给该公司作者中相当于王室贵族的人，值得公司合伙人亲自下楼迎接。稍逊一等的贵宾则由秘书来迎接，而那些下等之人只能自寻门路上楼了。接待室的一面墙上装饰了众多作者的签名照片，奈杰尔此刻仔细观看着，以此消磨时间。早些年代的那些作者趋向于留着胡须，脸部表情则是不自信的紧张不安；随着他的眼睛转向当代，那些作者逐渐变得头发稀少，自信不足；而那些新近作者的特征则要么显出无尽的忧虑，要么两眼圆睁，一副不可置信地故作勇敢状，这在警察局的照片档案中倒是常见。然而，有两张照片是例外，特别引人注目：一张上是个胡须浓密、身着军服之人，照片上的签名是"理查德·托雷比"；另一张就是那位在门口与奈杰尔擦肩而过的女士。她的照片上有着大大的签名，表明她正是米利森特·迈尔斯，那位魅力四射、难以形容的米利森特·迈尔斯，畅销书女王，她换出版商之频繁如同她换情侣，谣传如此。奇怪的是，温汉姆-杰拉尔丁公司居然会接受她。哦，这就是她了，一身正式的晚装，女式冕状头饰，完美的波浪发型，正傲慢地从墙上凝视着他。

"这就是那位在我前面走进来的迈尔斯小姐吗？"奈杰尔问道。

"正是她。她在这里工作。"接待员淡淡地回答。

"你是说就在这家公司？"

"噢，不是。她在写回忆录，供我们公司出版：当她要搬家时，杰拉尔丁先生就在此拨给她一个房间，供她写作用。"

"回忆录？这可是会造成轰动效应的。"

"我们希望处理得当，"那女孩故作端庄地说，"当然，迈尔斯小姐不是经常出现在我们名单上的那种作者类型。"

"我得说不是这样的！就像某个大学的出版社去出版英国女作家埃莉诺·格林的书一样。"

奈杰尔打量了一下这个女孩，模样漂亮，有点吉卜赛女郎的风韵，二十三岁左右，但试图看起来更老成一点，一副角质眼镜后显露出独立的个性，她很可能在此工作时间不长，但已经使用起出版商的口吻——"我们"，犹如是她与生俱来的行为举止习惯似的。她说的话里有着某种特质,这让奈杰尔不由得问道:"你在萨默维尔大学待过?"

"天哪,我有那么明显吗?"

"你读什么专业?"

"历史。"

"成绩都好吗?"

"嗯,事实上我获得了第一名。"女孩的坦诚,加上脑袋往侧面一歪,使得她比看上去的年龄小了好几岁。

"可你现在就坐在电话机旁工作吗?"

"公司喜欢让员工从阶梯的最底层做起,如果我能处理好与来访者的关系,他们就会提拔我去做秘书——也许还会做些审稿的事呢。"

"维多利亚时代的社会制度吗,嗯?我看你是想在空隙时间里写一本书吧。"

女孩涨红了脸,把几页手稿塞在一本记事本下。"你看到的太多了。对不起,但我不喜欢我的工作受到轻视。"

"大多数的作者都是如此,我相信——当写作还在进行的时候。毫无疑问,人类学家能告诉我们一些这方面的情况。"

此刻,另一个看上去是好学模样的女孩出现了,杰拉尔丁先生的秘书。奈杰尔跟着她通过一扇旋转门,走进了一条走廊。他后来发现,这条走廊是从一扇小一点的边门通往包装间的。走廊的一边堆满了鼓鼓囊囊的包裹,另一边有部电梯,他走进去之后,身后的电梯间外门"砰"地猛然关上了。

"它们总是这样的。"女孩满脸笑容地说道,仿佛是在解释某个不太听话的宠物身上的缺点似的。

"甚至对米利森特·迈尔斯也是如此吗？"

女孩"咯咯"地笑着。"嗯，我相信她曾要求杰拉尔丁先生安装一部新电梯。"她说着，随即惊慌地朝奈杰尔投去一瞥，显然她在寻思自己怎么会在一个完全的陌生人面前如此轻易失言。这个问题，有许多人在遇见了具备专业能力的奈杰尔后，都有理由自问一下。

到达三楼之后，奈杰尔被引导去了高级合伙人的办公室。那是一个又大又高的长方形办公室，一盏威尼斯玻璃枝形吊灯改用电流照明，两扇推拉窗俯瞰着街道，面对着窗户的那面墙上摆放着书籍，护壁板呈白色，地上铺着豪华的地毯。奈杰尔到来之后，一眼就看到了室内的三个人。这三人仿佛置身于一幅无拘无束、永远引人注目的现代室内风格的风情画中。那位秃顶男士坐在办公桌后，其侧面是位女士，正懒洋洋地倚靠在稍远的窗户边，而那位沉默寡言的男士，正凝视着他的那双鞋子，裤袋里的硬币发出"叮叮当当"的声响。一时间，这些姿势都僵住了。然后，那位秃顶男士站了起来，稳步走向奈杰尔。

"斯特雷奇威先生吗？您能来我们公司真是太好了。请允许我给您介绍一下我的合伙人。这位是温汉姆小姐，我们公司创立人的孙女；这位是莱尔先生，他最近才加盟我们公司。"

亚瑟·杰拉尔丁体态肥胖，脸色沉稳，其谈吐方式让人既联想起主教，又感觉像个管家，他的握手坚强有力，令人吃惊。

"和我们一起喝杯马德拉白葡萄酒吧，我们保持着老——"

"浑浊的东西，就像红糖水一样。"温汉姆小姐插话说。

"我亲爱的莉兹,你可真是积习难改。"

他们在办公室中央的一个红木桌旁坐下了。亚瑟·杰拉尔丁给每位男士倒上了马德拉白葡萄酒,而莉兹·温汉姆则从银托盘上拿起一个瓶子,给自己倒了一杯柠檬汁,并且"嘎吱嘎吱"地啃着一个苹果,自得其乐。这个矮胖女子约莫五十岁,头发灰白,牙齿雪白,脸颊红润,略带黄褐色,一双眼睛温柔和善,明亮清澈。奈杰尔感到,她如果身着粗花呢服饰,坐在英格兰北部威斯特摩兰郡一个从事家庭纺织的乡村房子里,那就更显得适宜匹配了。然而,尽管她外表淳朴,还是很快就露出了生意人的一面,她打断了亚瑟·杰拉尔丁的客套话,插话说:"哦,我们最好还是直接开始吧,琼,去替杰拉尔丁先生接半个小时电话吧。"

于是,秘书快步走出了办公室,犹如一阵风吹走了一片树叶似的。巴慈尔·莱尔不再手插口袋"叮叮当当"地玩硬币了。那位高级合伙人的目光一闪,但奈杰尔无法确定他是眼色冷淡,还是眼神幽默。

"说得对,莉兹,"他说道,"温汉姆小姐让我们大家都保持着活跃状态。现在,我来跟您谈谈我们的一点小难题吧,斯特雷奇威。当然,我们都理解,这是高度机密之事,对吗?"

奈杰尔点点头。

"也许,您会明白,本公司专业出版回忆录、传记,诸如此类的书。毫不夸张地说,温汉姆－杰拉尔丁公司在任何这类书籍上所镌刻的印记都是对高品质的保证。"

杰拉尔丁先生滔滔不绝的话语被响亮的"嘎吱"声打断了,莉兹·温汉姆的利牙又咬下了一块苹果。

"大约在两年之前吧,我们和理查德·托雷比将军签订了一份合同,出版他的自传。可是,当我们在今年年初收到手稿之后,发现该手稿的某些部分——嗯——极有争议。"

"充斥着诽谤诋毁。"温汉姆小姐从塞满苹果的嘴里有点含糊不清地说。

"尤其是作者对上一次战争中那几次作战行为的批评,那是少将查尔斯·布莱尔 – 查特里①爵士指挥的。查特里似乎是作者极为讨厌之人——"

"此人最近被任命为总督,管理——"

"都一样。托雷比还对布莱尔 – 查特里处理1947年殖民地骚乱事件的方式进行了极为严重的指控,却无根据。此刻,我不会再说各种细节来烦扰您,只要再说几句就够了。我们派了代表去找作者,指出了相关的段落,与他讨论如何删减,或者至少如何缓解言辞,以避免陷入诽谤的危险,但他不愿妥协——"

"真是个让人讨厌的绝妙家伙。"莉兹·温汉姆插话说。

"但我们最终还是达成了协议,或者说我们以为已经与他达成了协议。"

"我猜想,你们已经把手稿交给贵公司的几位法律顾问过目了

---

① 英语里有些人名是"双姓",即 double surname,一般情况下可以是两个姓氏的组合。

吧？"奈杰尔问道。

"那是自然。"

"把他们都气疯了。"温汉姆小姐评论说。

"可是，去年7月，当我们收到校样稿时，我们吃惊地发现，作者根本没有从手稿里删去那两个最有冒犯性的段落，而他原先已经同意删除了。"

"那么把手稿送去印刷之前，你们没有再审查过吗？"

"这里有个疏忽。莱尔负责此书，但他去度假了。他不在的时候，我们的总审稿人普罗瑟罗只是做了送印刷厂的标记，这是个标准的程序，然后就交给印刷部经理发出去了。"

"就此书的发行出版，我们已经大大落后于计划了，所以，在那时就难免匆忙了，"温汉姆小姐解释说，"我们直接进入了版面校样流程，以便赶上圣诞节销售旺季。"

"我明白了。对，在7月，你们做了版面校样，发现那两个具有冒犯性的段落还在。接下来呢？"

"我们把托雷比将军请来，"杰拉尔丁先生说道，"我们指出，除非对那些段落进行修改或删除，否则我们无法印刷。我们的律师也出席了会谈。那可真是件棘手的事。"

"那个将军的行为简直像个长不大的学生。"温汉姆小姐说道。

"他根本就不知道一支笔和一柄剑之间的区别。"巴兹尔·莱尔第一次开口说道。他鼻音很重，嗓音并不令人讨厌，在这次谈话中，他的目光一直从一个说话者转向另一个。

"哦，总而言之，这个将军大光其火，当场就删掉了那些段落，动作极其粗鲁。"杰拉尔丁先生说道。

"这个军人的嘴里还掉出了一个词，'阉割'。"巴兹尔·莱尔喃喃地说了句。

"所幸还没有涉及严重的重新标记页码的问题。有一个段落也就是几行字而已，而另一个长一点的段落，恰恰就在某个章节的末页结尾处。"

"不管怎么说，没必要重新标记页码了，"莉兹·温汉姆猛然插话说道，"但有人又标注保留了那两个删去的段落。"

"温汉姆小姐的意思是说，"亚瑟·杰拉尔丁解释道，"在我们与托雷比交涉和把书稿送去印刷的这个间隙里，有人竟然在删除的段落上加了点，并用大写字母标上'STET（保留不删）'的字样，这样一来，字迹就难以辨认了。而'STET'是给印刷厂的标记，意思是标记过的段落要保留。"

"斯特雷奇威对这些事了如指掌。"莉兹·温汉姆的语调里爆出了不耐烦。

"当然，当然。我忘记您自己已经出版过一两本书了，富有吸引力的书，请允许我这么说。"

在杰拉尔丁先生甜言蜜语般的语调中，奈杰尔感到如同轴承浸透了润滑油般的舒畅。他躬了一下身子，却又看到了温汉姆小姐投来嘲弄的一瞥。

"我说到哪里了？噢，对了。我们的推销代表外出派送了校样，当然也包括了被重点标注过的那些段落，然后报告了令人满意的回复。于是，我们把第一版的印数提高到50000册。两天前，书出版了。昨天，我们接到了来自查尔斯·布莱尔-查特里爵士的私人律师的消息。他们已经获得了一个临时禁止令，很明显，他们的委托人将坚决反对任何庭外和解的方案了。我们立即采取措施收回那些尚未售出的书籍，但损害已经造成了。"

"等一下，"奈杰尔说道，"想必在出版前，有几本新书的样本吧？而这里还没人注意到那些有诽谤性的段落又放回去了吗？我想至少也会有审核人员注意到，并在出版日期之前就向你透露消息了吧。"

"恐怕，这该是我的责任。"一阵尴尬的沉默之后，巴慈尔·莱尔开始说道，语调有点不像他平时那么自信了。

"胡说，亲爱的孩子。你不必自责。"杰拉尔丁先生转向了奈杰尔，"我该解释一下，我们出版的每本书都有一个总监督，从开始到结束，全程负责，由一个合伙人担任。自然，莱尔负责托雷比的这本书。但是，一旦最终校样通过后，莱尔就没有责任再仔细审核新书样本了。事实上，他也没有时间去这么做。他负责我们所有的广告宣传和发行工作，尤其是，他还承担着促销此书的重任。"

奈杰尔意识到，这个办公室的这场辩护里弥漫着某种紧张气氛。这似乎是从莉兹·温汉姆那里散发出来的，她的指甲一直在敲击桌面。

"那么，那些审核人呢？"奈杰尔问道。

"哼，由于作者的恶劣态度造成了拖延，我们的进度大大地落后于计划了。新书样本在出版日期的前一个星期才出来，如果因为几个原因要推迟出版日期的话,那就不太明智了。我只好假定审核人没时间再——"

"或者愿意去干。"巴慈尔·莱尔插话说道,"布莱尔-查特里远非受到军界的普遍爱戴,而《战斗的时刻到了》这本书是会给军事专家评论的。"

"审核人审阅新书样本,对我可真是个新闻啊。"温汉姆小姐的话听起来很不耐烦,"无论如何,重要的是我们陷入困境了。"

"我料想你们已经为可能出现的诽谤罪情况投保了吧?"

"可是没有任何保单可以为丧失声誉保险,"高级合伙人口气玄妙地回答道,"从技术上来说,正如您知道的,在起诉诽谤罪时,出版商、印刷商和作者同样担责。即使假定我们的保单可以为我们的受损份额保险,但在目前的情况下,损失仍然可能巨大,因为我们还要考虑我们的声誉。在这桩骇人听闻的诽谤案之后,那些作者和代理人很可能就会回避我们,不再送书稿让我们出版了,我们的整个声誉——"亚瑟·杰拉尔丁粉红的脸颊微微颤抖,声音不再平静,"这是为什么?我简直无法理解。我们公司一直是个快乐的大家庭,为什么竟然有人干出此事?"

这是个反问,但奈杰尔对这反问没有容忍,他接着就有点教条地做了回答:"有四种可能的动机:损害你公司声誉,羞辱作者,激怒这位布莱尔-查特里,或者,当然啦,纯粹就是捣蛋胡闹。我猜想你希望我去发现——"

亚瑟·杰拉尔丁举起了手,他手背上的汗毛多于他头顶上的头发。

"很严谨。我们不是想报复惩罚,但我们必须防止此类麻烦事再次发生。即使找到那个该为此负责的家伙,也不能在法庭上对我们有什么帮助,但我们应该至少能感到安全,预防——"

"有嫌疑人了吗?"

那三个合伙人马上不假思索地互相看看,眼神默默交流了一番。奈杰尔能读懂他们的心思:他们还在争论,如果说出嫌疑人的话是否有违职业伦理,因为他们尚未获得足够的根据,或者说他们尚有羞愧感。一阵短暂的沉默之后,杰拉尔丁先生说话了:"自然,我们已经就此事议论过了,但我们颇感困惑。在那几个重要的阶段里,《战斗的时刻到了》的校样本都在普罗瑟罗的办公室里,而可以进入——"

"我宁可以后再谈技术性细节,假如你不在意的话。难道就没有人对公司有怨恨吗?"

一阵稍显尴尬的沉默之后,巴慈尔·莱尔先开口了:"我仍然认为贝茨应该有嫌疑。"

"我们已经就此谈好了,巴慈尔。"温汉姆小姐显然动怒了。

"贝茨是——不,曾经是我们的印刷部经理,"亚瑟·杰拉尔丁解释说,"他当然在那时就已接到解雇通知了。但他在我们公司,让我想想,有三十二年了,一贯致力于公司的利益。我相信他毫无嫌疑。"

"但你解雇了他。"

杰拉尔丁先生对这直截了当的话有点闪烁其词:"他已经上了年纪,您知道,所以他的方法变得有点——嗯哼——过于保守了,可以这么说吗?所以我们问他是否准备退休,比规定日期稍早一点,当然,我们会支付全额的退休金。"

这种对话只是增加桌面上的紧张气氛罢了。奈杰尔对这番话的理解被证明是对的,其含义是指年轻有为、积极进取的莱尔,与贝茨或者他的工作方式产生了冲突,所以当然就不顾莉兹·温汉姆,大概还有高级合伙人的反对,迫使贝茨辞职。

"是这样吗?"

"他是——"

"你们的贝茨先生是'准备退休'吗?是他自己走了,还是被逼的?"

奈杰尔瞥见了温汉姆小姐眼中闪现出赞许的神色,她说道:"他当然不想离开,但他也不会干那种事的,根本不可能。"

巴慈尔·莱尔叹息一声,耸了耸肩,说:"我认为,如果斯特雷奇威先生同意帮助我们,我们必须允许他,用开放的心态来对待公司的每一个人,包括我们在座的各位。"

"啊,好吧,巴慈尔。"亚瑟·杰拉尔丁的话语里第一次流露出一丝爱尔兰口音。

"巴慈尔说得对,我们得感谢我们的员工。"正如莉兹·温汉姆说话时常常表现的那样,她的话倒是起到了打开窗户、让令人愉快的空气吹拂进来的效果。办公室里的不安气氛一扫而光。

"你们的审稿人怎么样?"奈杰尔问道,"顺便问一句,他就是那位写了《烈火与灰烬》的斯蒂芬·普罗瑟罗吗?"

"是的。了不起的诗歌,是吗?"温汉姆小姐说。

"我们卖出了大约26000册，"杰拉尔丁先生评论道，"是从1927年以来算起，至今仍有不少的需求量。令人奇怪的是，您知道，他再也没有继续写下去。"

"我倒认为那样的诗歌足以耗尽一个人的才气。那么，他也是毫无嫌疑吗？"

"斯蒂芬从1930年起就在我们公司工作了，他对公司的经济利益没什么兴趣，尽管我们几年前就对他提起过做合伙人的事。"

"可他看起来有篡改校样的最佳机会。"奈杰尔说道。

"有这可能。"亚瑟·杰拉尔丁的上嘴唇又长又薄，现在似乎拉得更长了，有点像鲨鱼嘴的模样，"但假如真是他干的话，那么我将永远不会再相信自己的判断了。"

他们又谈论了一会儿方式方法的问题，最后决定，让奈杰尔以临时聘用的专家审稿人身份，追踪调查。他们没人觉得这种伪装的身份能维持超过一两天，但即使在如此之短的时间内也会有用。他的酬金定好了，也得到了同意。然后，温汉姆小姐问道："他在哪里工作？"

"最好把他安排在斯蒂芬隔壁的办公室吧。"亚瑟·杰拉尔丁说。

"迈尔斯小姐不会欢迎的。"巴慈尔·莱尔说。

"噢，该死，我忘了她还在我们这里写作呢。我们还要接待这个女人多久？"

莱尔耸了耸肩。奈杰尔感到，这个畅销书女作者显然是莱尔的宠儿，另外两人也接受了，如果真是如此的话。因为公司会从她的作品上赚到钱。

"她使用那个办公室多久了?"奈杰尔温和地问道。

"自从去年6月我们和她签了合同后,她就时不时地来了。那时她在搬家。"

"可如今她似乎是永久地搬到我们公司住下来了。"莉兹·温汉姆小声地抱怨说。

杰拉尔丁说:"嗯,只要是个金蛋,我认为我们可以容忍她把金蛋下在公司里吧。"他走到自己的办公桌前,拨了个内线电话。

"斯蒂芬,有空说几分钟话吗?"

听筒里传出一阵黄蜂般的"嗡嗡"声。

"哦,很重要,谢谢。"他放下了电话,说,"斯蒂芬心情不佳。"

奈杰尔饶有兴趣,期待着见见这位写了辛辣的悲剧诗歌《烈火与灰烬》的作者,无论他心情不佳或者心不在焉。斯蒂芬·普罗瑟罗从前可是"一个富有影响力的名字""一个值得关注的年轻歌手",等等,诸如此类,但他没再给予读者更多的机会去关注他或接受他的影响。自他唯一的作品《烈火与灰烬》问世之后,他归隐到完全的默默无闻之中,淡出公众的视线已有二十五年之久。那部作品的众多仰慕者中,无人能够肯定地说他是否仍在人世。

"我们都非常喜欢斯蒂芬,"莉兹·温汉姆说道,"但也很怕他。"

第二章

初见印象

一个男子犹如小鳗鱼似的,"嗖"的一下进了办公室,其动作之敏捷似乎是靠翅片游动,而不是靠两腿走动的。他那薄薄的嘴巴无声地一张一合,又强化了游鱼似的效果。几秒钟后,这张嘴说话了。

"那该死的女人要寄生在这房子里多长时间?今天上午她已经浪费我半个小时了,絮絮叨叨地对我大谈特谈她的标点符号用法。标点符号!谁受得了!难道我受雇就是为蠢女人加句号的吗?我也不喜欢她的香水味。"

普罗瑟罗的指责本身倒是标点符号分明,恰到好处,伴以响亮的吸气声。奈杰尔端详着眼前的这张脸,高高的鼻梁,高贵的额头,透过角质架镜片闪烁的细长眼睛,奇异地置于一张软弱无力的嘴巴和几乎不存在的下巴之上。这男子的嗓音同样出乎意料,既深沉又洪亮,但偶尔也会变为愤怒的粗粝叫声。他两眼不断地往下看看,养成了大声说话之前,先静静地斟酌一番的习惯。

"我在这家公司里已经工作了四分之一世纪之久,"普罗瑟罗强调说,"我本以为我已经有权获得一点小小的(吸气声)独处空间。当然,假如你更喜欢要我花费时间去喂养文盲似的(吸气声)昔日的堕落女人,而不是审阅手稿的话,我会调整自己,适应你们的(吸气声)新政策。他是谁?"

斯蒂芬·普罗瑟罗终于意识到奈杰尔的存在了。他猛然摘下眼镜,显然想看看清楚。

"这是我们新来的审稿人,斯特雷奇威先生——普罗瑟罗先生。"

"'呼',太需要了。你好。你可以接手米利森特·迈尔斯小姐的事了。我喜欢这个'小姐'。一个'小姐'的称呼几乎等于一个'迈尔斯'的名字了,因为两者的英文发音相似,我刚告诉过她。她总是——她不喜欢双关语,我也不喜欢,但那是我能把她赶出办公室的唯一办法了。"斯蒂芬·普罗瑟罗转向莉兹·温汉姆,"新来的审稿人,你说的?我们不需要新的审稿人吧?"

"现在坐下吧,斯蒂芬,喝杯马德拉白葡萄酒,镇静一下吧。"

普罗瑟罗凝视着递过来的酒杯,满腹狐疑,猛喝了一大口,咂了咂嘴。

"马德拉葡萄树，"普罗瑟罗告诉他们，"是早在十五世纪，由葡萄牙人从塞浦路斯，或者可能是从希腊的克里特岛引进到英伦岛的。它酿造的酒可是学生们都知道的那种马姆齐甜酒的近亲，对那些古文物学究们来说，它叫玛尔维萨酒。但无论在哪种名称之下，这酒的气味都是同样不佳。"

"斯蒂芬，能不能暂停一下，听我说。"莉兹·温汉姆恳求道。她的语调中略带恼怒的爱慕之情，奈杰尔并未忽视。

"斯特雷奇威已经非常仁慈地同意调查我们那本《战斗的时刻到了》引起的小麻烦。斯蒂芬，你还记得，他是昨天才被推荐给我们，由——"

"这里可没人告诉我任何事。"

"你偏偏没听——这就是你的麻烦所在。"莉兹·温汉姆说道。

"我会很有兴趣地观察你的调查方法，"普罗瑟罗对奈杰尔不失尊严地躬身说道，"侦探的科学，或者也许应该说是艺术吧，早就让我——"

"也许我们应该让斯特雷奇威开始运用他的艺术，或者科学，开始行动吧。"巴慈尔·莱尔插话说。

"'在我的手艺或者抑郁的艺术中'，"普罗瑟罗吟诵道，"有一丝疑虑，你是这么认为的吗？那个'抑郁'——它是来自心扉还是来自脑海？"

"看在上帝的分上，斯蒂芬！"亚瑟·杰拉尔丁叫道，"这里是出版公司，不是大学的教师联谊活动室，你似乎没有意识到这次诽谤案的严重性。"

"普罗瑟罗又没有什么事会受到威胁的。"莱尔厉声说道。

莉兹·温汉姆被激怒了,说:"我想我们都知道斯蒂芬对本公司投入了多少的精神资本啊。"

"好了,孩子们!别吵了!"普罗瑟罗转向奈杰尔,"听候您的吩咐。"

"我想研究一下遭到篡改的校样本,还有原始打字稿。我想要托雷比将军、布莱尔－查特里及贝茨先生的地址,另外还要你们目前在职员工的名单、在本公司供职时间长短,还有他们的笔迹样本。同时,也许我能和普罗瑟罗谈谈吗?"

亚瑟·杰拉尔丁点点头。他走到办公室的角落,打开了一个保险箱。这保险箱谨慎地隐藏于一个大屏风后——仿佛在这间格调高雅的办公室里,目光不应该接触到任何与低贱的利润相关的东西。然后他回到了桌子前,手拿着校样本和一份用牛皮纸装订的打字稿。

"嗯,您肯定要受累了,老兄,别——"高级合伙人看上去奇怪得令人怜悯,他费劲地说道,"当然,我确实意识到,您会不得不提许多问题,但我们不想让员工们,嗯,您知道的,不适当地——我的意思是说,不必要地——感到烦恼。"

"我敢肯定,斯特雷奇威先生就是机智的化身。"莉兹·温汉姆的话说得温柔舒适。

有了这句话,奈杰尔就离开了杰拉尔丁的办公室,斯蒂芬·普罗瑟罗陪同着他。斯蒂芬指给他看其他两个合伙人的办公室,在同一条走廊上，离杰拉尔丁的办公室不远。然后，他们登上了一段楼梯，来到一个楼梯平台，在他们左边就是电梯门和面对他们的墙上挂着的一个牌子：温汉姆－杰拉尔丁出版公司编辑部。他们沿着走廊走了三码远，在一个办公室的门前停下了。门上贴着一张卡片，上面用大大的正楷大写字母写下了一个传奇人物的名字："布洛德沃思先生办公室——请勿入内"。

"我们到了，"斯蒂芬说，"布洛德沃思先生去世多年了，但我们喜欢与我们的过去保持联系。当然啦，这个标签确实让某些不受我欢迎的来访者感到困惑——尽管说，我想，不会持续太长时间。"他若有所思地凝视着卡片，随后抽出了一支粗铅笔，在"请勿入内"的字样下写道："这包括你，迈尔斯小姐。"

"欢迎来我的陋室。"他说着，一下子打开了门。

那个办公室自然不同于有着宽敞空间的高级合伙人的办公室。

"非常舒适，我敢肯定，"奈杰尔一边说着，一边带着疑虑的目光扫视着堆积得一团糟的办公桌，头顶上悬挂的电灯泡没有灯罩，书架上的书积满了灰尘，还有两张没软垫的椅子，所有这些就是这个荣耀无比的如货箱般的办公室里的全部装置和设备。办公室的一边被一层薄薄的墙与隔壁房间分隔开了，墙上还有一扇毛玻璃推拉窗。透过这层薄墙，可以听到隔壁打字机兴奋不已的"啪嗒啪嗒"声。

"她实际上是在打字机上撰写令人厌恶的作品，"普罗瑟罗说着，脸上显出深深的反感，"都展现给你看了，是吗？"

"我坐哪里？"

"噢，我想我们可以把一张小桌子挤到那个角落，这样的话，隔壁那人就无法进入这个办公室了。接下来只要把推拉窗封掉，那么，我们这里就是神圣不可侵犯了。"

"对啊，好主意。但我们怎么出办公室呢？我们可是需要不时进出啊。"

"噢，天哪，你也是那种活跃的侦探吗？我指望你是神探尼罗·乌尔夫类型的侦探，从来不会挪动你的椅子。"

斯蒂芬在办公桌上清出了一点空间，放下了《战斗的时刻到了》的校样本和打印稿，但奈杰尔没有流露出急于翻看的意思。相反，他对着这些材料弹了一下食指，问道："嘿，对于这些材料，你能谈谈什么情况吗？"

"谈谈？你什么意思？"普罗瑟罗显得稍有不安。

"回到去年7月吧,这本校样从作者那里返回的那天。顺便问一下，那天是几号？"

"7月22日。"

"是邮局寄来的，还是作者留在这里的？"

"寄来的。这有什么关系吗？"

"很可能没有关系。接下来发生了什么事？在这家出版公司，确切的流程是怎样的？"

隔壁的打字机兴奋地"啪嗒啪嗒"响着，奈杰尔从斯蒂芬那里获得了如下信息：校样是在7月22日中午邮寄送达的。那个包裹被送到了巴慈尔·莱尔的办公室。午餐之后，他开始仔细审阅，要确保作者解决了印刷厂提出的所有问题，还有作者的修改要合情合理。那天下午有个宣传推广会，这使得莱尔无法完成审阅校样的工作，所以他就把校样带回家里去看。晚餐后，他再度审阅时发现，那些有冒犯性的段落仍未删除。第二天上午，他与杰拉尔丁、普罗瑟罗一起商量，他们是应该就在办公室里悄悄地删节了事，然后把书稿送去印刷，还是应该先问问托雷比将军。虽然将军先前已经答应了他们的删节要求，但杰拉尔丁觉得公司最好还是对他摊牌明说，这样能使记录保持得绝对完整。所以，他就在当天下午两点安排了一个会谈，合伙人、法律顾问，还有作者本人都参加了。这次会谈，正如奈杰尔已经被告知的那样，进行得颇为激烈，但最终，将军被说服接受了要求删除的理由，于是当场删除了诽谤性段落。会谈在将近下午三点时结束，莱尔立刻把校样送到斯蒂芬·普罗瑟罗那里，要求他仔细检查一下，看看是否还有印刷厂的审稿人和作者本人都可能忽视的排版错误。

"这通常是你工作的一部分内容吗？"奈杰尔问道。

"哦，我也只不过是个小小的老打杂工而已，坐在高高的办公室里熬夜工作。莱尔原本可以做的，但他全身心地投入一个宣传推广活动里去了。他是个（吸气）生龙活虎的人，你知道的，一个非常活跃的家伙。"

"那么，现在我们到了关键的时刻。7月23日下午大约三点钟，你在校正校样稿，花了多长时间？"

"我到6点30分时完成了大部分——我干得够快了，你知道，我可是对付排版错误的神枪手迪克。第二天上午我就完成了，大约在

11点吧,然后就交给贝茨去邮寄了。"

"诽谤性段落出现在这本书的哪些位置?"

"第三章里面和第十三章的末尾。"

"那个夜晚,你离开之前,是否已经校正过第十三章了?"

"是的,我已经在总共十七章中校正了十四章。"

"那么,校样本肯定是在你离开后被篡改的,或者是在第二天上午?否则你在那天下午校正时一定会注意到'保留不删'的记号的,是吗?"

"我当然会的。"

"你能肯定吗?"

"肯定。"

"嗯,我们先来排查那个夜晚吧。你知道在你离开后,办公大楼里还有谁吗?"

斯蒂芬说,几个合伙人昨天已经和他讨论过这一点了。即使是他们自己,对四个月之前的某个夜晚里的动向,也不可能确定。但是,就他们所能记得的事而言,杰拉尔丁在那天下午6点30分后不久就上了顶楼的公寓房间,莉兹·温汉姆在大约6点15分时离开了办公室,而巴慈尔·莱尔则工作到7点,然后就走了。至于那些员工们,有些人通常在下午5点就完成工作了,其余的一般在5点30分完成,唯一例外的是那几个合伙人的秘书,她们偶尔会加班。但记录上显示,在7月23日夜晚,没有一个秘书加班。

奈杰尔又产生了进一步的问题,据他了解,大门在下午5点30

分门上并上了锁，任何人在5点30分之后离开的话，都只能走边门。接待员在她的岗位上一直待到5点30分，并已经告诉过那几个合伙人，托雷比将军在离开之后没有再回到公司的办公大楼。

"这个边门情况如何？谁有钥匙？"

"合伙人，我，还有一把备用钥匙在接待员的桌子里。我相信，米利森特·迈尔斯已经借用过一两次了，那时她想回来工作得更晚些。"

"那么，可以正式地说，那个夜晚，在7点之后，办公大楼里就没有人了，除了杰拉尔丁先生之外，是吗？"

"还有他的妻子，就我们所知。"

"迈尔斯小姐呢？那天她在公司吗？"

"我记不得了，时间相隔太久了。"

奈杰尔头往后仰，目光顺着鼻子凝视着斯蒂芬·普罗瑟罗。

"大概会让你感到奇怪，我想了解那些最没有嫌疑倾向者的动向。但是，除了合伙人、作者，还有你之外，当时谁可能会知道那几个诽谤性段落？"

斯蒂芬抽着鼻子大笑起来，说："我亲爱的朋友，你不知道吗？小道消息流传的——"

"但小道消息是怎么开始流传的？从谁开始？"

"举例来说吧，简，她是亚瑟的秘书。那个下午，她在公司和托雷比的会谈中做记录。"

"是的，我已经注意到她不是很谨慎。"

"你得明白，在一家出版公司里，看起来可能有点奇怪，许多人的确对关于书籍的事很感兴趣，那几个合伙人或者编辑手下的员工都是如此。我敢打赌说，有关将军想愚弄我们的消息在几小时之内就人尽皆知了。"

"我相信你的说法。那么，第二天上午，你到公司是——"

"9点30分。"

"版面校样还在你放的地方吗？"

"不完全是，因为清洁工总是挪动我办公桌上的东西。"

"你没有再偶然翻回到那些删除的段落吗？"

"没有，我就直接从之前停下的地方开始校改。"

"从上午9点30分到11点这整个时间段里，你一直在这个办公室里，直到把校样本交给贝茨先生吗？"

"自从此事发生后，我一直在回忆，我肯定上了趟厕所，有五分钟吧，一个人的习惯嘛，很可能是在9点45分左右去的。当然，也会时不时地出去和某人聊上几句。时间隔得太久了，真的不可能回忆准确了。"

"所以，从理论上来讲，在7月23日下午6点30分到7月24日上午11点之间的任何一个时间点，都有许多机会篡改校样。在这段时间之后，只有贝茨本人或者印刷厂里的某只黑手才有可能干此事。"

"你可以马上把贝茨从你心里排除，他是个态度凶狠、让人讨厌的老家伙，但他从来不会做任何有损于公司的事。所有这一切都是假定我告诉你的全都是事实。"斯蒂芬补充说了一句，脸上一副老顽童模样。

"我们来考虑一下这个假设吧,"奈杰尔回答说,"就现在吧。"

"麻烦的是,我比其他人有更多的机会这么干。"

"那么,你的动机会是什么呢?"

"哎呀,你可难倒我了。我真的无法想象。"

奈杰尔的淡蓝色眼睛饶有兴趣地闪烁着——那种兴趣虽说富有感染力,却无关个人,曾经几乎是催眠般地从许多人那里掏出了知心话。而那些人的种种兴趣爱好倒是从未对成就他们起过什么作用。他往后仰靠着,说道:"嗯,你认为是谁干的?"

斯蒂芬薄薄的嘴唇在嘴角边下垂了,斟酌着措辞。他会做何回答,奈杰尔暂不知道。此时斯蒂芬背后的那扇推拉窗打开了,一个声音在问:"'holocaust(大屠杀)'怎么拼写?"

"我从来不用这个词。"斯蒂芬没好气地扭头说。

"难道你这里没有词典吗?"米利森特·迈尔斯的脑袋从窗口伸了出来,就像一匹马从散放圈上面伸头看出来似的,"哎呀,你有访客。"

"是的。"

"不给我介绍一下吗?"奈杰尔站起身问道。

"这是斯特雷奇威先生——这是迈尔斯小姐。"斯蒂芬有点暴躁地加了一句,"他来为本公司做些审阅工作。"

米利森特·迈尔斯从窗口伸出一只戴着珠宝的手,说:"我很高兴。我希望你会站在我这一边,你得说服普罗瑟罗先生,他太固执了。"

奈杰尔简直不知道她在说什么。她捏着嗓子,操一口伦敦骑士桥区的口音;身穿黑色的羊毛套裙,肩膀上粘着些许头皮屑,颈上挂着短珍珠项链；一张大嘴，牙齿突出，一双绿色的眼睛，眼神相当傲慢，目光转来转去，在某些作者和势利的老板娘眼中很常见。奈杰尔一眼望去，便看到如此状况。通过窗口谈话颇有难度，要向一侧俯身，仿佛是对售票员说话一般。

"书写得怎么样了，迈尔斯小姐？"他问道。

米利森特·迈尔斯的眼珠向上一翻，又转了一下，奈杰尔后来才得知，这是她玩的把戏。可一个如此自我克制的女人这么来一下，倒是做作得有点古怪。他心想，她年轻时肯定腼腆、紧张、手足无措，现在可能是故态萌发吧。

"是一种糟糕透顶的拼搏罢了。"她说。

"我以为你分娩时永远是毫无痛苦地顺当。"斯蒂芬·普罗瑟罗评论了一句。

迈尔斯小姐大笑起来，露出了她的大牙。"那只是男性常有的错觉，是不是，斯特雷奇威先生？"

"并非如此，"斯蒂芬说道，"今天上午你的打字机就毫不停顿，连个喘息都没有。你知道，你是在一种自我催眠似的状态下写作的。"

"无论如何，我还在写作！"她反驳道，同时对着斯蒂芬别转过去的脸，笑得有点过分甜蜜了。

他们这番唇枪舌剑让奈杰尔颇觉困惑。他俩听上去就像是一对老夫老妻在争吵似的，只是刀锋因使用太久而钝化了而已。普罗瑟罗当然是有点怪异，自行其是，人们不能指望会从他那里得到通常的善意，只有他对社交活动的回避。

"我猜想你们已经互相认识许久了吧?"奈杰尔问道。

他们两人几乎异口同声地回答了。

"好像很久了。"

"从6月份以来,我们就是邻居了,那时我刚开始使用这间办公室。我已经很习惯普罗瑟罗先生的特异个性了。他说话严厉,但并无恶意,可谓叫声气势汹汹,胜过咬人一口了。"

奈杰尔笑笑,说:"我倒觉得,正如克里斯托弗·弗赖伊所说的那样,叫声之凶,足以相当于咬人之害了。"

迈尔斯小姐"咯咯咯"地大笑一番,说:"我必须得记住此话。"

"她会写进她的书里的,"斯蒂芬嘀咕着,"伴随着鸣谢或者一声不吭。"

"来和我聊聊吧,好吗?斯特雷奇威先生。我今天上午的工作已经完成了,而我真的也没法再这样弯着腰聊天了。"

奈杰尔对斯蒂芬耸了耸眉毛,斯蒂芬看似陷入了某种反感的情绪。然后,奈杰尔拿起《战斗的时刻到了》的校样稿,出门来到走廊里。他注意到迈尔斯小姐的办公室门上有个新锁,她的房间比斯蒂芬的房间大一点,但几乎没什么家具。一张办公桌和一把办公椅放在房间中央的地毯上,椅子背对着门口。房间里还有一个扶手椅,一个电热器,一个插着花的花瓶放在窗台上,一架打字机,没有别的了。打字机旁整齐地放着一沓打印稿。一张方形的纸张贴在墙上,这吸引了奈杰尔的注意。

"这是我的工作进度表,"迈尔斯小姐说道,"每天我都会延伸线条,表明我已经写了多少字,用它来保持我的写作量。"

"你非常职业化。"

"哦,写作是个职业。对于不切实际的态度,我没有耐心。我有某种商品供我支配,我希望卖到最好的市场上去。因此,我必须得保持产量。"她转动了一下眼珠,"你感到很震惊吧?"

奈杰尔发出了一个彬彬有礼,但不赞同的声音。

"你在此行当多久了?我好像不记得——"

"我偶尔做点专业的审稿工作。"

"我认为专业是我们时代的祸根。"迈尔斯小姐说了句老生常谈的话,却充满着把旗帜插在处女地上一般的活力。"喂,"她继续说道,"你拿到托尔的书稿了。"

"你很了解他?"

"我认识的人太多了。那是一个成功作家生涯里的毒药——作家离不开公众。演讲啦、鸡尾酒会啦、追星族来信啦、新闻界采访啦——有时我真希望自己从未动笔写作过。"迈尔斯小姐叹了一口气,颇有点夸张做作的意味。

"但你很喜欢这一切吧?对撰写自传来说,那可都是生动有用的素材啊。"

这位广受大众喜爱的女作家朝他投去了小女孩般的一瞥。"一个人的自传应该是绝对的、毫无恐惧的坦率,你同意我的看法吗?"

"嗯,也许有关自己的部分可以,但假如你开始严厉批评他人的话——"奈杰尔举起了手中的校样本。

"噢，对啊。我相信有点麻烦，涉及托尔的——"

"你知道得非常清楚，有麻烦事，"隔壁办公室里传来了一个讽刺的声音，"并且还确切地知道是什么样的麻烦。"

米利森特·迈尔斯从扶手椅上站起来，关上了推拉窗。

"讨厌的小人，"她嘀咕着，"但他在他的行当里是个天才，应该承认这一点。"

和一个自高自大者说话能把话题引向设定的方向，而他本人却毫无知觉，这从来就不是一件难事，难就难在把话题锁定在那里。奈杰尔判断出米利森特·迈尔斯的自我中心和一个小孩的自我中心有着许多共同之处，而且，毫无疑问，正是因为她心中那个永远童真的部分才使得她如此高产，成为一个成功的浪漫小说作家。无论如何，她毫不勉强地谈论诽谤纠纷，也无半点怀疑奈杰尔根本不是一个喜欢和米利森特·迈尔斯聊聊的英俊陌生人。当然，奈杰尔也是小心翼翼地让她保持在话题的中心。他有点虚伪地提出，她这样的小说家具备了观察和判断品行的特殊能力。假如他是公司的一个合伙人的话，他会第一个来找她听听建议，尤其是她就在那个校样本遭到篡改的办公室隔壁写作。自然而然，她那时肯定是集中心思在自己的作品上，但是下意识常常会注意到其主人后来才意识的东西，尤其迈尔斯小姐是如此敏感之人。但或许，在7月23日和24日,她根本就没在办公室里呢？

朝墙上的工作进度表看上一眼，就立刻解决了这个问题。实心的图表划线表示她在办公室里写作的日子，而虚线的图表划线则表示她不在办公室。7月23日和7月24日的图表划线是实心线。但是，对于这些日子里,隔壁办公室任何人悄悄地进进出出,她的心里茫然不知。这公司里的人总是突然进出彼此的办公室,她对此颇为抱怨,所以就请杰拉尔丁先生为她的办公室装了个门锁。

既然米利森特·迈尔斯与校样本事件的利害关系仅限于她与犯罪现场近在咫尺这一点上,奈杰尔也就无法在这个问题上追究过深,无论如何,他的身份只是个临时的审稿人而已。于是,他就试着开始另一个话题。

"刚才你进普罗瑟罗的办公室时,你说什么希望我会站在你这一边?"

"是的,那是我想私下和你聊聊的事。"她压低了声音,瞥了一眼她办公室和普罗瑟罗办公室之间的隔离墙,"当莱尔要求我把我自传的手稿给这个公司出版时,我们有个共识,那就是温汉姆-杰拉尔丁公司也应该重印我的某些小说。我早些年代的作品已经脱销一段时间了,我对此很确信。"她绿色的眼睛看似望向远处,仿佛她正虔诚地沉思于某种精神上的启示,"我确信,这些作品会对如今年轻的一代传递某种信息。这就使得普罗瑟罗的反对更加丢脸了。"

"你说在你和莱尔先生之间有个'共识',但在你签的合同上没有这一条款吗?"

"那是个君子协定。我想任何有名望的公司都会对这类共识加以尊重的。"

"但普罗瑟罗在此肯定没那么大的影响吧?"

"哎呀,他可是他们的小偶像,"某种粗糙的声调开始透过她骑士桥区的口音展现出来了,"而温汉姆小姐出于某种理由也反对我。可笑的邋遢女人!他们两人能向亚瑟·杰拉尔丁施加压力——他永远是个软弱的男子——"

奈杰尔由她喋喋不休地说下去,重复着她的委屈,凭借女性的机灵,稍加变化。作为该公司的新员工,他希望保持着礼貌但态度又不明确的表情,他必须既不反对公司的政策,也不阻止公司最赚钱的作家抱怨一番。奈杰尔借助着打字机的掩护,随手翻了翻《战斗的时刻到了》,直到他找到了那个在末尾处造成了麻烦的章节。他看到了对最后一段"保留不删"的标记,随后,在这一段中出现了一个词——"大屠杀"。

米利森特·迈尔斯说着说着暂停了一下,奈杰尔便要起身走了,但他向她保证,会在他极其有限的能力范围内为她做任何事,诸如此类。随着他离开,他的手擦过了桌子上那堆正面朝下的打字稿,把最上面的几页刮下去了。他一迭声地道歉,同时从地上捡起那些纸,放回原处——但他先迅速地瞄了一眼迈尔斯小姐把头伸进普罗瑟罗办公室前打出最后一句话。"大屠杀"这个词不在这句话里,即使考虑到她那最为变幻莫测的写作风格,她的文字风格也不会为这个词提供任何可信的上下文。

第三章

保留删除

半个小时之后,奈杰尔·斯特雷奇威正在离斯特兰德大街不远的一个酒吧里吃着三明治,喝着苏格兰威士忌。看起来,此地的常客主要是那些低层次的商务人士和公务人员,后者的特征是头戴黑色霍姆堡毡帽,把耳朵捂得严严实实,说话口吻高傲;而前者的特征则是作单调虚假的和蔼状,也许是从某本商务旅行手册里有关如何处理人际关系的那个章节里学来的。然而,在一个方面,这两类人却是相同的——难听而又懒散的口音,这是没落的伦敦方言和退化的文化融合而形成的口音。奈杰尔心想,难怪人们会狼吞虎咽般地阅读米利森特·迈尔斯那些令人难以置信的浪漫小说,因为现实实在太肮脏了。但是,说到现实,如果你环顾一下类似于这个酒吧的地方,现实也是虚幻的。这些办公室职员,这些和蔼的好伙伴们(我们的代表,史密斯先生,会来拜访您的……),聚集在一起,保护着他们各自的无足轻重的状态,同时在他们自己的平民世界里颇不自在地摆出一副自大的样子,除了某种抽象的毫无意义的身份之外,还有什么能够支撑他们呢?"虚幻的城市,"他喃喃自语,"人们在伦敦桥上川流不息地来来往往,人数众多,没想到死神毁灭了那么多的人。"

也并非是因为那个出版商的办公室提供了现实的坚强信念,生存在文字那种不稳定的商品上,它如何提供信念?那些作家,那些鬼鬼祟祟地以自我为中心的鬼魂,永远依靠玩弄文字来掩盖他们的羞耻感,他们的虚弱感,他们难以逃避的阴影,难道依靠他们来提供信念?迈尔斯小姐写得太多了;斯蒂芬·普罗瑟罗显然是才思枯竭了;托雷比将军,不,那个将军不同,他能使用文字,如同他会使用炮火那样去摧毁他的敌人。

"你相信巧合吗?"奈杰尔突然问一个完全陌生的人——头戴黑帽子的那群人中的一个。此人坐在奈杰尔的小餐桌旁,在一盘冷鲑鱼上浇着番茄酱,那情形难以形容。

"什么?请再说一遍。"那人看了看奈杰尔,眼中流露出怀疑和不悦。

"我说,你相信巧合吗?"

"喔唔,显在(现在)依要小心点什么可以相信,而且依对谁这么说话?"他有点粗鲁地加了一句。

"鲁莽行事,那是你们公务员的祸害。暂时忘掉你的宗卷吧,好好看看活生生的人脸。我看起来像个骗子或者泰迪男孩[①]似的混混吗?"

"喔唔——"

"你完全正确。我能看出你能敏锐地判断品行。那么,你相信巧合吗?"

"你居然提到此事,可真是奇怪,"陌生人回答说,顺应奈杰尔的说法,"就在今天上午,我茄子(妻子)说——"

"你妻子说什么都无所谓,我在问你——"

"喔,卜(不)太邪欢(喜欢)侬的语气。"

"在一个被淹没在机械物理学和机械心理学的时代里,水面上唯一露出来的一块礁石就是巧合——美丽、无政府主义的巧合。在一个向统计数字圣坛顶礼膜拜的社会里,巧合就是上苍留下的一个显现。"

"偶(我)是一个自由思想者。"

"大概,你会说,科学、艺术或者沉闷单调的刑事侦查应该被限制在事实之内,而事实则可以随意地解释。我不赞同。一门科学假如不为巧合留下余地,也就是说,两个表面上相关的事件同时发生,而没有任何实际的关联,那么,这种科学并未充分发展,是伪科学。你要走了?"

陌生人嘟哝着说他看到一个朋友来了,于是就端走了他的盘子,

---

① Teddy Boy,原本专指英国20世纪50年代那些穿着花哨,喜欢摇滚乐,又总惹是生非的不良青年。

他的啤酒,还有他自己,他显然已经在流汗了。

再次独占餐桌之后,奈杰尔继续着他的思绪。尽管他最近为一条主观武断而又压倒一切的法律条文辩护,该条文通过巧合来证明其自身的合理性,但今天上午,他仍然发现难以相信别人向他提供的特例。他再次转向了托雷比将军书中的那段诽谤性文字。它就在那里,已被画掉了,旁边是一个删除标记,而这个标记反过来又被画掉了,在句子的每个字下面加上了点,在页边空白处清晰地写着"保留删除"的标记。这一段文字并非很长,却极具轰动性效果。

总而言之,总督从头至尾对这些骚乱活动的处理方式(假如"处理"一词用于一个从未动手直至为时已晚的人是合适的话),却是提供了一个表现无能的客观教训,并且对我们殖民当局原本已经成败交错的年度报告构成了主要的污点。若从一开始就采取强硬手段,原本会使反叛势力无力对抗。即使在叛乱刚聚集起力量时,仍能镇压而流血最少。但是总督热衷于更为舒适的各种鸡尾酒会事务,开办各类集市,以及享受午睡,并没有采取任何行动,除了阻止军队驱散骚乱分子之外。其玩忽职守的罪行导致了大量的生命陨落和普遍的财产毁灭。在乌隆博兵营发生的大屠杀中,有半个连的萨塞克斯枪手们命丧一个暴徒之手,这只是原本可以避免的灾难中的一例。对此,一个消极无能的管理者必须承担直接责任。

无论这些批评是否公正,奈杰尔对这位经历过那些枪林弹雨时期的作者心生好感。他们认为涉及诽谤的那个章节开头即介绍了托雷比将军担任殖民地部队指挥官的服役时期。对当时动荡的局势应该采取的措施方面,他显然与总督意见不一,经常争论,但就在骚乱真正爆发之前他奉召回英国了。

而米利森特·迈尔斯在她还没有意识到斯蒂芬·普罗瑟罗并非单独一人在办公室之前,却在问后者如何拼写"holocaust(大屠杀)"一词……

奈杰尔已经阅读过《战斗的时刻到了》的那些部分,这使得他对将军的专业能力和文学风格崇敬有加。当将军使用"大屠杀"一词时,他会正确地使用该词的现代含义,即"完全毁灭于大火"——也许,考虑到他出于对布莱尔-查特里的义愤,则使用了该词原本的含义,即"全部被大火吞噬的牺牲"。

托雷比将军的书表明了他是一位杰出的军人,执着于他自己关于战略战术和后勤保障的各种观念。奈杰尔翻回到两段诽谤性文字的第一段。这一段描述了1944年在法国的某一次猛烈的攻击战,将军写道:

进攻大获全胜,除了波马-吕西艾尔部分。在那处区域,布莱尔-查特里将军在其短暂的仁慈指挥期间,行动迟缓,呈现克里米亚式的作战方式,造成了他的部队有2586名伤亡人员的后果,以及敌方士气明显高涨的效果。

在这个段落里,几乎只有第一句被删除了,然后又标记保留了该删除部分。尽管有人或许会挑刺说，这一句里过度使用了头韵修辞，但其精彩的措辞倒使得奈杰尔愈发急于想一睹作者的尊容了。奈杰尔打了一通电话之后，与将军约定了在其所在的俱乐部里见面，于是动身前往了。

一位侍者把奈杰尔带进了图书馆，托雷比将军正独自坐在那里，埋头阅读着一卷普鲁斯特的作品。

"啊，斯特雷奇威吗？我想你也喝酒吧？来两杯阿玛尼亚克酒——大杯。"

一位身材不高、站姿笔挺、衣冠整洁的男子与奈杰尔握了握手。将军的脸上呈现出某种有点古怪的西班牙绅士和海盗的混合表情，他的头发灰白，额头很高，有一双梦幻般的蓝眼睛，但两眼之下长着神气活现的胡须，饱满的红嘴唇，坚实的下巴。他的声音温和，但在激动时则变得有点断断续续、不太连贯了。

奈杰尔读过他那本书的部分章节，为此真诚地恭维了他几句。

"发现一个军人在写作很吃惊吧？"将军轻声笑道。

"如今谁在写作都会让我感到惊讶。"

"杰拉尔丁告诉我，你在寻找那个罪犯。不知道是不是我鼓励了此事，但我得说，祝那个人好运吧。"

"可您并没有潜回出版公司的办公室，亲自干肮脏事呀，先生。"

托雷比又一次轻声地笑了，说："假如我能够的话，我也会干的，但他们会盯上我。当然，也许我会买通杰拉尔丁的某个下属去为我做。难道你没有想到这一点吗？"那双蓝眼睛凝视着奈杰尔，一副小学生般的天真嘲讽神色。

"事实上,我确实想到过。"

"可我并没有那么做,用我的名誉担保。哦,喝的来了。"

托雷比对着奈杰尔举起了杯子,说:"祝你健康,我不会说祝你捕猎成功。我知道你想了解我的性格,别被我的胡须误导了。留胡须是为了给部队增加印象,可现在不想找麻烦刮掉了。伪装色嘛,也正好配得上圆顶礼帽。"

奈杰尔顺着他的话说:"您在和总督发生严重分歧之后就退休了?"

"是的。"

"假如我向您问个直接的问题,您不介意吧,先生?"

"问吧,我会看看该怎么回答。"

"在这本书里,您对布莱尔-查特里将军的抨击——那是,嗯,为了公众利益的批评,还是您出于私愤的攻击?"

"两者都有点吧。他需要露面炫耀。另外,有两个年轻军官与其部下在乌隆博兵营被烧死了,其中一个深受我的器重。"一阵停顿。将军恼怒地皱着眉,看着身旁书桌上那卷普鲁斯特的作品。

"我明白了,"奈杰尔马上说道,"那使得事情变得更难处理了。"

"你是什么意思?"

"在诽谤罪诉讼中,原告能够指控您出于私人怨恨,而您很难获得公平的辩护意见。"

"原告会发现指控对双方都不利。"将军温和地说道。

"在此书出版之前,他对您有怨恨吗?"

"我关于殖民地政治骚乱和应该部署军队加以反击的报告,根本不会让老布莱尔-查特里感到高兴。"

"但他曾是——"

"哦,对了,在损失已经造成后,他就被粉饰一新。现在,布莱尔-查特里在上层有着很大的影响力。"托雷比将军的嗓音变得不太连贯了,"绝妙的粉饰,绝妙的掩盖,极端政策的种种理由。政客们简直让我恶心呕吐。"

"我明白了。"

"你明白了什么呢,我的朋友?"那双蓝眼睛现在变得目光尖锐,闪烁着睿智之光。

"您要使这桩诽谤案进行下去。您要让布莱尔-查特里的拙劣无能暴露在光天化日之下,刮掉他所有的粉饰,而一桩诽谤案诉讼是达到目的的唯一方式,即使这场诉讼会让您破产。我把这称为公益精神。"

"我只能让你确信一件事。即使我那个年轻朋友没有在那里丧命,我也会这么做的。"

"是的。我不是想挑刺,但是,温汉姆-杰拉尔丁公司,还有印刷厂他们,从来就不想卷入您的这场纷争之中。"

托雷比将军那有点鲁莽、像海盗似的性格特征现在完全显露出来了。他说:"他们可以试试运气。出版公司都投保了诽谤险,是吗?他们已经获得了某种保障,他们已经尽力把那些部分从书里删除了。"

"那根本不是保障,所以,他们想庭外和解,您知道。"

"老布莱尔－查特里不会同意的，"将军得意地回答说，"他也不敢。这事已经散布得人尽皆知了，他不得不出来，在泥地里一起玩上一把。再来点白兰地吗？"

"不，谢谢。那么您的辩护——"

"我已针锋相对地做了准备。我在这些段落里说出了真相，并且是为着公共利益而说的，所以他已经要求我为此辩护。"

"嗯，那可是您自作自受啊。您能证实您的指控陈述吗？"

"我亲爱的朋友，在过去的几年里，我被迫休假，却花费了大量的时间收集证据来证实我的指控。我已经收集到针对老布莱尔－查特里的许多档案材料，甚至我针锋相对的准备也会让人印象深刻。我也许是疯了，但我不是个傻瓜。"

奈杰尔点了一支香烟，说："那么，祝您好运，先生。但恐怕所有这些对我的小问题没什么用。"

"让我们来看看什么情况。"

于是，奈杰尔就简要地对他叙述了一番。将军的才思敏捷在他的看法里体现出来了："那么，几乎公司里的每个人都有机会去干。看来，你得去追查动机。某个怀有报复心的人，上帝保佑他，想整垮我，没想到却是帮了我。"

"或者是想损害公司。是的。"奈杰尔环视了一下沿墙排列的那些看似发霉的旧书，"您是否认识一个叫迈尔斯……米利森特·迈尔斯的女人呢？"

"什么？那个作家？我能不认识吗？愚蠢的女人。真想打一下她的屁股——当然只是比喻。"

奈杰尔不再问了。托雷比将军继续说道："在1940年年初，可能是那个时间吧。我的军营坐落在东岸，等待着真正的战争开始。部队变得烦躁不安。他们派来了几个演讲者，里面就有你的那个迈尔斯小姐。她来了，谈的是小说，儿童文学之类的东西。一副居高临下的派头。她屈尊到我们可怜的智力水平来谈论，你能听到她叽叽歪歪地谈论着，还插入一些屁话，说战争是多么的邪恶。在那种情况下，真是糟糕的演讲形式，没人比一个专业的军人更清楚战争是人类想出来的愚蠢、血腥的游戏。部队也不喜欢你对他们那副给予恩赐了什么似的态度——她才讲到一半时，大家都恨得咬牙切齿了。"一丝缅怀往事的神色在将军的眼中闪现着，"所以，后来她和我们一起在食堂里吃饭时，都快被我们撕碎了。"

"我真希望自己那时在场。"

"那位女士不是你的朋友吧？好。嗯，我们部队里有些聪明的小伙子，并且我也喜欢阅读，你知道的。所以，我们也举行了一场唱反调的演讲，一场真正的高水平、自由发挥的演讲。兵营的空气里充满了亨利·詹姆斯、普鲁斯特、陀思妥耶夫斯基等人的作品段落，甚至还有《芬尼根的守灵》里的词句，反正都是经典文学作品。那个叫迈尔斯的女人根本无法争锋，自然就躲在一旁，简直像头阉牛，过了一会儿，她才意识到自己的窘样。她根本不想这样的，所以对粗鲁放纵的军人大动肝火。文雅的女性完全暴露出她在学术上赤裸裸的无知。也就是外貌有点魅力的那种女人罢了，如果你喜欢马的话，就知道不能光看外表。"

"自那以后,您有再遇到过她吗?"

"没有,谢天谢地。"

"她还是称呼您'托尔'。"

"居然还这么称呼我?哼,厚颜无耻,像个魔鬼!从来没见过这种女人,以前没有,以后应该也不会有。不管怎么样,我们谈论她干什么呢?"

"您的校样稿遭受干预时,她就在温汉姆-杰拉尔丁出版公司写作。"

这似乎是最好的结束语,奈杰尔说完就起身要走了。

"哦,再见,斯特雷奇威。我们谈得很愉快。请随时告诉我进展情况,如果你找到了那个恶棍,我会向他致谢,或者向她致谢,随情况而定吧。"

接下来,奈杰尔要讯问的人是完全不同的类型。他给贝茨先生打了电话,说要和他谈一个业务问题。贝茨先生是温汉姆-杰拉尔丁出版公司的前印刷部门经理,奈杰尔通常不会找虚假的借口去进行讯问的,但在这个案件里,他觉得有此必要。

赫伯特·贝茨住在伦敦戈尔德斯格林居住区的一幢豪宅里。他身穿黑色西服,高高的硬领,他的脸容却是郁郁不乐,一副家仆的模样,而在某种程度上,他也曾经是。他的行为举止倒是彬彬有礼,谨慎尊重。他就是一个性格安静之人。

"请去客厅吧,斯特雷奇威先生,我想您会在这恶劣的天气里感到温暖舒适的。"

斯特雷奇威先生解释说,近来他获赠了一大笔遗产,由于自己一直对出版业很有兴趣,所以他在考虑置身于这个行业,为此已经去贝茨先生过去的公司工作,以获得实际经验。

"为此目的,您找不到比这更好的公司了,如果我可以这么说的话,斯特雷奇威先生。"

"目前一切还是悬而未决。但是,如果我的计划进行下去的话,贝茨先生,您能否考虑出任印刷部门经理?温汉姆小姐对您赞不绝口。"

奈杰尔极其宽慰地注意到,贝茨先生的眼中根本就没有丝毫向往的神色。

"我非常感谢您的建议,先生,还有温汉姆小姐的好意推荐,"贝茨先生语调疲乏地回答道,"但恐怕,在我这把岁数——"

"哎呀,得了,贝茨先生,您不可能有六十岁吧,您肯定也不想就此永远退休了吧?"

"下次生日我就六十一岁了。我原本想在那公司里工作到六十五岁,但是——哦——发生了点意外的事情,这就使得早点退休成为可能了。"

奈杰尔凝重地对这套外交辞令点了点头,说:"我敢肯定,温汉姆小姐和杰拉尔丁先生一定对您的决定深感遗憾。我尚未与莱尔先生熟识,但在我的印象里,他并不十分——"

奈杰尔微妙地没把话说完,贝茨先生略一迟疑,随后便接口了。

"毫无疑问,他到时候会学会我们的处事方式的,先生。坦率地说,我并非总是和他看法一致。毕竟,一家出版公司不是一家工厂。嗯,是的,但正如他们说的那样,年轻人总是吃香的。"

贝茨先生无可奈何地叹了口气。奈杰尔心想,假如此人能够忍受怨恨的话,那么蓟草也能结出无花果了。进一步的温和试探证实了他的这个印象,于是,他便换了个话题。

"我刚和托雷比将军聊过,"他说道,"真是个有趣的人。"

贝茨先生神情很严峻,说:"丢脸!我本以为像他这样地位的人会好点,但您永远也不能信任作者——都是些狡猾的客户,许多人都是如此——还忘恩负义,企图故意把我们卷入一桩诽谤案里去。"

"这个企图已经成功了。"

贝茨先生大吃一惊,因为他不了解最近公司大多数的情况进展,奈杰尔便概括地告诉了他。

贝茨先生脸上的表情不再是一副发现了不可外扬的家丑似的老家仆模样了,倒是显得震惊,却又有点急于打听详情。

"几个合伙人认为肯定是公司里什么人干的,您是这么说的吗,先生?上帝保佑,真是难以想象如此严重之事!在我们公司的历史上,可是从无先例。我还清楚地记得,那天上午普罗瑟罗先生拿来校样稿的情形呢。在解决了和那位作者的所有麻烦事和调整了耽搁的计划日期之后,我那时很高兴地发送去印刷了。就在我的秘书打了一张便条给印刷厂和打包校样稿的时候,我记得随口说了前面提到的那些话。当时,普罗瑟罗先生就坐在我旁边,就像您现在坐着的那样,先生,当然,除了我那时是坐在办公桌后的。普罗瑟罗先生回答了一句妙语,大意是说军人的支柱最终还是倾倒了,这个说法第一次当然是'艾冯河畔的天鹅'[①]莎士比亚使用的。"

"真是太有趣了——"奈杰尔的话是指事情本身,而不是指这场对话,"那么,就在您发送校样稿时,普罗瑟罗先生一直陪在您身旁吗?"

"确实如此,先生。大概也就几分钟吧。但我们很高兴地聊了几句,我还记得。印象中那次聊天非常愉快,很难得遇到这种事情。他聪明能干,也许脾性古怪,有点异乎寻常,但是思维敏锐。噢,普罗瑟罗先生还对文学作品颇有鉴赏判断力。如果这是普罗瑟罗先生审阅的最后一份校样的话,那将是温汉姆-杰拉尔丁公司悲哀的一天。"

奈杰尔相当不悦地思忖着,假如斯蒂芬早点说,在发送《战斗的时刻到了》校样稿时他自己也在场的话,那么这次专程拜访的麻烦事就可省去了,前印刷部门经理就能完全从嫌疑名单上删除了。然而,此时他无法轻易地脱身而去。贝茨先生有着上层职员热衷于闲聊的习惯,结合其操控话题的能力,使得聊天变得犹如老派交际般的正式、严肃,而贝茨先生的话语又滴水不漏,让来访者无机可乘,难以回避。

不过,既然他的话语无法阻止,但可以转换话题。于是,奈杰尔把话题转换到温汉姆-杰拉尔丁公司里目前的几个合伙人身上。莉

[①] 西方文化里将白色的天鹅作为美丽、高贵、圣洁的象征。在英国,卓越的诗人或歌手可与天鹅作比。莎士比亚的家乡在艾冯河畔,故一度称他为"艾冯河畔的天鹅",即"the Swan of Avon"。

兹·温汉姆,他已经知道,是公司创办者的孙女。亚瑟·杰拉尔丁则是原来的约翰·杰拉尔丁的侄孙。尽管从法律意义上来说,亚瑟是高级合伙人,但根据贝茨先生的看法,莉兹·温汉姆在公司里发挥着主要的影响,因为她有着她祖父那种精明的生意头脑。然而,她与作者打交道却不总是那么愉快,贝茨先生一提到那几个令人反感但又对出版公司必不可少的助手时,又变得一本正经了。杰拉尔丁先生的长处是他"总有办法",虽然脾气急躁,但也愿意与人协商。他还具备某种近乎神秘的天分,能够预先估计出一本书的销量。贝茨先生着重指出,这一点对出版公司的成功是至关重要的。第一次印刷得太多,你就会在手上积压着一大堆卖不出去的库存;一开始就印得太少,你可能会来不及重印,难以满足意想不到的需求。无论出现上述哪种情况,金钱都会受到损失。杰拉尔丁先生有个非常有用的才能,能够根据已销售的书的数量预估出读者的反应。

贝茨先生在聊天中插入了大量的奇闻轶事来证明杰拉尔丁先生的这种天赋,随后,他又转向了那个新的合伙人。巴慈尔·莱尔取代了一位叫查尔斯·温赖特的先生,那位先生在前一年出车祸丧了命。莱尔曾在战后开办过自己的出版公司,起初一切良好,但随着经营费用急剧上升,而又缺乏优秀的存书,最终经营失败了。去年,就在他濒临破产之际,温汉姆 – 杰拉尔丁公司开始与他协商谈判,最后接收了他公司的股本和信誉,给予他合伙人的地位。

"可以说迈尔斯小姐也算他部分的股本吗?"奈杰尔问道。

"他没有替她出版,但我相信,他已经委托她写自传了——或者,无论如何，正在磋商此事呢。"

"一件值钱的财产。"

"从销售潜力来说，我同意。"

"但不是从其他方面吗？"

"据我所知，这个作者的生涯有点不合常规。"贝茨先生明确说道。

"她的书，"奈杰尔忍不住问道，"也许会让年轻女孩脸色羞红的。"

"我也怀疑这本书是否会成为增进身心健康的家庭阅读，"贝茨先生赞同道，"您知道，她大概还是个离过婚的人。"

奈杰尔表示出适当的震惊。

"结过三次婚。不提了，嗯哼。"

"不会是真的吧！有孩子吗？"

"有个儿子，是第一次结婚生的。他叫西普里安·格利德，是个一事无成的家伙，我很抱歉地说。几个月前，他给我们造成了很大的麻烦。"

"什么？您的意思是说给公司造成了麻烦？"

"是的。他要求我们支持他创办一本文学期刊。他就是那种从不安心坐下来认真做事的青年——放荡不羁——在文学界混饭吃的家伙。"

"拒绝他了吗？"

"当然，温汉姆小姐和杰拉尔丁先生态度公正坚决。但他纠缠了他们相当长的时间——不断地跑来，不管有没有事先约好。他的母亲更是把事情弄得难以处理。公司借给她一个办公室写作，所以我们没法拒绝他去找母亲。"

"这是什么时候发生的事?"

"几个月前。让我想想,可能去年7月就已经发生了。"

"您记不记得发送《战斗的时刻到了》去印刷的那天,他来过吗?"

"恐怕记不得了。但是,如果您感兴趣的话,桑德斯小姐能够告诉您,她是我们的接待员。她会记下每个来访者。"

第四章

另有说辞

奈杰尔回到安吉尔大街时，恰好在温汉姆－杰拉尔丁公司的大门关闭之前。他在地铁上已经浏览了一下几家晚报，有一家报纸上刊登了一篇《战斗的时刻到了》的书评，提及但并未引用对查尔斯·布莱尔－查特里爵士的激烈批评；另一家报纸上有篇新闻报道，谈及禁止和收回此书的事，接着简要地报道了托雷比将军被革去了那个殖民地指挥官的职务后在那里发生的动荡；第三家报纸则根本没提此书，也没提即将发生的诽谤诉讼案。

那个略带吉卜赛女郎气质的萨默维尔大学毕业生坐在接待室的办

公桌后，奈杰尔觉得自己以专业审稿人的身份，没法向她了解需要的情况，所以干脆就直截了当地说："杰拉尔丁先生告诉我，你保留着公司所有来访者的名单，桑德斯小姐。"

"对。"

"请告诉我，在7月23日中午到7月24日上午之间，有谁来访过。"

那女孩显得很迷惑，还略带忧虑，说："我不能肯定，是否——我的意思是——"

"给杰拉尔丁先生打电话，问问他是否可以给我提供这个信息。"

她照办了，然后从抽屉里拿出一本大大的皮革封面本子，翻阅起来——非常缓慢，仿佛她也在心里翻腾着某个问题。"您说7月23日？找到了。下午。托雷比将军，里森-威廉姆斯先生，迈尔斯小姐……"她读出了一连串的名字，有十来个人。"7月24日。艾因利先生，迈尔斯小姐，贝利森先生，史密斯先生，里奇先生，韦恩太太，霍洛韦小姐，道尔牧师。这些都是直到中午的名字。"

奈杰尔注意到在"贝利森先生"和"史密斯先生"这两个名字之间有个不易察觉的停顿，但他没有直接发表意见，而是问道："就这些了，是吗？"

"全在这里了。"她的眼神大胆平静，看了他一下，然后把登记本放进了抽屉里。即使她对奈杰尔的奇怪要求很好奇，她也忍着没有表示出来。

奈杰尔谢过她，走出了接待室，按了电梯铃，上了二楼。然后他悄悄地出来，又从楼梯下来了。

"我把晚报忘在这里了。"他说道，又走进了接待室。桑德斯小姐一怔，来不及藏起皮革封面的登记本，还有擦墨水的橡皮。她的脸色因愤怒而涨红了，抗拒他试图从她手里夺走登记本，但一会儿之后，她耸了耸肩，放手了。

奈杰尔没看登记本，问道："为什么你要擦掉西普里安·格利德的名字？"

"我没做什么——"

"很不光彩啊，公司历史上第一次。"奈杰尔翻开登记本，翻到7月24日，就在"贝利森先生"和"史密斯先生"之间，迈尔斯小姐儿子的名字被擦掉了一半。

"你该死的究竟是谁啊？"那女孩愤怒地大叫道，"是效率专家还是其他什么东西？这简直令人无法忍受——"

"你为什么要抹掉西普里安·格利德的名字？"

"我拒绝告诉你。"

"就是因为不喜欢这个名字吗？那我就不感到惊奇了。"

这种挑衅获得了理想的效果。那女孩脱口而出："西普里安是——如果你一定想知道的话，他是私下来见我的。公司不鼓励在上班时间里来的追求者，而我不想让你去合伙人那里闲聊时透露出来，因为你看起来像某种间谍。"

"如果这是私人来访，这类来访公司是不赞成的，但奇怪的是，你竟然会把他的名字登记在册。"

桑德斯小姐脸又红了。"这已经成为职业习惯了。"她说道。

"即使对'追求者'也是这样吗？"

"你这是粗暴的冒犯！"

"这是你说的，不是我说的。格利德先生在公司里待了多长时间，你还记得吗？"

"他整个时间都在这个接待室里。"女孩抗议道。

奈杰尔对她的话不置评论。

"你记得确切的时间吗？看在上帝的分上，别撒谎。史密斯先生和贝利森先生大概是事先约好的，那么，西普里安·格利德来的时间也就能确定了。"

"我想，他进来时大约在十点半，然后就待到——不，我记不得了——不会很久。可眼下，这又和什么事有关呢？"

"亲爱的姑娘，你很清楚我们在谈论什么事。"

"西普里安绝对是个正人君子。"

"很好。那么为什么需要把你卷入这种状况？一个正人君子永远不会对《战斗的时刻到了》玩弄这种花招，"奈杰尔手里举着校样稿，"为了报复公司，就因为公司拒绝支持他的文学期刊。他会这么做吗？"

"每个人都看错了西普里安，"那女孩可怜兮兮地说，"只要他们给他一个机会——"

她拿下眼镜，开始拼命擦拭，她的眼睛蒙眬湿润，不戴眼镜显得很奇怪。

"嗯，"奈杰尔微笑着把皮革封面的登记本还给了她，"我得去忙我那桩不吉利的事了。高兴点吧，并没有失去一切。无论如何，还没有呢。"

奈杰尔步履沉重地上了楼梯,去斯蒂芬·普罗瑟罗的办公室。斯蒂芬朝他投去了若有所思的眼光,随即又埋头去看自己正在审阅的那份打字稿了。他看上去仿佛是在用鼻子审阅似的,他的鼻子悬浮在纸页上,就像是蜂鸟鹰蛾,时不时地猛冲下去,仿佛要闻闻作者的写作风格,所以他的鼻子抽动着,频繁地吸气。在这般抽样审阅了几页这本书后,他"呸"了一声,在一张纸上潦草地写了几个字,附在打字稿上,然后又抬头看向奈杰尔。

"他们说,每个人都会写一本好书。他们说错了。你去哪里了?"

"找人聊聊,比如贝茨先生。"

"他在你耳边叽叽喳喳地说了些什么?"

"他说,当时他发送《战斗的时刻到了》去印刷时,你也在场。"

"如果他是这么说的,那我肯定是在了。为什么这么说?"

"嗯,他不可能篡改校样,不然你会看到的。"

"但我告诉过你,他不会干的。贝茨是有点让人讨厌,但不会卑鄙无耻。"

"在'不会'和'不可能'之间有点区别。假如,如他所说,你把校样送到了他的办公室,待在那里聊天,同时他写了张封面便条,然后就包扎好,那么,你的证词就证明了贝茨的清白。"

"好。那么,我会提供这个证词。"

"但是,你真记得是这样的吗?"奈杰尔耐心地问道。

"太久之前的事了。但我肯定,贝茨说得没错。他完全缺乏想象力,所以他不可能凭空想象出来的。"

听了这话,奈杰尔只能感到满意了。斯蒂芬的目光已经移到另一份打字稿上去了。

"迈尔斯小姐的儿子那天上午来见她了吗?"奈杰尔问道。

"那个年轻的傻瓜?可能来过,据我所知。去年夏天,他一直在骚扰那个办公室。"

"你有没有碰巧记下了他的建议遭到拒绝的日期?"

"没有。我来问问。"斯蒂芬拨了个内线电话,"亚瑟?我是斯蒂芬。你和莉兹拒绝年轻的格利德那个创办文学刊物的糟糕方案是哪天?你和他最后面谈了,是不是?……7月21日。谢谢。"斯蒂芬转向奈杰尔,"7月21日。不祥的巧合,嗯?噢,我忘了,莱尔说等你回来他想和你聊几句。"

于是奈杰尔离开了这个矮个子男人,离开了他那个守护精灵似的悬浮在无灯罩的淡黄色灯光下的脑袋,下楼去了巴兹尔·莱尔的办公室。这个资历较浅的合伙人坐在办公桌后,正在和一个神色沮丧的中年女人说话。

"稍等一下,斯特雷奇威。坐吧。"莱尔递给那女人一份广告促销方案。"格里芬小姐,这是你的方案,是吗?请再细看一下。你真的认为,大凡活人都会因这个广告而被吸引去读此书吗?'一本有关东部盎格鲁年轻人的动人爱情小说。'这就会让读者热血沸腾,并且让人充满了火热的好奇?"

"嗯,我肯定我——"

"我们为这个广告空间支付了25英镑,假如无法获取读者的关注,还不如把钱捐给流浪狗之家呢。"

"'女人中的凤凰'怎么样?"奈杰尔建议道。

格里芬小姐听了建议,毫无笑容。"我认为杰拉尔丁先生不会在乎——"

"我们不是把书卖给杰拉尔丁先生的,"莱尔插话说道,"我们在设法卖书给许多傻瓜,他们更愿意看电视。等一下——那个女主人公叫什么?海伦。是这名字。'奈利'还是'特利'?是在这几行里的吗?不。他们每次都选择特利。我找到了——'萨福克·海伦的故事,让人倍感心碎。'"

"但实际上,莱尔先生——"

"我敢说她没做到。但百分之九十的小说读者是妇女,而她们中百分之九十九的人会认为,她们只是在身后留下一条心碎的痕迹而已。就这样吧,格里芬小姐。"

格里芬小姐退出了办公室,那副神色让人觉得是她脑子碎了,而不是心碎了。

"这家公司的麻烦是用富有教养的暗示做广告,就像管家向你提供红葡萄酒或者白葡萄酒那样。"巴慈尔·莱尔用手弄皱了他那蓬乱浓密的姜黄色头发,忽然之间显得非常年轻。"哦,你的进展如何?"

奈杰尔对他简要地谈了谈自己和托雷比将军的会面,但详尽地谈了他和贝茨先生的对话。

"我觉得你可以把贝茨排除了。"

"是的,我也是这么认为。"莱尔咬了一下指甲。他显得有点神经质,无疑,他会成为一个富有活力的人。"有线索吗?我的意思是指纹或笔迹。我曾想过这是你会首先追踪的事。"

"我已经请警方的一位笔迹专家在今晚看看校样,他是我的朋友。但是,仅仅一个词,只用正楷大写字母写了两次,这不太可能让我们获得什么东西。至于指纹,校样本上全是各种指纹,这是一方面;另外,你认为合伙人会让我采集公司里每个员工的指纹吗?"

"为什么不可以呢?"

"包括迈尔斯小姐吗?"

"米利森特?她怎么也牵涉进去了?"

莱尔的语调尖锐,在压力之下,从他的语音中能听出一丝粗鲁。奈杰尔心中暗想,他一个外地男孩,父母均属中低阶层,现在已经算是成功了,这就解释了他面对下属员工时不免自以为是,就像对待格里芬小姐一样。此人敏感易怒,还需要谨慎对待。奈杰尔端详着眼前的这个红发青年男子片刻,只见他把座椅往后倾斜,靠着墙壁,身着整洁的黑色西服,但衬衣领子软塌了,领带也皱了。

"迈尔斯小姐有干此事的动机,实际上有两个动机。"

"动机?别胡扯了。"

"在战争期间,她曾遭到托雷比将军当众羞辱。另外,这家公司已经拒绝重印她的几本小说。"

"你就把这称为动机?"

"对一个以自我为中心、报复心强的女人来说,这就能成为动机。"

巴慈尔·莱尔猛然从后仰靠墙的状态前倾端坐起来，他座椅的两只前脚"砰"的一声砸在地板上。"你是来就任职业品行鉴定人的吗？"他气势汹汹地开口说道，"好，看看这里——是的，这是什么？"

一个魅力十足的金发女郎已经走进了办公室。

"您的信件，莱尔先生。"

"哦，该死的信件！"

"您说您要这些信件赶6点钟的邮班，现在已经是5点55分了。"

巴慈尔·莱尔开始签署他办公桌上一沓放在文件夹里的信件。"我想，你是想在6点见你的男友吧。"

这种玩笑听上去奇怪做作，很不自然，仿佛他是从函授课程里学来的。那个金发秘书以一种慈母般的神态，几乎是很亲密地看着莱尔低着的头。奈杰尔心想，他笨手笨脚的样子女孩都会关注，她们甚至会觉得这具有某种吸引力。

"'Colophon（版权页标记）'，这词只有一个'l'，达芙妮。好吧，我已经改过了……给你。快去，别让他对你动手动脚。"

"晚安，莱尔先生。"

那个女孩离开之后，巴慈尔·莱尔翻弄了一会儿办公桌上的校样稿，然后突然说："你有空吗？一起去喝一杯吧。我烦透了这个办公室。"

他们离开了公司大楼，现在已是一片宁静，边门旁只有一两盏过道灯亮着。夜晚的空气又湿又冷，莱尔却深深地呼吸着。

"这还差不多，"莱尔说道，然后，他抬起头看向泰晤士河，"从没想过我会想再看看一条大河。我爸爸曾在泰恩河畔当过焊工，他是经济大萧条的受害者之一,死了就那么悄悄地腐烂消失了。可怜的老爸。"在路灯下,他抬头瞥了一眼安吉尔大街上优雅建筑的外表,脸上呈现出某种难以置信的得意神色,仿佛他仍然无法相信是运气把他带到了此地。"我爸爸非常喜欢阅读,即使在 1930 年之后,也花费了大量的时间阅读。公共图书馆里很暖和,可你总不能啃书吃吧。"

他带奈杰尔走进了一家安静的小酒吧,隐藏在安吉尔大街和斯特兰德大街之间。"没多少人知道这个地方,我们可以安静地聊聊。"酒吧里确实客人稀少,店里有高背长椅,壁炉火焰欢快地跳动着,颇有乡村酒吧的感觉。莱尔为自己点了双份的威士忌和追饮酒,为奈杰尔点了荷兰杜松子酒。

"米利森特·迈尔斯,"他忽然间问道,"你很了解她?"

"我今天才遇到她。"

"嗯,我知道了。我要告诉你,她是个被人大大误解的女人。她年轻时有过艰难的时期,和我一样。这会留下心理创伤。所以像普罗瑟罗这样博学的知识分子,对她的书嗤之以鼻,那是太自然的事了。当然,他们都是逃避现实的人——"

"逃避什么?"

按照巴兹尔·莱尔的说法,米利森特的父亲是个酒鬼,她才十多岁时,父亲就破产了,她母亲是个荡妇。她父母总是争吵,她父亲的脾气难以捉摸,喜怒无常——他会无端打骂小女孩,然后又酒气冲天地对她满口乱说后悔,而她母亲则把她当作不付工钱的奴隶那样使唤。米利森特在十七岁时就离家出走了,找了份工作,当店员。她悲惨压抑的少女生活让她产生了各种幻想，后来使她的作品成为图书馆出借率高的受宠读物。

"你一直在读她的自传吗？"奈杰尔问道。

"不，都是她告诉我的。"莱尔在叙述中喝下了好几杯威士忌，酒劲开始显现了，"你很可能认为她是没有感情的那种人，那你就完全错了。在她的外表背后，完全就是个不起眼的小人物，比你遇到过的大多数敏感的男男女女都要脆弱，而且孤独。"

"你最早是在什么时候认识她的？"

"在一个文学圈的鸡尾酒会上，几年前的事了。那时我还没开始自己从事这个行业。我当时立刻就对她这个完全的陌生人说：'你看起来很孤独。'那真令人惊奇——不知道是什么促使我这么说的。她就说：'你是第一个意识到这一点的男人。'我看得出，她在与男人们的关系上有过坎坷的经历。别轻信别人告诉你有关她的一切。"

"我不会。"

"你说什么？"

"我说'我不会'。"

"太好了。再来一杯。不，我坚持。还要荷兰杜松子酒？我们说到哪里了？对了，经历坎坷。你知道吗，她十九岁时，一个男人诱奸了她，假意答应和她结婚——老套的故事了——然后就把她扔在垃圾堆里溜走了，她的婴儿因难产而死。哎呀，她可是吃尽了各种苦头。一年以后，她嫁给了一个股票经纪人什么的，只想脱离贫困。就在那时，她开始写作了。假如你要问我为什么的话，也是为了逃离那个股票经纪人。"

"她和那人有个儿子,是吗?"

"是的。西普里安。"

"他怎么样?"

"一条寄生虫。"莱尔喝下的酒快速地使他由兴奋变得沮丧,"满脸胡须的寄生虫,就像吸水一样吸干了她的钱。"

"温汉姆-杰拉尔丁公司拒绝了他创办期刊后,他是不是非常恼怒?"

"我估计是这样的。"莱尔已经对那个臭名昭著的西普里安毫无兴趣了,"我要求公司重印几本她的书,这也是理由之一。她需要钱。她的慷慨大方很荒唐,你知道,她主动要往我自己的公司里投资,但那时已经太晚了。"

"但还有其他理由吧?"奈杰尔暗示说。

巴慈尔·莱尔警觉地瞪了他一眼,说:"你有那么多该死的问题要问,多得就像布卢姆斯伯里的文物一样。总是追根究底地调查刺探,好像人际关系就是烤架上挂的肉一样。你参加过战争吗?"

"这就不用说了。"

"我见过一个坦克乘员,他们的坦克被炸了,说就像在火上烤一样!你知道你们那一代错在哪里吗?你相信善良啦、仁慈啦、正派啦,其他的还有平等,但正派总是占据主流——那就是你们这些人认为的。那是让人讨厌的可怜。"

奈杰尔就让那个话题过去不谈了,他设法让莱尔谈谈自己是如何开始从事出版业的。战争一结束,莱尔就进入了一家广告公司,很快就得到了提升。米利森特·迈尔斯的第三任丈夫就是他们的一个客户——他是个富有钱财、很有文学爱好的生产商,他很喜欢巴兹尔,发现巴兹尔有意从事出版业,就向他提供了必要的资金,支持他开创了出版公司。

"那真像个童话故事,"莱尔说,"可是没有童话故事的结局。"

奈杰尔能够想象这个坚强的外地年轻人是如何因米利森特·迈尔斯的文学兴趣而产生奢望,在被她带进去的那个文学世界里弄得有点眼花缭乱了。无疑,她却一直对他若即若离,因她离不开一群仰慕她的男子。但她是怎么做到能保持与他们的关系如此之久的?又是怎么对他隐藏她本性里的冷酷和自我中心如此之久的?他的性格中肯定有着某种弱点,浪漫的性格弱点,或者也许是与他声称不予相信的正派有关——某种遮蔽了他眼睛的忠诚吧。

奈杰尔又将聊天内容引回到米利森特·迈尔斯,他这才知道,她和第一任丈夫,那个股票经纪人,离了婚,那人已经去世了。她的第二任丈夫是个神经过敏的赛车手,开枪自杀了。她的第三任丈夫,也即巴兹尔的主顾,在一年之前也和她离婚了。

"她感觉自己命里注定永远不会好了,永远不会有长久的幸福了,"莱尔说道,"可怜的女孩。在她一切伪装的外表之下,你知道,她仍然还是个小女孩。"

天哪,天哪,奈杰尔心想,于是你就爱上了她,你要成为她的白马王子,收拾起她的碎片,再次把她拼凑完整。

"我想重印她几本小说的另一个理由是,"莱尔继续说道,"这或许有助于她重新振作起来。而且,正如我说的,有那个吸血鬼似的西普里安在她身旁,她需要钱。"

"但其他合伙人都反对?"

"杰拉尔丁没反对;莉兹·温汉姆相当冷淡,我承认;但普罗瑟罗倒是真正的障碍。"

"他肯定对你要出版什么没有发言权吧?"

巴慈尔·莱尔站起来,故意捅了捅壁炉炭火,然后倚靠在壁炉台旁,毫无热情地盯着一张广告,上面是一个裸体女人在向公众推荐一瓶冒着泡沫的苹果酒。

"普罗瑟罗已经担任公司的文学顾问二十五年了,"他终于说道,"是的,他拒绝出版的书其他公司也不会接受的,更不会因此成功。我同意这一点。但他现在变得有点守旧,不愿意去读任何不属于他称为虚构作品的'写作'。嗯,华丽做作的文字作品正在逐渐消失。不管怎么说,答案是,那两个合伙人都不会喜欢他坚决反对的作品,除非他们对这作品都充满了热情。"

"那么,他们对迈尔斯小姐的自传都满怀热情吗?"

"不是很热情,但我还在经营自己的公司时已经和她签了合同,所以温汉姆-杰拉尔丁公司也就或多或少地接管下来了。"

"全然不顾普罗瑟罗的坚决反对?"

"没有,他倒没有制造障碍,我相信,他只是反对重印小说而已。但他的确讨厌米利森特。"

"是因为过去的事情吗?大概他们过去认识吧——"

"不。我问过米利森特,她说她去年夏天才遇到他。创作力干涸的小个子。他出版过什么呢?也就一本薄薄的诗集罢了。"

"一部了不起的诗集,有可能。"

"你是这么认为的?我读过了,尽是些色欲和憎恶。既有维纳斯,也有尖酸刻薄。"莱尔缓慢地拿起点燃的香烟屁股摁在广告上那个裸体女人的肚子上。"性欲!"他嘀咕着,"他们为什么不能把它关到黑暗里去?"

第五章

追踪查询

第二天是星期四,奈杰尔·斯特雷奇威上午 9 点 30 分不到就走进了安吉尔大街。又是一个灰蒙蒙的阴天,天际线就像是一块肮脏的抹布,那些房子和树木,那条河流和河流上的几座大桥,看上去都仿佛被一层油腻弄得污迹斑斑。室外的空气寒冷刺骨,桑德斯小姐回复他"早上好"的声调里透出些许冰冷。她阴郁地宣称,那个格利德先生,想要见见他,会在 11 点钟来。

"好啊,那会省掉我不少的麻烦。为安全起见,请他把他的那几个指节铜套交给你保管吧。"

桑德斯小姐对这尖刻话皱了一下眉头。可以想象一下，当一位西班牙绅士在课堂上就一个严肃的话题随口说出几句庸俗轻浮的话时，她的脸上会出现何等不屑一顾的神色。这年轻人的态度是何等的严峻啊，奈杰尔边思忖着边上了楼，但人们总是不断地遗忘。巴兹尔·莱尔昨夜对性欲的挑剔话，那是老派的工人阶级式的清教徒主义，不管怎样，他不可能有三十多岁了吧，难道他是情感发育不良？时间会说明一切的。

斯蒂芬·普罗瑟罗已经在工作了，他小心翼翼地审阅着一大沓打字稿，心不在焉地回应了一下奈杰尔的招呼。有一个词引起了他的注意，他那长长的鼻子就像啄木鸟的喙似的钻到那页纸上，仔细阅读。

"又有一个家伙说'disinterested（公正无私的）'，可他其实想说'uninterested（不感兴趣的）'，"他咆哮起来，"这种蹩脚的语言真是让人无法忍受。"

"有些词已经在过去改变了含义。"

"这不是关键点，关键是没有'disinterested'的同义词，而我们又不能失去这个词。"

"或许我们已经失去这个词的含义了。"

"失去了公正无私？作为一种理想？我猜想。"这个小个子男人的脸上突然伤感起来，奈杰尔难得见到伤感竟会如此扭曲一个人的面容，黑黑的眼睛，下垂的嘴角，把他的脸变换成一个悲剧面具。上面伤痕累累，形成了深深的皱纹，犹如早被情感的洪流冲刷得千沟万壑的河床，现在干涸了。

"你没有《名人录》吗?"奈杰尔问道。

斯蒂芬从他自己栽下去的坑里跳了出来,无论那是悲伤之坑,还是懊悔之坑,或是自责之坑。"走廊最后的那个房间是参考资料图书馆。"他说。

奈杰尔走了出去,经过迈尔斯小姐的办公室门口,室内的打字机此刻沉默无声。他走进了再过去的一个大房间。一个年轻的金发女郎,头发蓬乱,却不无魅力,比起公司里大多数的女性员工,更是少了许多书生气,她正对着随身携带的小镜子梳理头发。

"喔,"她发出了一声惊叫,听起来却颇有教养,"你吓了我一跳。"

"请别站起来。我的名字叫斯特雷奇威,我在普罗瑟罗先生的办公室工作。我来找本《名人录》。"

那女孩对这要求显得很茫然。

"嗯,我不知道是否——你看,我正的(真的)不在这里工作。"

"你的意思是说你是个鬼魂?"

女孩眼睛一下子睁得非常大。"喔,不是,请放心。我正的(真的)在楼下工作。"

"你让我很惊奇啊。"

"我在票据部门工作,但是珍病了,所以我今天来代她的班。你要什么书?"

"《名人录》。"

"对不起,谁的路?"

"是一本参考书,叫《名人录》。"

"噢,一本书。"女孩的眼睛拼命地在房间里扫视,可里面的书从地板到天花板堆满了。"我们和这里的书没什么关系。"她看着天花板想获得点灵感。"哎,普罗瑟罗先生——他知道书,你为什么不去找他?"

"就是普罗瑟罗先生让我来这里的。"

"嗯,有点滑稽,是吗?"

"也许,如果我自己在书架上找的话——"

"那你请吧。"

"那本书有个厚厚红红的书脊。"

女孩"咯咯"地笑着,说:"你真调皮。"

奈杰尔扫视了一番书架,温汉姆-杰拉尔丁公司的出版原件档案可以上溯到百年之前了。在远处靠近窗户的那个角落,有两个书架的参考书。奈杰尔取出自己想要的那本,翻到了米利森特·迈尔斯的名字,开始记笔记。金发女郎俯身在他肩膀上看着,入迷了。

"约翰尼·雷会在这里吗?"

"我不知道。他是谁?"

那双蓝眼睛立刻圆睁,让奈杰尔感到迫在眉睫的危险,似乎快要被吞噬了。"谁是约翰尼·雷?他是——翻下去!你在取笑我!"

"你自己翻吧。"

"他是个歌手,我的偶像。"

"幸运的家伙!"

金发女郎暂时对她的偶像不忠了,她更沉重地趴在奈杰尔的肩膀上，看着他翻到《名人录》里的另一个名字。

"你让我想起了一个电影明星——那种粗糙的老电影里的明星——我男友带我去看的——他是个知识分子,我指男友。好了,他叫什么名字?伯吉斯·梅雷迪思吧。"

"不要告诉别人,"奈杰尔对着她壳状的耳朵轻声地说道,"但我就是伯吉斯·梅雷迪思。你是谁?"

"别犯傻了!哎呀,我明白了。我叫苏珊——苏珊·琼斯。不过,老实说,你不是正的(真的)——"

"嘘!"奈杰尔说,"我实际上是个有名的侦探,私家侦探,化装成奈杰尔·斯特雷奇威,再化装成伯吉斯·梅雷迪思。"

女孩欢快地笑着,那头金发靠在他的脸颊旁颤抖不已。"一个侦探!那是你根本干不了的事——任何人都看得出来的。"

奈杰尔记好了笔记,把书放回去,说道:"你一整天就一个人待在这里,一定很孤独吧。不过,你有那么多的书可以看看。"

"我不喜欢看书。对我来说,你可以有这个运气。现在,我男友——他非常喜欢看书,老是把头埋在书里,有时候真让我觉得有点害怕。"

"简直是浪费时间,他有你这么个女友。"

"我也是这么对他说的。我们只能年轻一次,对吗?我肯定,不是个人的想法。梅尔——斯特雷奇威先生。"她含情脉脉地看了他一眼,"我喜欢成熟的人,我自己认为。"

"你得小心,年轻的苏珊。我现在是危险的年龄。我们周围所有的这些书都会引发感情的。"

"喔,你太粗鲁了!"女孩高兴地叫道。

如此一番调情之后,奈杰尔问她是否和迈尔斯小姐有什么接触。

"那头自高自大的母牛?别胡扯了!喔,她不是你的朋友吧,是吗?"

"不是。这儿有谁喜欢她吗?"

"就我们两人之间说说啊,他们说莱尔先生有点……太震惊了,我这么说吧,她是老得可以当他妈妈的人了。"

"那么,普罗瑟罗先生呢?"

"噢,他没法容忍她,大家都知道的。从她开始在这里长住起,他们就争吵过。"

"是吗?怎样的争吵?"

"我没听到,但我的朋友珍,她碰巧去普罗瑟罗先生的办公室一会儿,就听到他们争吵不休了。她对普罗瑟罗先生实在太无礼了。"

"怎么无礼?"

"嗯,珍妮没时间去弄明白究竟是为什么事,但她听到迈尔斯小姐骂他'眼罩',骂得冷酷恶毒,就像影星贝蒂·戴维斯那般泼辣。嗯,我是说,他又不是影星马龙·白兰度,但——"

"珍肯定她就是那样骂他的吗?"

"她听到迈尔斯小姐说'眼罩',两次,特别响亮。她没听到其余的话,只知道他们两人都发了脾气。但是,普罗瑟罗先生戴的眼镜有点像马车灯——嗯,所以听上去有点道理,她是在发泄个人的看法,对吧?"

"那不是他在公司里的绰号吧?"

"噢,不是。我相信有人叫他'对虾'。"

"眼罩。谁戴眼罩?"

"哦,骑摩托车的人,还有——"

"你听了会惊得瞪大眼睛,苏珊,迈尔斯小姐的第二任丈夫就是个赛车手。"

说完了这句满意的结束语之后,奈杰尔离开了,留下苏珊·琼斯一人吃惊不已,她的眼睛睁得又大又蓝,快要赶上好莱坞明星的游泳池了。

接下来的一刻钟时间,奈杰尔在向导的陪同下参观了公司的这幢大楼。他想在心里清晰地记住大楼的布局结构,而斯蒂芬·普罗瑟罗也宣称很乐意暂时放下那些手稿。从四楼——编辑部门开始,包括了参考资料图书馆和一个工作室,然后他们往下走到三楼,那里由合伙人及其秘书,还有广告部门占据了。二楼都和公司纯粹的商务方面相关,有印刷部门经理办公室、会计部门、票据室,等等。最后,底楼有接待室、发行部门,还有个大房间,包装工们听着来自广播电台《轻松一刻》节目里的音乐,在霓虹灯下忙碌着,再过去就是一个更大的仓储间。

"就是这样了,"他们回来时,斯蒂芬说道,"布局简单,但有象征意义。四楼负责教育启蒙,二楼管理钱财,而合伙人则成了夹在两层之间的三明治。"

奈杰尔注意到他的向导到处受到尊重,也许只有对一个合伙人才会如此，但同时在这种尊重中没有卑躬屈膝之态——显然，斯蒂芬很受员工们的欢迎。据奈杰尔所感知到的，这些员工相互之间关系似乎很好。斯蒂芬对其他部门在忙什么有点含糊其词，却又毫无困难地回答了奈杰尔提出的各种具体问题。

在接下来的半小时里，奈杰尔检查了办公桌上的文件夹，里面包含了昨天他要求的数据：一张员工名单，他们的工作期限和职责；一沓工资津贴表格，上面有每个员工用正楷大写字母写下的姓名，其下则是签名。奈杰尔从未指望从中获得线索，而他也确实没有。他要求提供这个数据，主要是为了给人以一种有效率的印象。他把工资津贴表装进了一个大信封袋里：他在警察局里的朋友或许能派点用场，尽管对奈杰尔来说，一个人用正楷写下的大写字母与另一个人的难以区别。

"笔迹专家能辨认出正楷大写字母吗？"斯蒂芬·普罗瑟罗问道，此刻他放下自己的工作，抬头看过来。

"我认为，对'STET（保留不删）'这样一个简短的词来说几乎不可能。当然，假如你有某种古怪的习惯，比如'T'这个字母上的一横是从右到左写的，或者通常写某个字母的最后笔画是往下的，却成了往上的——那么，他们就能辨识出来了。"

"我也这么认为。那么，你该怎么着手调查这样的情况呢？"

"寻找动机，还有机会，那样会缩小一点范围。这就让我想起来了——西普里安·格利德一会儿要来见我。我在哪里能……"

普罗瑟罗猛地用拇指往肩后一指，说："去那里，如果你愿意的话。那个女怪美杜莎今天上午似乎去其他什么地方施展魅力了。他要干什么？"

"我们等着看吧。你见过她第二任丈夫吗？"

"年轻的格利德是她和第一任丈夫生的儿子。"

"我知道，我指的是那个赛车手。"

"没有，我可不是赛车加油修理站里的常客。"

"开枪自杀了，据我所知。"

"我不会感到吃惊。"斯蒂芬·普罗瑟罗的嘴巴做了个像鱼那样啃咬似的动作，"有些人自杀了，另有一些人则是被自杀强加到他们身上的。"

电话铃响了。格利德先生来了，要见斯特雷奇威先生。"让他去迈尔斯小姐的办公室吧。"普罗瑟罗说道。

那人来了，他的模样无法让人生出好感：一个年轻人，身高不超过五英尺，下穿一条烟斗裤，上身是一件污迹斑斑的粗呢连帽风雪大衣，他原本就苍白的脸在稀稀拉拉的黑胡须和一顶黑色宽边帽的衬托下，显得更苍白了。

"你就是斯特雷奇威先生吗？"他有点咄咄逼人地问道，胡须后面闪现出白牙，"你侮辱桑德斯小姐，究竟想干什么？"

"坐下，我会告诉你。抽根烟吧。"

西普里安·格利德的手不由自主地伸向递过来的烟盒，随即又缩了回去。

"谢谢你，不了。我不喜欢别人讨好我。"

奈杰尔思忖着,从外表来看,格利德不喜欢任何好话。年轻人一屁股坐进了扶手椅,他颤抖得厉害,心里暗恨为何会颤抖,结果颤抖得更厉害了。

"你有什么权力欺负米里亚姆,就是桑德斯小姐,逼她告诉你——"

"没有欺负她。她对我撒了个谎,我拆穿了。我有权这么做,公司请我来调查最近发生的麻烦事。"

"什么麻烦事?"

"你母亲肯定告诉过你那桩诽谤案吧——"

"噢,那件事。所以你认为你那些盖世太保式的方式就有正当理由了,因为——那么这和我又有什么关系呢?"

奈杰尔判断,西普里安·格利德就是那种道义上的虚弱者,他得不断地给自己打气,装出一副咄咄逼人的样子,来掩盖他缺乏自信心的真相。

"你被牵涉进来了,"奈杰尔平静地回答道,"因为在那个校样本可能被篡改时,你就在公司的大楼里,也因为在此之前的几天,你的项目计划被公司拒绝了。"

西普里安轻蔑地说:"我想一个私人侦探,或者无论你自称什么,必定只有那种锁眼般狭窄的心胸。你真的以为,要是那个无能的将军自己卷进了麻烦,我会有一点在乎吗?"

"那么,在你的项目遭到拒绝后,你为什么还要到这里来?"

"我来看米里亚姆。"

"但随后你又上楼了。"

奈杰尔说得像一份证词似的,其实他还没有证据。

"我就是上楼了那又如何?我可以见自己的母亲,对吧?"西普里安对自己的虚弱之处有点气恼,又发了脾气,"我为什么要回答你的问题?"

"没人逼你回答。在这件事情上,你为什么不该配合?还是因为你对温汉姆-杰拉尔丁公司怀恨在心?"

这年轻人的眼珠转动了一下,这把戏让人想起他的母亲。

"假如你真的认为一个作者没有更好的事可干了,只剩下对自己遭到拒绝这种小失误耿耿于怀——"

"我肯定应该配合。"

格利德惊讶之余对奈杰尔的真诚做了回复,开始了他的长篇大论,谈他称之为"机构集团"之事。这似乎是一大群令人敬畏的保守人士,既诡诈又神秘——其中有编辑、出版商,还有作者——他们像黑手党似的在文学界里行动,推进自己的利益,阻止文学界以外任何人的努力。他宣称,只有像斯蒂芬·普罗瑟罗这样的人才能成为这个非法勾当里的主要人物——幕后掌权者,控制文学政策,指引文学趋势,给追随者们工作机会,扼杀外来者。这机构集团的根基在伦敦,在地方上也有其代理人:它控制的不光是出版业、大都市报纸和周刊的文学版面,还有英国广播公司、艺术委员会、英国文化委员会及历史较长的几所大学。它更是一种威胁,因为它的成员都不知道其存在,或者是宣称不知道其存在。他们是自选自立的寡头,巧妙地扩展他们的影响,或者残忍地维护他们自己的利益,但其个人对他们机构集团的目的察觉之少，还远远不如对珊瑚虫或烟雾粒子的了解呢。正是为了揭露和防范这个邪恶的（如果是无定形的）机构集团，西普里安·格利德才建议开办一家文学期刊。

他说得极其真诚，深信不疑，但奈杰尔发现他的观点单调乏味，最后就打断他的话说道："嗯，也许是这样吧，但这与我目前的工作无关，我面临的是出版物文字删节问题。"

"我对你肚子里的问题没兴趣。"西普里安厉声说道，对自己说话遭到打断甚为恼怒。

"你有机会，还有动机。"

"动机？我甚至还不知道你们的这个傻瓜将军呢。"

"没错，但是作为一位游击战的领导人——"

"你究竟在说什么？"

"作为在这场反对机构集团圣战中的战士，你自然会想搞掉它最有影响力的成员吧。你已经告诉我，斯蒂芬·普罗瑟罗也是他们其中的一个。"奈杰尔注意到推拉窗拉开了，他倒是希望斯蒂芬听烦了。"普罗瑟罗先生负责这本校样本，他有更好的机会去干这件肮脏事，他必然会受到最严重的怀疑。而你，格利德先生，你知道只要通过'保留删除'那些诽谤性段落，你就会有一个很好的机会让他丧失这份工作。这下那个机构集团的一根支柱就倒下了。"

一阵惊讶的沉默之后，西普里安·格利德说话了。"但那绝对是……"他正要说"异想天开的"，但假如这么说的话，那就差不多等于承认他那个机构集团的想法本身就是异想天开的。"我真的无法讨论此事,我来此地的目的是要求你对无礼对待桑德斯小姐的行为道歉。"

"那么,你算是白来一趟了。早安。"

西普里安又颤抖起来,他挠了一下散乱的胡须,说:"非常好。我会向合伙人报告你的行为的。"

奈杰尔没理睬他,把一张纸放进打字机,开始打字了。他非常肯定,西普里安·格利德来此并非是为了捍卫桑德斯小姐的,西普里安根本就没有那种骑士风度。这年轻人啃咬了一会儿指甲,又偷偷地瞥了奈杰尔一眼,说道:"大概我太直言不讳了。"

奈杰尔停止了打字,沉默地看着他。

"实际上,我不反对谈谈你的问题。"

奈杰尔心想,我是对的,他来这里是为了套我的话。但他为谁干的?他母亲?他自己?西普里安现在貌似在坦率地回答奈杰尔的问题:是的,他在7月24日上午来过温汉姆-杰拉尔丁公司。他想,大约在10点30分吧,他和米里亚姆说了几句话就上楼了。为什么?去见他母亲。为什么?哦,实际上,他缺钱了,想要预支给他的津贴。他没能在她离开住宅去办公室之前找到她。他怎么会记得这几个月之前发生的事呢?他查过他母亲的支票存根,上面记着7月24日她预支给他钱了。

"你很幸运,"奈杰尔评论道,"我无法想象有作者会喜欢在写作时被要钱的事打断。"

"噢,那是我计划的一部分。我进来时,就开始阅读她的打字稿,先恭维她几句，让她高兴。"西普里安说，直率得可怕，"她有一种不正常的虚荣心，即使对一个女作家来说也是过分了。我一般对她的写作根本没兴趣——当然那完全是没用的。所以计谋就成功了。"

"我明白了。"

"我拿到支票后，立刻溜了，在她改变主意之前。所以，你看，我不可能对那个校样本动什么手脚，即使我想做也不行。我在这里时，一直和她在一起。我想她还记得的，如果你去问问她。"

"但你可以在去看你母亲之前，先快速走进隔壁办公室，再快速出来，对吗？"

"我原本是可以的，但那不会有什么好处——即使我只想翻翻校样本也不会有什么好处。"

"因为普罗瑟罗先生在办公室里？"

"不，是因为我母亲在那里。"

奈杰尔听到这番话不动声色，他站起身来，关上了推拉窗。

"你怎么知道的？"

"我从小窗口看到她的。"

"看到她在和普罗瑟罗聊天？"

"不，就她一个人，她进去借用一块橡皮。实际上，她正在他的办公桌上寻找时我偷看到的。我就叫她，于是她直接回到这里来了，所以她可以给我提供一个不在场证明。"奈杰尔冷静地注视着西普里安。那年轻人转了一下眼珠，又补充了一句，"坦率地说，你只要去问她就行了。嗯，我想她也许不记得了，但是……"

"我不是不相信你。"奈杰尔继续仔细地审视着他。西普里安显然什么事都干得出来,但他知道自己在说什么吗?"我不是不相信你,但我有些怀疑橡皮的事。"

"你是什么意思?"

"你母亲有可能会篡改校样本。"奈杰尔直截了当地说。西普里安·格利德听明白了此话的含义,他不再表现出由米里亚姆·桑德斯的事引发的义愤。的确如此,他的眼里有某种眼神一闪而过———一种恶意算计的眼神,但他立刻又克制住了。

"我估计她会的,但我没想过这么做。"

"你认为她会的?"

"哦,从心理上来说吧,她要是这么干了,我也不会感到吃惊。她那种女人有时候很喜欢搞点恶作剧,你知道的,或者说是为了改变一下生活吧。"

"她会对谁玩恶作剧?"奈杰尔边问边站了起来,走到房间里稍远一点的角落,免得一生气就一脚踢到这个恶劣的年轻人。

"哦,就是那种不切实际的恶作剧,只是为恶作剧而恶作剧罢了。"西普里安显然想要对这一点展开谈谈,就在此时,门"砰"的一声被推开了,他们在谈论的人昂然直入。

"我告诉你别再来了,"她严厉地说,"没用的,你休想再拿到一分钱了。"迈尔斯小姐意识到奈杰尔也在场,她的个人魅力似乎消失了,随即又换了个方式兴奋起来,就像电子广告那般,眨眼之间就转换了。"哎呀,上午好,斯特雷奇威先生。很抱歉打断你们说话,我还不知道你们认识呢。"

"我们不认识,"西普里安说,"斯特雷奇威正在和我面谈——"

"我太高兴了,我们家里就数西普里安最聪明了。假如谁给他一份合适的工作,他会做得非常出色的,是吗,亲爱的儿子?"

"不是那种面谈,"她亲爱的儿子酸溜溜地回答道,"斯特雷奇威是个侦探。"

米利森特·迈尔斯把手提包放在办公桌上,坐下了。她的儿子依然伸手伸脚地坐在扶手椅上,注视着她,那神色就像某人察觉到一个不同的结果即将出现。

"侦探?"她说道,"那太有吸引力了!我从来就没有怀疑过这一点。你在盘问可怜的西普里安吗?"

年轻的格利德咧嘴一笑,"我们在讨论不切实际的恶作剧——还有实实在在的恶作剧,母亲。"最后一个词是带着恶毒讽刺的口吻蹦出来的。"你还需要我吗,斯特雷奇威?"

"不了。早安。"

西普里安·格利德拿起了黑色宽边帽子,他在门口朝他母亲含蓄地看了一眼,抛了个飞吻,就离开了。

"我真的希望他会定下心来干点实事,他很有才赋,但我担心他已经成了一个流浪汉似的人。我很自责。"

"哦,肯定不会吧。"

"你真好。"她叹了口气,朝他恳切真诚地看了一眼,"但他是个破碎婚姻家庭的孩子,假如我没有和他父亲离婚的话,也许就不一样了。虽说我有足够的理由这么做，天晓得，可我凭什么用遇到的小麻烦来烦扰你呢？"

奈杰尔想象米利森特·迈尔斯的畅销书里的对话肯定会涉及这几句话。这位畅销书的作者继续说道："我猜想，你在调查有关托尔那本书的事吧？"

"是的，你的儿子告诉我——"

"你可真是个调皮的男人。你让我以为你真是新来的审稿人，我还指望你会说服这家公司重印我的那些小说呢。"

"恐怕我帮不上忙，但你已经有了一个坚定的支持者——莱尔先生。"

"噢，巴慈尔，"她立刻回答说，"是的，我也这么想。他当然是个坚韧的年轻人，但太难了。"她又叹了口气，说道："我常常想知道，和我的出版商保持私人关系究竟是不是一件好事，也许还是应该限制在严格的业务范围内吧。"

听了这番令人惊讶的话，奈杰尔没做表示。她会从沾沾自喜、自我欺骗或是无论什么状态中惊醒吗？

"你儿子撒谎已经积习难改了吧？"

"还真是，斯特雷奇威先生！"

"我能相信他的证词吗？"

"什么证词？我不理解。"

"他告诉我说，校样本被篡改的那天上午，他看到你就在普罗瑟罗先生的办公室里——这等于说你被当场抓住了。"

奈杰尔仔细地做了解释。迈尔斯小姐脸上的表情变幻不定，但他无法确定这些表情的真诚度如何：她也许只是试了试手，又放弃了，就像试试新帽子一样。她最终的表情是个受了伤害的母亲。

"好啊，西普里安！你怎么可以这么说？"她断断续续地说道，"我们生活在什么年代了，孩子们居然提供证词反对他们的父母亲，而且还是假证词！"

"你根本没去普罗瑟罗的办公室吗？"

"我怎么能够记得呢？那是几个月以前的事了。我常常会突然去那里的。"

"你儿子来要求你提前预支给他的津贴，这会让你回想起来吗？"

"恐怕想不起来，"她回答说，显出一副悲哀缄默而又和蔼端庄的样子，"你看，这种事太多了。西普里安总是欠债，我想不出他究竟是怎么花钱的。天哪，他想问你借钱吗？"

"没有……请别介意我这么问——但你看过《战斗的时刻到了》里面的那几段诽谤性文字吗？"

她专注地皱起了眉头。"让我想想。我当然知道这些段落，普罗瑟罗先生告诉过我有关托尔书里说的那些事，我敢说我看到校样本就放在他的办公桌上，但是——"

"你对你儿子谈起过这事吗？"

"我想是的，"她绿眼圆睁，"噢，你不会认为西普里安会干那种事吧？"

她的声音听起来不太确信，而奈杰尔则认为她是故意这么做的。

83

他深感厌恶：和米利森特·迈尔斯及其儿子这种歪曲事实的情绪化人物说话，还真会玷污了自己。他还从来没有这么想抛开这个案子不管了。

"我在排除不可能会干此事的人，"他说道，"实际上，或者从心理上这么说。你认识杰拉尔丁先生很久了？"

她发出了一连串好友似的大笑。"对他，你可不能怀疑！我是在多年之前遇到他的，在某个非常奇特的情况下，然后直到最近才相见。为什么要问这事？"

"我在黑暗中摸索，寻找联系。比如说，杰拉尔丁先生和托雷比将军之间是否有某种联系，除了出版事宜之外？"

"我不知道。"

米利森特·迈尔斯明显失去了兴趣，此刻她的内心仿佛在为某种行为而争辩着。她的脸色凝重。

"我得说，第二个诽谤性段落倒是写得极妙，"奈杰尔说道，他开始引用起来，"'但是总督热衷于更为舒适的各种鸡尾酒会事务……并没有采取任何行动，除了阻止军队驱散骚乱分子之外。其玩忽职守的罪行导致了大量的生命陨落和普遍的财产毁灭。在乌隆博兵营发生的杀戮中'——"

"'大屠杀'。"迈尔斯小姐漫不经心地打断道。

"'杀戮'，肯定吗？"

"不对，是'大屠杀'，我的言辞记忆能力一流。"此刻她全神贯注，"我记得很清楚，斯蒂芬对我读了那一段，这就深深地记在我的心里了——就是这个词,'大屠杀'——但我从不能肯定如何拼写这个词。不管怎么说吧,我的拼写水平太糟糕了。"

几分钟之后,奈杰尔离开了她。他不知道,今天上午他所提的其中一个问题,居然会直接导致一场谋杀。

第六章

消除威胁

"假如我告诉你是斯蒂芬·普罗瑟罗篡改了校样本的话,你会采取什么行动?"

"我不能相信,"莉兹·温汉姆说道,"其他的事姑且不说,他的整个职业生涯与这个公司紧密相连。所以,那是难以置信的。"

"但假设我能向你提供确凿的证据呢?"奈杰尔追问道。

"嗯,那我们就不得不解雇他,"亚瑟·杰拉尔丁过了一会儿说道,"哎呀,对了,莉兹,我们会这么做的,但你肯定还没有——"

"那么他会难以另找一份工作吗?"

"另一份同样的工作——对。"

"但是，当然啦，离开我们公司对他会是最为糟糕的打击，"莉兹说道，"我并非仅仅指经济方面。"

"那么，我们已经同意，他比起任何人来都具有无限多的机会去干此事了？"

"是的，但是……"这两个合伙人异口同声地说，他们对奈杰尔这条意见的严重性深感震惊。

"不，等等，"他打断了两人的话，"无论如何，斯蒂芬没有明显的动机，你们也说了。我同意。但是，或许有人具有某种强烈的动机想要败坏斯蒂芬的名声，毁灭他的生涯。我们一直在从一个罪犯的角度来看待问题，这罪犯既想要损害公司的名誉，又想败坏托雷比将军的名声。不过，我们迄今为止所知道的是，迈尔斯小姐在十五年前就曾遭到将军的公开羞辱，还有在 7 月份，公司拒绝了她儿子的一份项目计划。但如果作为动机的话，这些不够充足，而且显得有点可笑。"

"我同意。"

"而在另一方面，斯蒂芬·普罗瑟罗在此构成了迈尔斯小姐要重印她那些小说的主要障碍。在那个至关重要的期间，她被人看到独自一人在斯蒂芬的办公室里。她了解那些诽谤性的段落——正如我告诉你们的那样，她那时使用'大屠杀'这个词是完全无法解释清楚其原因的，除非作为一个弗洛伊德似的失误吧。在 7 月份的时候，她在这个地方的时间还很短，不足以知道你们永远不会仅仅凭怀疑就解雇普罗瑟罗的，无论这种怀疑有多么强烈。"

"但所有这些都有点夸张和琐碎,"莉兹·温汉姆说道,"我并不特别在意米利森特·迈尔斯,但我不能理解她这么做就是为了重印自己的小说。"

"假如这是她唯一的动机,我会同意。但我确信,她对斯蒂芬怀有某种更深的怨恨。"

"怎么可能呢?他们相互认识才——"

"这是他们说的。我不相信。他们对彼此恨之入骨,说话的口吻都带着某种由蔑视或者憎恨而滋生出来的熟悉,仿佛这是他们与生俱来的。"

亚瑟·杰拉尔丁那鲨鱼似的嘴巴咧开了,做了个怪相。

"也许你是对的,但为什么他们要装作过去从不认识呢?"

"确实也是,为什么?我的脑袋里一直都'嗡嗡'地响着许许多多的为什么呢。比如说,为什么温汉姆-杰拉尔丁公司允许迈尔斯小姐无限期地在公司里居住?毕竟,她早在几个月之前就已经搬好家了。"

高级合伙人看起来有点不安了。"我们公司的传统是,我们应该永远为我们的作者们保留一个房间。"

"事实上,要让她搬走特别地困难,"莉兹·温汉姆说道,"我已经多次暗示过她了。你真的该明确地对她说了,亚瑟,当时在9月份你就打算对她说的。"

"在这件事上,"奈杰尔问道,"那为什么她居然还想住下去呢?"

"吝啬,省得她自己花电费钱了。"

"哎呀，算了，莉兹，她还没那么坏吧。"

"或者就想在《战斗的时刻到了》这本书的校样本送来时留在现场，以便设法拿到校样本，对普罗瑟罗使点坏？"奈杰尔提示说，"为什么她要留在她憎恨的男子的隔壁房间里呢？"

就在奈杰尔和米利森特·迈尔斯谈话后不久，他们在杰拉尔丁先生的办公室里，要奈杰尔过来汇报进展情况。奈杰尔已经告诉他们了，在这个案子里，辨认笔迹的方法是行不通的，而指纹检测也很可能无效。除了作者、排字工人，还有奈杰尔本人之外，校样本至少由公司里五六个人经手处理过，他们都有正当合理的理由。如果罪犯是某个没有正当合理的理由去接触校样本的人的话，他很有可能会特别小心注意不在上面留下指纹。奈杰尔完全准备好，万一合伙人要求的话，就提出让公司的每个员工留下指纹样本以供检测，但杰拉尔丁和莉兹·温汉姆意见一致地认为，既然获得结果的概率如此之小，那就不值得大费周章了，因为这会招致员工们的反感。所以，他们就决定，只有那些得到授权经手处理校样本的人应该私下让奈杰尔留下全套的指纹。如果在校样本上还发现其他指纹的话，合伙人会一起决定采取什么步骤来加以辨识。

"就在你要迈尔斯小姐留下指纹的时候，亚瑟，我倒很乐意在场看看。"莉兹说着，和蔼地咧嘴一笑。

"没想到居然会这样，但愿不会发生！"

高级合伙人显然开始后悔不该启动这项调查了。他正忙于准备应对诽谤案的初步事宜，所以今天看上去心事重重。然而，他并未失去老派的礼貌，他不断地提起托雷比将军那种极不道德的行为。

"但是，看看这里，斯特雷奇威。你说他几乎等于在告诉你，他就是想挑起一场诽谤诉讼，我从来没有听到过这种事！我将指示我们的律师开始着手处理此事。"

"他这么说的时候，没有其他的目击证人。在法庭上，他可以否认这么说过，那就成为我反对他的证词了。"

"看来他有着摆弄校样本的最好动机。"莉兹说。

"是的，但他不可能亲自动手。你能想象普罗瑟罗、莱尔或者印刷工人，会接受他的贿赂去干此事吗？此外，他告诉我，他无罪，我相信他。"

一阵短暂的沉默后，莉兹说道："那么我们还是回到迈尔斯小姐，或者她的儿子，又或者斯蒂芬……你找不出其他可疑的人了吗？"她补充说，奈杰尔没有回答。

奈杰尔其实还有一个怀疑对象，但他还没打算谈此人。"没有，"他说道，"我们先看看指纹检测会有什么结果吧。"

"假如什么结果都没有呢？"

"那么，我就会建议你们放弃调查。我可以花上几天或者几个星期的时间，还可以花掉你们很多钱，深入挖掘过去在普罗瑟罗和迈尔斯小姐之间是否有某种关联，但是，你们觉得值得吗？"

"我不喜欢深入挖掘什么事。你从来就不知道你会发现什么，"莉兹以她直率的方式说道，"你也许会发现亚瑟曾开过一家妓院，而米利森特就是其中的一个妓女。"

杰拉尔丁那粉红色的大脸庞变得更红了。"真的，莉兹，你有一副狠毒心肠。好了，我们该如何开始这次指纹检测的事呢？"

他们讨论了一会儿程序性问题，然后奈杰尔就回家去取设备了。午餐之后，他采集了几个合伙人、普罗瑟罗，还有两个员工的指纹，校样本都经过了他们的手。莉兹·温汉姆通过电话解释说，这么做就是为了排除嫌疑，所以无人反对，甚至连贝茨先生、托雷比将军，还有印刷厂的经理也无异议。对他们这些人，奈杰尔逐个拜访，到晚上6点钟时，他已经从所有这些有关人员那里收集到了全部的指纹。大家也明白，他要过了周末才会回到办公室，因为他要从250多页的《战斗的时刻到了》里面获取隐藏的指纹，再和他获得的采样进行比对，这可是一件冗长单调的事，会足足花费掉他两天的最好时光。

那天，奈杰尔工作到午夜。他使用了粉状石墨、指纹显示器，还有放大镜。他先检测了包含着诽谤性段落的书页，结果在许多模糊不清、难以分辨的指纹中，辨认出几个指纹属于托雷比将军、斯蒂芬·普罗瑟罗、巴慈尔·莱尔，还有排字工人的。星期五，他就这份吃力不讨好的事忙了一天，直到喝下午茶的时候，他才有点愠怒地想到，这种例行的无聊事应该是由警方去干的。到下午4点钟，他已经检测到了第200页，可他的千辛万苦一无所获，只是让他头痛得两眼发花，还有，他确信自己要感冒了。他给克莱尔·马辛杰打了个电话。

"我是奈杰尔，心情极其烦躁，能去你那里喝喝茶吗？"

"好啊，顺路买块马德拉蛋糕带来，好吗？"

五分钟之后，他就到了克莱尔的工作室。他走进去后，她正凝视着基座上的一个黏土头像,过了好一会儿才抬起头来。于是,他有时间再次欣赏起她那头奔腾而下的秀发,散披于肩上,不可思议地乌黑发亮,还有她那苍白精致的侧脸。克莱尔对那尊头像有点恶意地嘀咕了几句,随后就走到奈杰尔面前。

"我不吻你了,"他说道,"我想我要感冒了。"

"我就喜欢你的感冒。"然后,她往后退了几步,用她平时看待模特的那种不带感情、聚精会神的眼光打量了他一番。克莱尔说道:"是的,你看上去确实精力崩溃了,我料定你又穿着湿袜子到处乱走了吧。"

"别那么唠叨。"

"你最好喝茶时吃上两片阿司匹林,再滴点鼻药,防止你开始流鼻涕。"她在一个壁柜里乱翻一通,那壁柜似乎塞满了各种漆布,最后她翻出了一个绿色的小瓶子,上面带有喷管。"不,不是这样的。去躺在长沙发椅上,把你的头搁在沙发边上往后仰,就像莎士比亚戏剧里的苔丝狄蒙娜窒息而死后的那个样子,朝你鼻孔里喷一下。这药到不了你的鼻窦,除非你倒立。不,不是全部喷完,喷几滴就行了。你为什么不能做事马虎一点,虎头蛇尾算了呢?"

奈杰尔的头垂悬在沙发边,他心里在想,倒是没有比被一个漂亮女人欺负更愉快的体验了。他坐起身后,也这么对她说了。

"我可没有欺负你,"她说道,"我只是不想让你的脑袋搁在我的手上,转来转去地呻吟罢了。"

在克莱尔准备茶水的时候,奈杰尔四下打量着工作室,心中暗想:我这个宾至如归的另一个家,可真像个猪圈,在架子上居然并排放着一罐打开的鹅肝酱和一听打开的松节油,我可不能和这样一个女人同居。烹调器皿啦,石膏模型啦,吸了一半的香烟啦,复印的珍贵书籍啦,还有一团团随处可见的黏土。一件粘满了黏土的工作服挂在一个衣钩上,旁边就挂着一件紫色的迪奥大衣。一个架子沿着整个一面墙,上面是各式各样的小泥马,马的口鼻做得像水龙带。克莱尔几乎下意识地做着铸模,心里同时想着别的事情。一个角落里的基座上是她那件得到公认的杰作——一个小男孩的青铜头像,他显得既憔悴又活泼,嘴唇噘起,仿佛正要吹个口哨,或正要快速发出一连串不雅的妙语来。那是个名叫福克西的机灵男孩头像。十六个月之前,男孩随随便便地闯进了他们的生活,就在那次公开活动中,后来却引起了在阿尔伯特音乐厅里的戏剧性场面[①]。

"福克西还是让人满意的。"

"是的。他昨天偶然过来喝茶了,向我问起你,我告诉他说你在忙探案的事。哦,见鬼了,真希望你能侦探出糕饼刀在哪里。"

"卧室里,你梳妆台的第二个抽屉里。"

"是吗?它怎么会到那里去的?噢,你在嘲笑我!"

克莱尔在工作室里四处寻找糕饼刀,转来转去,无意中碰到了奈杰尔端着茶杯的手。

"噢,真该死,我怎么那么笨手笨脚的!"她悲叹道,一边拿起茶杯,一边解下头颈上的围巾,擦拭起奈杰尔衣服上的茶水来。

---

① 详情见《暗夜无声》。

"你不是笨手笨脚,你特别优雅,只是你冲动的本性流露出来,让你撞上东西了。"

喝过茶之后,奈杰尔躺在长沙发椅上,脑袋搁在克莱尔的大腿上。她的手指在他的太阳穴上又是按摩又是捏的:他感到自己就像一块黏土,被逐渐注入了生命活力。她的手宽阔结实,手指短小粗硬,强壮有力,却又柔软无比。奈杰尔吻了吻她的一只手。

"我的手很丑陋,是吗?"她问道,"所以我的手带来了那么多的麻烦事。"

"那么,我真希望自己变得丑陋。"

"噢,你还真是呢,丑死了,不过倒是丑得有趣。你的脸蛋有点不对称,但对称的话也太乏味了。你现在觉得好点吗?"

"好多了。"

"有时候我在想,为什么我不嫁给你呢?"克莱尔梦幻般地说道,"无论怎样,那倒不是因为你没有求婚。"

"或者不求婚。"

"嗯,你会这样吗?"

"我没法在这种混乱的状态里生活,亲爱的克莱尔,我会发疯的。"

她的黑眼睛睁大了。"可我没有请你和我同居啊,我觉得那根本就不适合我。我不会想让你一直待在这个地方,把东西都收拾干净。我是说'结婚'。你知道,我喜欢混乱。"

"混乱是你创作的必要条件吗?"

克莱尔点点头,漆黑的发丝在他的脸上飘舞。"爱炫耀的老家伙。"

她亲切地喃喃说道。

"我跟你谈谈我经手的案子好吗？"奈杰尔随即说道。

"我倒是很想听听呢。"

于是，奈杰尔走到一个扶手椅前，从上面拿走了一大块菊石、一个烟灰缸，还有一块啃了一半的面包，然后坐下了。他随后就对她非常详尽地说了温汉姆－杰拉尔丁公司的这桩诽谤案。克莱尔听得津津有味，像只猫似的蜷缩在长沙发椅上，目不转睛地看着他，像猫那样毫不眨眼。

"嗯，我觉得非常有趣，静悄悄地发生的事，"当他说完了，她说道，"我很不喜欢那个巴兹尔·莱尔的印象。"

奈杰尔警觉地瞥了她一眼。真奇怪，她居然挑出了他今天上午没有对另外两个合伙人提起的怀疑对象。

"我认为他要自讨苦吃了。"她继续说道。

"为什么？"

"你说他已经爱上了那个叫迈尔斯的女人。我正巧知道，她可是个头号泼妇。"

"你认识她？"

"知道一点。这个叫迈尔斯的女人有一种持久不断的激情，她有一个灵魂伴侣，那就是自己。她会把这个莱尔拴在一根绳子上，假如他不能让公司重印她的书，她就会割断那根绳子；假如他成功了，她会从他身上得到她想要的东西，所以她也会放了那根绳子。无论如何，他都会遭罪的，你记住我说的话。"

"哦，我得说，克莱尔，有时候你真让我大吃一惊。"

"什么？难道我说错了？"

"不，我敢肯定你说得对。"

"我听起来觉得这个莱尔是火暴脾气，我猜想在他闪亮的外表之下，他很压抑，很保守，但又对性欲怀有蹩脚的、迷人骑士风度似的观念，他自己对此也有点恼怒，是吗？"

"你认识他多久了？"

"坦率地说，我从来没遇见过他，也从来没听说过他，直到你告诉了我。"

奈杰尔站起身来，在工作室里来回踱步。"假定米利森特·迈尔斯把重印她的书作为条件，和他结婚或者和他上床的话，那么，普罗瑟罗就是主要障碍了。所以，莱尔有着极其强烈的动机去败坏普罗瑟罗的名声，更不用说他的一般想法——斯蒂芬过时了，就像那个前印刷部经理贝茨一样，都应该解雇了。"

"噢，我觉得莱尔不会这么做。"克莱尔说道。

"为什么不呢？"

"他在公司的时间已经够长了，知道这个普罗瑟罗是他们的眼中宝，他们从来不会只因为怀疑去解雇他。不，我觉得是普罗瑟罗干的。"

"但事实上，克莱尔——"

"是的，我知道，给他自己找麻烦，诸如此类的事。但从你的描述来看，他听上去有点疯了。任何人都会这样，整天审阅书稿，审阅二十五年了。你会脱离他们所说的现实，对吗？我估计是米利森特·迈尔斯挑唆他干的。他们公开的争吵，我听起来觉得不真实，除非是个伪装。"

"为什么她要挑唆他呢？"

"或者说是她威胁他干的。"

"为什么？"

"刁难将军，或者另一个将军，就是上诉诽谤案中的那位。我肯定她是个报复心强的女人。大概另一个将军——"

"布莱尔-查特里。"

"或许他诱奸了她，那时她还是个纯真少女，假如她真是的话，但我很怀疑神秘人莱尔对你提起的事。所以，当她说出'大屠杀'那个单词时，她和普罗瑟罗都是幸灾乐祸的。大概她和布莱尔-查特里的孩子就是在那场大屠杀里死掉的。复仇动机，明白吗？"

"那孩子是难产而死的，你在胡说，我亲爱的姑娘。但既然你这么感兴趣，你干脆帮我做点研究调查吧。你说你知道迈尔斯小姐——"

"是的。去年一个做过我模特的女人认识她，虽说也是一段时间以前的事了。"

"时间越久越好。找到这个女人，不，为什么不直接找上门去？邀请米利森特·迈尔斯做你的模特。她虚荣心很强，会接受的。"

"噢，好吧，如果我必须这么做的话。"克莱尔有点犹豫地说。

但结果是，情势所需要的是米利森特·迈尔斯的一副死亡面罩，而不是她的一尊头像。就在当天夜晚的某个时刻，大概是奈杰尔和克莱尔正在谈论她的时候，她已经被人割喉而亡了。

此事发生时，米利森特·迈尔斯正在写她那部注定完不成的自传。在温汉姆-杰拉尔丁公司的这个办公室里，百叶窗放下了，电暖炉开着，打字机"噼噼啪啪"地响个不停，打字机旁的桌子上，打字稿堆积得很高。将这个办公室和斯蒂芬·普罗瑟罗办公室隔开的那扇磨砂玻璃窗关闭着，方玻璃上看不到隔壁办公室有灯光透出来。米利森特朝磨砂玻璃窗看了一会儿，又盯着她香烟上袅袅上升的烟雾，然后瞥了一眼手表，随即又开始写作了。无论她有什么过错，作为一个作家，作为一个人，她还是有着非凡的聚精会神的能力。的确，她这种能力太强了，以至于身后的门被推开了她也没有回头看看。要么是她注意力太集中，没听到门开了的声音，要么是她在等待一个来访者。

这个来访者，敏捷地关上了门，转动了钥匙。然后他——我们姑且称"他"吧，原因以后就会清楚了，至于来访者的性别也许有待商榷——他把一个旅行包往地上一放，同时跨出一大步，直接到了迈尔斯小姐的椅子背后。

"等一会儿。"她说道，依然没有回头。作为最后的遗言，这话既平凡无奇，也无任何作用。来访者没准备多等一分钟，他戴着手套的右手猛然箍住了她伸在打字机上的双手，并用右胳膊夹紧，使之紧贴着她的身体，把椅子向后倾斜一点。与此同时，他戴着手套的左手拿着一块布，趁她张口正要叫喊之际，一下子塞进了她的嘴里，在此过程中，他打掉了她的香烟。来访者随即快速调换了一下双手，用左手抱紧了她的双手和身体，把椅子拖离了办公桌，让它更向下倾斜着。同时，他的右手伸进口袋里，猛然抽出一把剃须刀，随手打开了。她瞪大的眼睛几乎还没有来得及从惊讶转向惊恐，那把剃须刀已经割下了。

所有这一切只是十秒钟的事而已。来访者把椅背轻轻地放在地上，将垂死的女人夹在腋下，把她的身体拖离了椅子，拖到房间的一个角落里放下，让其平躺在地上。此时，她喉咙里仍然发出"咯咯"的声音，于是他就把塞在她嘴里的布条往里塞得更紧了一点。在整个过程中，这个来访者以演员般敏捷与精确的动作完成了这个谋杀行动，仿佛是排练过这种舞台动作直至完美一样。他随后从口袋里掏出一枚U型钉子，把钉子的一头对准推拉窗玻璃框上的某一点，另一头对准推拉窗旁边的木框上，从办公桌上操起一把沉重的乌木直尺，用力敲击了四下，推拉窗便被固定关闭了。

接着，来访者脱下了沾满血迹的长手套，再从包里取出了一副干净的手套戴上，然后坐到打字机旁。他转向了桌上的那堆打字稿。尽管戴着手套难以翻页，他还是很快就找到了自己需要的那页。他抽出了迈尔斯小姐自传里的那一页，捏成一团，塞进了口袋里。然后，他从打字机里抽出了原本在打的那页纸，塞进了一张空白纸，开始打字。几分钟后，走廊里某个办公室的门"砰"地响了一下，来访者深深地吸了口气，继续打字，脚步声走近门口，又匆忙地走了过去。即使在大楼远处还有人在走动，打字机的声音也淹没了他们可能发出的声音。

现在来访者把纸从打字机里取出，替换了刚才他从那叠打字稿里抽出来的那一页。他开始站起身来，但仿佛又想起了什么事，再次瞥了一眼他抽出的那页之前的几页纸。有什么文字吸引了他的目光，他急剧地吸了口气，伸手拿起那块橡皮，仔细地检查了一下，上面没有溅到血迹，然后仔细地擦掉了所有冒犯他的部分。他又翻阅了几页之后，将那沓打字稿正面朝下，又在桌子上叠放好了。

现在，他搬起打字机，选择了米利森特·迈尔斯尸体旁的一块干燥处，放下来。此时她显然已经死了。他依次拿起她的手，先擦干净她手指上的血迹，用她的每个指尖按了按打字机上的各个键，然后再把打字机放回到桌子上，把刚才抽出来的那张纸放进打字机里。

割喉是个凌乱的过程。迈尔斯小姐的衣服上，她身旁的地上，还有房间中央她遭到谋杀的地方都溅上了许多的血。来访者衣服袖子的前臂处沾上了血迹，还有他与椅子接触时衣服上也沾上了一些血迹。但是，这个来访者显示出如此之多的预见和谨慎，在踩过地上一摊摊血迹时却又根本没采取任何特别的措施。他最后看了一眼整个房间，这一眼将一切尽收眼底，唯有受害者喉部那可怕的伤口除外。他摸摸口袋，剃须刀在里面。他脱下原先穿上的橡皮套鞋，用报纸包起来，放进了旅行包里。最后，他沿着没有血迹的房间边缘处走过去，把推拉窗上的 U 型钉子撬出来，回到了门口。

一时间，他站在那里，专注地听着门外的动静。他瞥了一眼手表，他在这个房间里只待了十五分钟多一点。他提起了旅行包，就其尺寸大小而言，显得很沉重。他关了灯，开了门，走进了走廊。这来访者从外面锁上门，把钥匙放进口袋里，沿着灯光昏暗的走廊，走向了电梯。

第七章

讯问调查

奈杰尔·斯特雷奇威在星期一上午9点30分到达安吉尔大街，他得了重感冒。他在《战斗的时刻到了》的校样本里没有发现任何非法的指纹，然而，尽管深入调查米利森特·迈尔斯的过去可能很有吸引力，但他很确定合伙人是不会为此花钱的。对他来说，这案子结束了。痕迹早在几个月前就已经淡化了，所以可能永远也无法证明究竟是谁把温汉姆－杰拉尔丁公司卷进这场灾难性的诽谤诉讼里去的，无论他的怀疑多么强烈。至于物证，他根本没有。

走进接待室，他就注意到米里亚姆·桑德斯一脸焦虑。

"出什么事了？"

焦虑一时淡化了她的敌意。"钥匙不见了。"她回答说，眼睛在她的办公桌上扫来扫去。

"什么钥匙？"

"迈尔斯小姐使用的办公室钥匙。清洁工留言了，他们今天上午无法进入这个房间，门被锁上了。"

"嗯，我料想她忘记了，就把钥匙带回家了吧。为什么不给她打个电话问问呢？"

"我打了，但她不在家。那个德国女仆说的话听起来混乱不堪，我听不懂她说什么，她根本没说一个字的英语。"

"那不该是你担忧的事了。"

"但是，迈尔斯小姐不该带走钥匙而不告诉我一声的。"

奈杰尔没有继续理会此事，上楼去了，他心里隐隐约约地感到疑惑，为什么桑德斯小姐要如此大惊小怪？斯蒂芬·普罗瑟罗已经坐在他的办公桌后了。他们谈论了一番各自的周末，奈杰尔在家得了感冒，斯蒂芬去汉普郡拜访了几个朋友。两人说了几分钟后，亚瑟·杰拉尔丁走进来了。

"迈尔斯小姐说过她今天会回来吗？"

普罗瑟罗摇摇头。

"显然她把办公室锁上了，又带走了钥匙。真是件麻烦事。我在上个星期五上午就告诉过她，我们需要这个房间另有用处。"

斯蒂芬吸了一下鼻子。"一贯如此！如果她不能用这个办公室，她就会设法让我们也用不成。"

"但肯定有备用钥匙吧?"奈杰尔问道。

"不知放哪里去了,我已经派人去请锁匠来开门了。"

"嗯,那就好了,对吗?"

但亚瑟·杰拉尔丁还是没离开,他有点古怪地踌躇不定,眼睛向窗外凝视片刻,然后又看看墙上的日历,直到斯蒂芬有点性急地说道:"假如你想知道她是否会回来,只要看看她是否把打字机留在桌子上就行了。"

"但我们没法看,我已经告诉你们了……噢,我忘记这扇推拉窗了。"

亚瑟·杰拉尔丁表现出反常的不安,他坚定地一把抓住推拉窗把手,仿佛那是个让人恼火的东西,稍一犹豫,拉开了推拉窗。

"是的,打字机——我的天哪,她就在那里,躺在地上!"

奈杰尔不得不用劲把杰拉尔丁从推拉窗前拉开,因为后者看到房间里的景象已经呆若木鸡。尽管百叶窗放下了,但仍有足够的光线照进来,推拉窗拉开后便看到尸体躺在远远的左边角落里。奈杰尔让在一边,以便斯蒂芬·普罗瑟罗过来看看,后者一看便高声尖叫起来:"她割喉了!"

亚瑟·杰拉尔丁精神恍惚地喃喃自语道:"我就知道有什么事不对劲,我就知道有什么事不对劲。"他的脸震颤抖动得像一个粉红色的果冻。

"你怎么可能知道呢?"斯蒂芬又性急地问道。

"我一个上午都感觉不安,肯定是我爱尔兰人气质的关系。"

斯蒂芬现在绝对是恼怒起来了。"我相信你在夜里听到了报丧女妖的声音了。"

奈杰尔在打电话,此刻他放下了听筒。"警方要派警员和法医来。杰拉尔丁先生,你找人等候他们吧,再告诉温汉姆小姐这里发生的事。我会亲自告诉莱尔。"

"但我们不能就这么让这个可怜的人躺在那里啊。"

"在警方到来之前,任何人都不能进入那个房间。她已经死了,你们也帮不了她了。"

杰拉尔丁奔出了这间办公室。奈杰尔用内线电话打给巴慈尔·莱尔:"你来一下普罗瑟罗的办公室好吗?是的,非常紧急。"奈杰尔转向斯蒂芬,说:"请让我来宣布这个消息吧。"

巴慈尔·莱尔看起来有点精神紧张,眼睛快睁不开了,仿佛是没睡过觉。他的嗓音疲倦嘶哑,"什么事啊?"他问道。

奈杰尔对他指指推拉窗。莱尔困惑不解地走上去,朝里看看。他一下子呆住了,然后他的脑袋慢慢地低下来,直到前额搁在窗台上,仿佛是在祈祷。

"不,不!米利森特!不,不!"几乎听不见巴慈尔·莱尔急促不清的话语,声音越来越弱,随后他身子一歪,倒在地上了。

"哦,我得说了。"斯蒂芬开始反对了。

奈杰尔解开了莱尔的领带和领口,抬头瞥了一眼。"星期五你是几点钟离开这里的?"

普罗瑟罗的脸似乎变小了，只见他抿了抿嘴唇。

"你完全没人性了吗？"他说。

"这只是警方要问你的第一个问题，留着你的答案对他们去说吧，如果你愿意。"

"我想是在下午5点15分之后不久吧，我去赶火车。"

"你离开时迈尔斯小姐还在吗？"

"在的。正在打她的书呢，但不是在割喉。"

巴慈尔·莱尔呻吟起来，似乎是在评论斯蒂芬那番烦躁不安的话，他睁开眼睛，坐了起来，摇了摇头。"究竟是怎么回事？我晕过去了？"随即他完全清醒了，脸上的神色又变得紧张起来，显出筋疲力尽的痛苦，挣扎着站了起来。

"这不好，小伙子，"斯蒂芬的口吻异乎寻常地温和，"你帮不上什么忙的，她已经死了。"

莱尔注视着他。"对不起。"他终于说了句，这话很可能不是指米利森特的死亡，而是指他过去对待斯蒂芬·普罗瑟罗的态度。

"你还能帮点忙，"奈杰尔说道，"赶快下楼去问米里亚姆·桑德斯要把钥匙——"

"钥匙已经不见了，"斯蒂芬说道，"不，当然，她肯定是把自己锁在了里面，但是——"

"如果你再从推拉窗口往里看看，你会看到钥匙并不在门锁上。当然啦，她也许锁上了门，把钥匙放在房间里的某个地方。但我不是指那把钥匙。"

"你指什么，到底有什么想法？"

"通向边门的备用钥匙，接待员保管着，我想看看。"

巴慈尔·莱尔离开去办这个差事了。奈杰尔预计斯蒂芬又会有反对意见了："不，最好给他一些事做做。办公室从星期五晚上到星期一上午都是关闭的吗？"

"是的。"

"这里就没人了吗？一直是这样吗？"

"不，哦，当然，亚瑟在顶楼有套公寓房。"

"星期五晚上呢？员工都像其他工作日一样在同样的时间离开吗？"

"是的。有人在下午5点，其余的人在下午5点30分。"

"除了那些加班的人？"

"不，我们有严格的规定，星期五晚上不能加班，合伙人在星期五也常常比平时离开得早一点。"

内线电话响了，是巴慈尔·莱尔打来的。桑德斯小姐找不到边门的钥匙，钥匙不在她平常存放的抽屉里，也不在任何其他的抽屉里。

"问问她最后放这把钥匙是什么时候？"

"很显然是星期四上午。"

"谢谢。你自己没有借用过钥匙吧？不，请你问问其他合伙人是否借用过钥匙。"奈杰尔放下了电话听筒，"又丢失了东西。很可能在迈尔斯小姐的手提包里吧。"

"又有东西丢失了？"普罗瑟罗问道。

"是的，还有一样东西是剃须刀。"

"剃须刀？"

"或者无论她用什么东西割的喉，那都不在她的手里，我也没看到掉在她身旁。哦，好吧，我们很快就会知道更多的情况。"

斯蒂芬细小的眼睛凝视着奈杰尔。"你是说，是不是自杀还很难说？"

"正是如此。"

奈杰尔又拿起了电话，接通了米利森特·迈尔斯的家。在和她家女仆用德语交谈一阵后，他告诉普罗瑟罗："她星期五晚上没有回家，虽然她吩咐准备了晚餐。女仆也不是特别的惊讶，因为她的雇主经常改变安排而不通知她，所以她以为迈尔斯小姐出去度周末了。星期天，她想和西普里安·格利德联系，但没联系上。"

"那么，你认为这事发生在星期五晚上？"

"看起来好像是的，但还不知道呢。"

楼梯上传来一阵脚步声，奈杰尔走了出去。亚瑟·杰拉尔丁领来了一群刑事侦缉部的警察，以脸色阴沉的督察赖特为首，他最近从分部调到了总部，还有一人是法医。赖特对奈杰尔扬了一下眉毛，但没有流露出认识他的任何表示。杰拉尔丁给他们做了介绍。

"我预计你们会需要一个房间工作吧，进行讯问什么的，"他说道，"你们最好使用参考资料图书馆，就在右边第二个门。"

"太好了，先生。那么，我就不妨碍你的工作了。"赖特瞥了一眼刑事侦缉警长，指了指迈尔斯小姐的办公室门，用另一只手做了个转动的手势，那人便取出了一大串万能钥匙。

"不知道你能否花几分钟时间下楼谈谈，斯特雷奇威先生？"杰拉尔丁彬彬有礼，但在此情况下，语调却有点奇特。"如果你们需要什么，督察，请打分机4，那就是我的号码。"

奈杰尔在后面等了一会儿，与赖特说了几句话。他们在交谈时，侦缉警长把办公室的门打开了。一股沉闷难闻的暖气味飘了出来，电暖炉开了整整一个周末。

楼下，在高级合伙人的办公室里，奈杰尔看到几乎是和他第一次来访，也即五天前，一模一样的场景。杰拉尔丁坐在办公桌后，莉兹·温汉姆倚靠在窗边，而巴慈尔·莱尔在办公桌的另一边，伸手在口袋里"叮当叮当"地玩弄硬币。他们也许会永久地这么停留在这个小组谈话的场景里——三个出版商在讨论春季出版书名单，或者一张重印订单，或者某个作者对自己的书的简介愚蠢地表示反对意见。

"这可真是一件可怕的事，斯特雷奇威，"亚瑟·杰拉尔丁说道，"她为什么要这么做？为什么？"在温汉姆-杰拉尔丁出版公司这个神圣之地，他那副蒙受羞耻的脸色尤为明显。

"还没肯定是她自己干的。"

莉兹·温汉姆靠在窗边，站着不动，她那红苹果似的脸颊现在看上去长了斑点。她说："你的意思是，有可能……有可能是别人干的？"对她来说，"谋杀"这个词太严重了。

奈杰尔点点头，他注意到莱尔畏缩了一下，杰拉尔丁把他谢了顶的脑袋埋在两手之中。

"先是诽谤案的麻烦,现在又出了这事。"他嘟哝着。

"噢,打起精神来,亚瑟,这只是个巧合。"莉兹·温汉姆正在提振着她生气勃勃的精神。

巧合,奈杰尔心想,那现在的巧合又该如何解释?

"她从来不会那么干的,不是米利森特干的。"巴慈尔·莱尔的语调里呈现出一种痛苦和恼怒的奇怪混合。莉兹朝他不以为然地看了看。奈杰尔思忖着,她是被这种不加掩饰的情感震惊了:无论如何,在工作时间,她会把自己的生命限定在内心的一个隔间里。他意识到自己对她另一个私密的内心隔间里在思虑什么一无所知。

"我想我们应该和她的亲属联系一下,"莉兹说道,"西普里安·格利德是她的直系亲属吧?"

电话铃响了。杰拉尔丁有点悲伤地朝他们看了一眼,开始与来电者就一份印刷订单交谈了起来。莉兹·温汉姆把奈杰尔拉到一旁,说道:"对于此事,我们需要你的帮助。我是说,你的专业性帮助。你愿意在此再多待一段时间吗?"

"当然,如果你们希望的话。但是,恐怕我们对于诽谤案的事陷入了死胡同,除非它涉及——"

"巴慈尔,你知道格利德的电话号码吗?给他打个电话,像个好小伙子吧。"莉兹说。

莱尔目不转睛地看着她,仿佛是在设法理解一个外国人的话,随后,他机械地走出了办公室。一个秘书走进来,递给莉兹一张便条。

"告诉她,我得取消今天的午餐了,我过后再给她回电话。噢,还有,劳拉，给克劳森打个电话，告诉他，贝灵顿那本书的护封第二次的上色还是不对，太灰暗模糊了。"

"好的，温汉姆小姐。"那女孩蹑手蹑脚地走了，神情庄重得像个领受圣餐者。关于迈尔斯小姐死亡的消息已经传开了。

莉兹·温汉姆把搭在太阳穴上的灰白头发往后一捋。"业务照常，或者你们认为我们今天应该暂停工作吗？"

"不，警方会讯问你们的员工的。"

亚瑟·杰拉尔丁放下了电话听筒，拿出了一块大丝绸手帕，擦了擦脸。

"我们说到哪里了？"

"我已经让巴慈尔给迈尔斯小姐的儿子打电话了，斯特雷奇威先生将要在这里多待上几天。"

"哦，很好。我希望巴慈尔会圆滑点,那将是个可怕的震惊,对——"

"休克疗法倒是那个年轻人所需要的，让他了解点现实吧。当然，他被他母亲毁了。"

"啊，又来了，莉兹。"

"别装得道貌岸然了，亚瑟。她是个心如毒蝎的女人，你知道的。"

杰拉尔丁朝她奇怪地看了一眼，随后又用手帕抹了一下，仿佛是要把脸上的表情抹去似的。"人的心思真是非同寻常，我不禁想到这件事会使迈尔斯自传的预售活动被搁置。恐怕你对出版商肯定会有一个很低的评价吧，斯特雷奇威。你知道，我们都很偏执。"

奈杰尔礼貌性的低声说话被莉兹·温汉姆发出的一阵尖锐的笑声

淹没了。"但即使是出版商，也不会为了宣传效果而安排一个作者的死亡，所以，你没必要那么焦虑，亚瑟。"

"莉兹，别说了，你显然没有意识到——"

门开了，巴兹尔·莱尔走进来。"唉，我已经告诉他了，他听上去好像是我把他从周末的宿醉中叫醒了一样。"

"他会过来吗？"

"我说暂时还没有必要。"

"你问过他最后见到他母亲是什么时候吗？"奈杰尔问道。

"最后见到他母亲？"莱尔含糊地重复了一句，他的眼神畏缩了一下，"没有，没有，我为什么要问？我不是警察。"

"嗯，这么站着闲聊根本没什么用。"莉兹·温汉姆的语调很轻快，"我要去做事了。我们最好还是开始着手霍斯金回忆录的推销单吧，巴兹尔。"

"看在上帝的分上！"

"来吧，我们不能让你多思多想了。"在她粗暴的语调背后倒是有某种同情。巴兹尔顺从地跟着她出去了，脚步拖沓着。

"我得给我们的律师打电话了，"杰拉尔丁说，"有什么消息吗？"

"没有，恐怕这是我的失败。"

"哦，我相信你已经尽力了。"

"我敢说，假如我们进行某种深度调查——"

"调查？"

"是的。我有一种预感，这次诽谤案的秘密会被发现的，如果我们挖掘得足够深的话。我们会发现这秘密深埋在过去的什么地方。"

亚瑟·杰拉尔丁抬起了他的手,原先他就把手腕搁在办公桌上。"我觉得我们最好别再挖别人的隐私了,斯特雷奇威。这倒不是考虑到刚发生的事才这么说的。"高级合伙人的语调彬彬有礼,但是很坚决——完全是温汉姆-杰拉尔丁公司遗憾地谢绝向作者开出手稿价格的语调。

奈杰尔上楼去了斯蒂芬·普罗瑟罗的办公室。斯蒂芬正聚精会神地看一份打字稿,尽管隔壁房间里人声嘈杂,脚步声进进出出,闪光灯时不时地映照在推拉窗的磨砂玻璃上,他却充耳不闻,毫不分心。

"这要花多长时间?"他头也不抬地问道。

"看情况而定吧,至少得几个小时。"

"然后呢?"

"他们会把尸体送去尸检,开始讯问每个人。"

斯蒂芬在他面前的一页纸上用铅笔做了个标记。然后,从这个微不足道的人物嘴里,奇妙地发出了洪亮、颤抖的声音,吟诵道:

"屋内喧闹声响

死亡后的早上

正是各行各业的庄重

展现于大地之上。"

"是的,"奈杰尔说,"诗句接着大概是'爱情暂搁一旁',是不是?

不太合适吧。"

一阵沉默之后，斯蒂芬喃喃细语，似乎是对自己说："她有什么魅力？一口马齿。笑声像球迷们的鼓噪声。嘴太大，心太小。可她能得到她想要的任何男人——任何男人。我猜想前后一致是她的长处吧：天衣无缝的自我中心外衣，像小孩似的自我中心——对了，还有点故作天真，而故作天真有时还真是世界上最肆无忌惮、最有毁灭性的东西。当然，她也很有活力，难以置信的活力。这就是吸引每个飞蛾要扑过去的火焰。"

"我想象她在年轻时颇有假小子的气质吧。"

"假小子？嗯，对，你也许说对了。"

"但这又与她自己的描述不符，她把自己描述为受尽凌辱、极其敏感的人，受她醉醺醺的父亲和邋遢放荡的母亲支配。"

"什么？这是她对你说的？不——"斯蒂芬突然显得活跃起来，富有才智，"不，那是她编织的某种故事，用来吸引某个具有骑士风度而又涉世不深的年轻人的手法。上帝保佑他。"

"她的父母不是——"

"据我所知，他们很可能是披着人皮的魔鬼。但我敢肯定，在她的自传里，她会对他们做一番非常不同的描写。当然，她了解自己的市场。米利森特·迈尔斯的粉丝会极度震惊，假如她当众不加粉饰地描述她死去的父母。"

"你已经读过此书了？"

"我只是忍不住偷看了几页，再把真正的迈尔斯和目前的版本做了一番比较而已。但我——究竟——"

普罗瑟罗吃了一惊,因为推拉窗"唰"地打开了,赖特督察那张灰黄色的瘦削脸容露了出来。奈杰尔给他们做了介绍。

"你通常都在这个办公室吗,先生?"

"是的。"

"那你能告诉我这个推拉窗什么时候被钉死过?"

"钉死?你是什么意思?就我所知,这扇窗从来没有钉死过。"斯蒂芬的声音听起来极为恼怒。

"你最后一次拉开窗子是什么时候,先生——我是指今天之前?"

"天哪,我怎么记得呢?星期五下午吧,很有可能是的。对了,我想迈尔斯小姐在那个下午拉开窗子和我说了几句话。"

"当然,假如你还在办公室时有人钉死窗子的话,你就会听到敲击声了。"

"我想是的。"

"那么,你星期五离开办公室时是……"

"5点15分过一点。"

"非常感谢,先生。"赖特督察的头对着奈杰尔朝侧旁微微一偏,奈杰尔就立刻去了隔壁房间。那房间里到处是人,除了躺在地上的尸体之外。尸体上已覆盖了防水布。那些人都身着便服,每个人都在干自己的事,四处分散,全神贯注,就像一群寻宝人一样。百叶窗被拉起来了,窗子打开了,很难不去注意地上一摊摊的血迹,它们闪着亮光,呈锈红色。

赖特督察用食指在自己的整个喉部比画着划了一下。"谋杀。没发现凶器。门钥匙不见了。我们马上谈谈吧,斯特雷奇威先生。就看看这些痕迹吧,新近出现的。"他指着玻璃窗框和推拉窗旁边的木框上留下的两个孔。"把 U 型钉子敲进去固定住推拉窗,保持关闭,看起来是这样吧。为什么这么做呢?"

奈杰尔非常熟悉赖特的习惯,他就喜欢用老师对待学生的方式,让下属个个都全神贯注,要他们解释,其实他心里早有答案了。

"在进行谋杀时防止他人看见吧。"奈杰尔回答说。

"是吗?"督察黑眼睛里的犀利目光依然有所期待,手指在空中打了个榧子。

"这意味着,"奈杰尔平静地继续说,"谋杀要么是发生在星期五晚上,在普罗瑟罗走了之后,但可能还有其他人在大楼里;要么是发生在周末,而敲 U 型钉子是为了让你以为谋杀是在星期五晚上发生的。"

"还不错,但你是否考虑过这根 U 型钉子在派完用场后为什么又要撬掉?"

"你来说吧——该你了,伙计。"

"假设这个凶手假定我们不会注意到留下的这个痕迹,或者对此不再费心去了解,那么,它就会给他提供一个不在犯罪现场的证明。当其他人还在大楼里,有可能会走进隔壁的办公室,通过推拉窗看看时,谁还会去谋杀一个女人呢?这是他想让我们这么以为的。因此,我们应该说,谋杀肯定是在周末发生的,而毫无疑问,他对此颇费了一番心思，对吗？"

"有可能，但是可能还有另一种解释。你走进这个办公室，割了这女人的喉咙，需要花多长时间？只需要几秒钟，如果你出其不意的话。你没有离开，大概会先钉死推拉窗吧，但为什么是在谋杀后干的，除非你想在房间里待一会儿，不被人看见，是吗？而你为什么想这么做呢，除非你打算消除某个真正的证据，或者安放某个虚假的证据，对吗？"

赖特一个劲地点头。"好，理论上如此，但我们目前所发现的只是几个血迹里的脚印，很有可能是套鞋留下的。鞋子是 10 号尺码[1]。很聪明。"他挥了一下手，"穿一双大几个尺码的鞋子，迷惑警方——可怜的蠢货。然后再快速脱掉，也很容易清洗。"

"她的死亡时间……"

"你了解这些医科生的，至少在 36 个小时之前，但不会超过三天。有帮助吧？还是等到验尸后再说吧，兄弟。"

"星期五晚上她没回家，此后再也没回去过，我——"

"先不说了，斯特雷奇威先生，我们很快会有合适的机会聊的。再回到这两根 U 型钉子的痕迹吧——对，什么事，萨默斯？"

督察被一个手下拉到一旁，奈杰尔趁此机会看了一下那死去的女人工作过的桌子。一沓打字稿依然在那里，打字机里还有一张纸，看起来米利森特·迈尔斯的生涯终止于句子中间。奈杰尔俯身靠近，有

---

[1] 英国鞋子尺码 10 号约等于中国鞋子的 43 码。——译注

什么东西引起了他的注意。

"赖特,你检查完这台打字机了吗?"

"都归你管吧。"

房门打开了,几个人带着一副担架进来了。尸体被放了上去,抬下楼送进了一辆救护车。之后,奈杰尔打了几个字,然后向督察招招手。

"看到了吗?那是她停止打字的地方,这是我开始打字的地方,没有保持恰当的直线行距。"

赖特的眼里闪烁着智慧。"有人把纸抽出来,后来又放进去了?她自己也很可能会这么做啊,你得注意。"

"她可能会,但假如她没有这么做,那么就是凶手自己要打字。那就是他需要时间的原因,所以他就先钉死推拉窗。现在的问题是,为什么他必须要使用打字机呢?"

第八章

迷局待破

那个夜晚的晚些时候,应奈杰尔的邀请,赖特督察和他一起在博尔斯汀餐馆吃晚饭。那顿晚餐吃得沉默安静,两个人都在阅读什么。奈杰尔花了整个下午在打一份他调查诽谤事件的详细报告,而赖特和他的侦缉警长则在讯问公司里的员工。督察此刻就是在阅读这份报告,他边看边狼吞虎咽着一块美味的兔脊肉,而奈杰尔则在研究警方的讯问记录。

从后者的记录来看,赖特特别关注星期五下午4点至午夜这段时间。根据电话交换总机的女孩说,在大约4点钟,迈尔斯小姐打了一个电话。警方对此核查了，电话是打给她的美发师的。斯蒂芬·普罗瑟罗对她何时拉开推拉窗和他聊了几句的时间记不清了，觉得可能是在4点30分左右，但不能肯定，所以估计下午4点是最后知道她还活着的时间，这样的说法还是比较保险的。对迈尔斯小姐习惯方面的调查表明，她通常是在下午6点钟左右离开温汉姆-杰拉尔丁公司，但是，根据她家德国女仆的说法，她偶尔会工作得晚一点，有时直到晚上8点才回家。然而，除非她和凶手约好了那天夜晚的晚些时候在办公室里见面，但既然那天要那么晚见面，为什么要约在办公室里？那么，自然而然的推论便是她肯定是在下午6点之前遭到谋杀的。凶手不可能把他的谋杀计划建立在碰运气的基础上，知道自己会发现她在6点之后依然在工作。此外，U型钉子的线索指向了一个时间段，那时仍然有人在办公室里工作，而凶手有可能会被人看到和尸体在一起。

在赖特督察的问讯记录报告里还有一个时间指向，他询问了苏珊，前面提到的那位在参考资料图书馆里的金发女郎。苏珊在星期五下午没有听到隔壁办公室里有什么可疑的声音，她在5点30分准时离开，经过迈尔斯小姐的门口时听到"迈尔斯小姐发疯似的打字"。这就意味着，迈尔斯小姐那时还活着，或者她刚被谋杀，而苏珊听到的是那个凶手的打字声。赖特的调查因此就集中在下午5点15分至6点之间。无可避免的是，考虑到这些事实，必须这么做。但是，奈杰尔思忖着，集中于这一时间段就会忽视那把找不到的钥匙——边门的备用钥匙，而米里亚姆·桑德斯在星期四上午还见到过呢。这把钥匙没在这已故女人的遗物里找到，它肯定是被另外的那人"借走"了。为什么要借用钥匙，莫非是要在下午5点30分大门关闭以后才进入办公室吗？几个合伙人和斯蒂芬·普罗瑟罗每人都有一把边门钥匙，所以没理由要窃取备用钥匙，除非要把怀疑目标引向一个外来者或某个员工。

奈杰尔从这些猜测中收回了思绪，再次与证据联系起来思考。他尤其感兴趣的那几个人的动向简述如下：

亚瑟·杰拉尔丁：下午4点至5点50分，在自己的办公室；其中，5点至5点15分口述信函，这由秘书证实；5点15分至5点18分，与斯蒂芬·普罗瑟罗简单聊了几句；5点50分上楼去了公寓房间，这由杰拉尔丁太太证实，她说，她丈夫那晚其余的时间里一直和她在一起。

伊丽莎白·温汉姆：下午4点至5点15分在自己的办公室里；其中，5点10分至5点15分和巴慈尔·莱尔讨论业务；5点15分至5点20分在工作室里，已证实；5点20分至5点30分，在她的办公室里；5点30分离开办公室，由米里亚姆·桑德斯证实；6点钟，在伦敦市的彻西区参加鸡尾酒会，已证实；7点30分，回到家中，由女仆证实；独自晚餐，阅读，夜里11点上床。

巴慈尔·莱尔：下午4点至5点，离开办公室，在书展上发表讲话；5点10分回到办公室，由米里亚姆·桑德斯证实；5点10分至5点15分，和E·温汉姆讨论业务；5点15分至6点，在办公室工作，由秘书证实了其中5点15分至5点25分这一段时间；6点，去节庆大厅用晚餐，然后去听音乐会，未经证实；10点25分，回家。

斯蒂芬·普罗瑟罗：下午4点至5点15分，审阅；5点15分，与亚瑟·杰拉尔丁交谈几分钟，已证实；然后在5点20分离开大楼，由米里亚姆·桑德斯证实，步行通过亨格福德大桥去滑铁卢车站；赶乘6.5次南方电气列车，开往汉普郡的彭西尔车站；7点30分，在彭西尔车站和接他的朋友们相见，未经证实。

在温汉姆-杰拉尔丁公司找员工单独讯问的工作量巨大，所以今天没有全部完成。赖特督察在讯问过主要负责人之后，他和侦缉警长就由巴兹尔·莱尔带领，在每个部门兜了一下，问问员工们在星期五晚上是否看到可疑之人或听到可疑的声音，结果是一片空白。米里亚姆·桑德斯宣称，在下午4点至5点30分之间，没有未经允许的访客走进大楼。她5点30分锁上了大门。有相当数量的员工在下午5点打卡下班了，他们可以从人数估算中排除，除了几位公司负责人之外，还有大约三十名员工，他们的动向必须加以例行核查。

警方仍然在大楼里搜寻可能隐藏起来的凶器，还有所有沾有血迹的衣服。凶手肯定浑身上下都溅上了大量血迹，所以，他不太可能就这么大摇大摆地走出办公大楼。

凶器，奈杰尔心想，就是一把剃须刀嘛。但谁会有动机使用一把剃须刀去谋杀她呢？这种凶器如此原始，与掌控温汉姆-杰拉尔丁公司命运的高度文明的人士格格不入啊！"当然啦，总是有西普里安·格利德的身影。"他不觉高声地说了出来。

"是的,"赖特督察从他阅读的奈杰尔的报告上抬起头来说道,"总是有他的身影,今天下午我派了个人去讯问过他了。这个格利德在星期五下午,好像从 4 点 30 分到 7 点钟都独自待在公寓房间里,后来才出去饮酒作乐了。他一个人住在西 – 八号的一家商店楼上,独用门开向大街,有待证实。我的人告诉我,他不太配合。"督察做了个通常的手势,"西普里安·格利德!听上去他好像出身于怀尔德或者费尔班克家族。现在来说说迈尔斯小姐吧,你知道她是按指法盲打的,还是用两根手指的老派打字法?"

"你的想法还真有跳跃性!我从来没有看到过她打字,但是,她打字的声音快速流畅,应该是按指法盲打的。怎么啦?"

"就在我来此之前,得到了查验指纹人员的报告。那台打字机上只有她的指纹,键盘上留下了所有的十个指纹。"赖特督察的手指在桌子上跳动着,他狡黠地看了奈杰尔一眼。

"但是?"

"但是这个凶手对打字的指法不熟悉。"

"对不起,我的脑袋刚才不太好使。"

"指纹出现在错误的键上,假如你要问我。他肯定是在她死后,拉着她的手指在打字键上乱按一气。真是个冷血动物!"

"而且是在他打完了自己的东西之后。这就是他打了一些字的另一个证据,但他不想让我们知道他打过字,是吗?"

"看起来是这样。"

"当然,他也许发明了一套自己的指法。"

"你就喜欢制造障碍,对吗?牛津大学的思维方式。干杯!"督察喝干了他那杯李奇堡葡萄酒,开始收拾文件。"我打算明天上午去找西普里安,你最好一起去,做我的贴身保镖吧。我会在上午9点15分开车来接你。谢谢你请我吃这顿美味的晚餐。"

第二天上午,奈杰尔很早就吃完了早餐,然后他抽了第一支烟,引起了一阵剧烈的咳嗽,导致鼻窦疼痛得厉害。奈杰尔滴了几滴鼻药,把药瓶揣进口袋里。上次和赖特督察一起工作时,他被一根短棍碰到了,现在这突然发作的疼痛蔓延到一只眼睛上了。赖特可真是我的扫把星啊,他有点心酸地想。一想到在指纹专家们鉴定后可能要把迈尔斯小姐的自传通读一遍去做检查,他深感害怕。但这罪犯的秘密很有可能就嵌在散发着香味的书页之中,不过这个可能性并未激起他什么热情。他只想悄悄地去克莱尔的工作室,倒头睡上一觉。

坐在警车里,他感觉好点了。赖特督察的活力倒是很有感染力的,他不能想象还有什么状态不像他那般活跃的,所以你和他在一起,他就会激励你。

警车在一家古玩店前停下了。赖特下了车,奈杰尔和另一个身着便服的侦缉警长跟在其后。他们按了按商店橱窗旁的门铃。

"你没对我说要带一支军队过来。"西普里安·格利德过了一会儿应了门铃,开门说道。他穿了一套丝绸睡衣,外罩一件深红色的新晨衣,胸前口袋上绣着字母组合图案,这套装束极大地缓解了他给人的邋遢感,却又表明了为什么他总是缺钱。他引导着他们爬上了陡峭狭窄的楼梯，到了顶楼上。他解释说三楼上堆满了古玩店里的东西。

他的起居室里混乱不堪，据奈杰尔自己的体验，也只有克莱尔·马辛杰的工作室能与之相比。但是，工作室不整洁还有点功能性的需要，或者说，至少是由于她专心致志于创作要素的结果，而这个起居室里的混乱几乎是病态的。他们进来时，一台昂贵的收音电唱两用机上播放着一支爵士乐，两只金黄色的仓鼠趴在一张柳条椅上的一侧乱抓乱啃。没洗过的杯子啦、盘子啦、酒瓶啦，扔得到处都是。地上散乱着一张张乐谱，一个角落里有架优雅的羽管键琴，上面堆放着几卷百科全书；在另一个角落里放着一个积满灰尘的画架；第三个角落里有一块滑雪板，墙上还非常奇怪地挂着一副拳击手套。卧室门开着，乱糟糟的床头上方悬挂着一件女式睡衣，地上有一堆衣服，从中露出了半个早餐托盘。

他已经用这些七零八落的碎片来支撑废墟了，奈杰尔心想，对米利森特·迈尔斯这个儿子感到有点遗憾。赖特督察搬了张椅子在煤气壁炉一旁坐下了，煤气壁炉外有一个高高的老式防火栅起保护作用。

"我希望你会接受我对你丧亲的同情。"他正式开口说道，态度倒也不是敷衍了事。

年轻人的脸痉挛了一下，随即变为一副鄙夷的神色。"我们可以摒弃这些开场白了。我不喜欢彬彬有礼但毫无意义的话，我母亲的死对于我谈不上是丧失。她毁了我的性格，每个人都会这么对你说的。"

假如西普里安·格利德这番话意在震撼，或者说让督察印象深刻的话，那么，他的话算是白说了。赖特原本一直注视着他，脸上的表情仿佛是一个小孩在动物园看一只新来的动物一样，此刻他尖刻地回答道："好，那就省去了我不少的麻烦。上星期五下午从 4 点 30 分到 7 点钟，你就一直在这里，我可以这么理解吗？"

"我是这么对你部下说的。"

"那么，在这之后呢？"

"我无法再等下去了。我去见了几个朋友，一起吃晚餐。"

"你当时在等待某个没有出现的人吗？"

"是的，我母亲。"

赖特督察总是装作对他讯问对象所说的话极其感兴趣，此刻倒是真的看到了令他饶有兴趣的东西。

"她应该在几点来的？"

"在她做完了事以后吧，大概在 5 点 30 分到 6 点 30 分之间。"

"那是根据事先安排的？"

"Ça se dit。"西普里安·格利德用法语说了一句，然后转向了那个身穿便服的男子。那人此刻停止了速记，翻译道："这是显而易见的事。"

"这次见面是什么时候确定的？"

"就在前一天下午，打电话确定的。她在温汉姆－杰拉尔丁公司，我打电话给她，请她第二天回家时来我这里一趟。"

"有什么特别的原因要请她来吗，先生？"

格利德浓密的胡须后白牙一闪。"当然有了，我从不喜欢在社交场合去见母亲的。"

"那么，这次，嗯，见面的目的是什么呢？"

"钱，我想要她给我钱。"

"但她才拒绝了你，就在那天上午。"奈杰尔插话说道。

"我觉得她过后会更加顺从的。"

"为什么？"

"天哪！请再说一遍，先生。"那是赖特手下的警长，一只仓鼠突然蹿到他的笔记本上了。"哎呀，这是什么东西？嘘，滚开！"

"别激动，芬顿。这是一只金黄色的仓鼠，拿支铅笔给它啃啃吧。"赖特督察提议道。

芬顿已经一巴掌把这小动物扫到地上去了，可接下来他得抵挡西普里安·格利德了，后者向他猛扑过去，叫嚷道："你这讨厌的蠢货！"同时用手抓他的脸，就像个疯女人似的。奈杰尔正巧靠得最近，一把抓住这年轻人的双臂，把他按在刚才跳起来的椅子上。

"芬顿，"赖特说着，对他的手下眨了眨眼，"请不要粗暴动手。你不能虐待动物，仓鼠很漂亮，是没有攻击性的小动物。你养这些动物时间长吗，先生？"

格利德皱着眉回答说："我母亲总是强迫我养宠物，据说它们对心理失调的儿童很有好处。用宠物来弥补情感发育的不足，你能明白我的意思吗？现在我已经养成了这个习惯。"

"我明白了，"赖特轻轻地抚摸着另一只仓鼠的背部，"你刚才说你母亲过后会更加顺从的，你为什么这么想呢？"

"问问斯特雷奇威吧，也许他会有个什么理论来解释。"

不知道他为什么对我如此反感，奈杰尔思忖着，他决定接受这个挑战。"你当时打算施加压力——说你看到她在篡改《战斗的时刻到了》的校样本，是这样吗？"

西普里安再次嘲讽了他："'施加压力'！那就像是你们这代人干的事。在丑陋的真相上系上漂亮的绶带，为什么不说是'敲诈'？"

"如果你愿意这么说的话，"奈杰尔回答说，他深感恼怒，"我们这代人不会把粗鲁当作德行的。"

"那么，你是否有意图敲诈你母亲呢？"赖特问道。

"那是斯特雷奇威的理论。"

督察放过了这一点。"星期五晚上她迟迟没来看你，你就没有想过再给她打个电话吗？"

"她在出版公司里工作，那里的交换机总台在5点30分就关闭了。"

"在那天之后呢，星期六和星期天？"赖特那机敏友善、如活泼小狗似的表情保持不变，"既然你那么急需要钱，我猜测你在周末设法和她联系了吧？"

西普里安咧嘴一笑。"这就是我眼前看到的一个陷阱吗？我总是急需要钱的，但可以等——还没有紧迫到那个程度。不管怎么说，我周末酗酒了。我在星期五晚上7点钟开始就喝醉了，直到星期天上午还是醉醺醺的。从星期天下午到星期一上午我在睡——或者，如同斯特雷奇威很可能会说的那样，玩弄——一位年轻女士。"

"米里亚姆·桑德斯吗？"奈杰尔问道。

"说得对。"

"我是否可以问问,先生,你从你母亲的遗嘱里获得好处了吗?"

"你可以问。我想是的,但我还不确定,她恨我。在另一方面,她是个传统的女人,所以会觉得还是把钱留给自己的亲骨肉好。"西普里安·格利德抿紧了嘴角,"现在,我可以问个问题吗?"

"当然可以,先生。"

"在你的职业生涯里,你见过弑母的情况吗?"

"愿上帝保佑你,是的,两三次了。尽管比较少见,我同意。"

这个年轻人对督察轻松地回答了他的问题显得颇为泄气,于是没再追问。赖特开始问起星期五晚上和星期天跟格利德在一起的那些人是谁,包括姓名和住址。奈杰尔的鼻窦疼痛又发作了,于是他便躺在一个长沙发上,往左鼻孔滴了鼻药,他瞥了一眼天花板上的一幅水彩画,就移开了目光。艺术家仁慈地没有完成那幅画,画上是希腊神话里的森林之神萨堤尔抓获一个神女的故事。他心里想:也许,我低估了这个年轻的格利德,此人显得有点头脑,还有点胆量——如果他的厚颜无耻也算是某种胆量,并非仅仅是生活在幻想世界里的产物的话。奈杰尔坐直了身子,再次扫视了一番这个奇异的房间,深深地沉浸于自己的想法里。此刻,西普里安·格利德问道:"哦,喜欢我的房间吗?"他不假思索地说出了心里的想法。

"看起来活像一个堆满了各种虚假开创项目的博物馆。"

西普里安的眼睛向上一翻,又转了一下,让人想起他母亲的习惯动作,随后就两眼发直,审视了一下奈杰尔,没有说话。

"现在谈谈有关验尸的事,先生。你很快就会接到通知,至于葬礼安排——我敢说你会乐意让遗嘱执行人接手去办的。"

"遗嘱执行人?"西普里安没精打采地问道,"什么?噢,对了。我猛地还以为你说的是'死刑执行人'呢。"

芬顿沉重地对着他的速记本呼出一口气,这不是第一次了,他满脸都是恼怒和憎恨。

"你母亲有什么敌人吗,先生?"

"我在想我们什么时候会谈到这一点。有好几十个呢,我觉得。假如想法能杀人的话,她肯定是过着受到魔法保护、能逢凶化吉的生活。"

"但你没有理由怀疑什么特别的人吧?没有受到威胁,或者——"

"我告诉你吧,谁有理由去拧断她的脖子。巴慈尔·莱尔。她一直在玩他。要是爱我,就要爱我的书。上帝啊!但我觉得他居然不知道这一点,沉迷于爱情的蠢货!"格利德声音里恶毒的憎恨甚至让赖特督察都严厉地瞥了他一眼。天哪,奈杰尔心想,这又是一个莎士比亚戏剧里哈姆雷特和他母亲的故事了。

进一步的追问没有得到有关莱尔的更多情况,也没有获得其他可能的嫌疑人的情况,所以,三个人就离开了。

"嗯,"他们坐着警车去死者在伦敦彻西区住宅的路上时,赖特说道,"我们该怎么看待他?"

芬顿再也忍不住了。"十足的邪恶,要我说的话!居然那样谈论自己的母亲,还有他和女朋友干的事,不要脸的小混蛋!"

奈杰尔说:"我倒觉得他挺可怜。"

"我认为他是该死的危险人物,"赖特插话道,"我不喜欢没有司机的车子乱开。他有多聪明啊,哼?聪明到编造一个敲诈他母亲的故事?"

"那也没给他提供多少不在犯罪现场的证明,先生。"芬顿说。

"没有,但这家伙居然指望用威胁揭露他母亲在校样本上动手脚的方法来敲诈她——哼,在他肯定她不干了之前,他是不会割她的喉咙的。这难道就是他想让我们去推理的吗?"

"我不认为他会干割喉这事,"奈杰尔说道,"他会想出某种更不易察觉的方法,而且是远距离干。"

"他刚才的行为已经足够暴力了。"芬顿评论说。

"是的,但那是他的即时反应,伙计。此外,你对他的小宠物也太粗暴了。"

"粗暴,哼!我——"

"而这次谋杀米利森特·迈尔斯是有预谋的,"赖特继续说道,"为什么说他'可怜',斯特雷奇威先生?"

"噢,那个房间!堆满了他开始动手却从来没有完成的东西——他追求的东西太多了,都扔下了。他想证明自己能干出什么真正了不起的事,但无一例外都失败了——除了喝酒、骗钱、勾引女孩子,还能干什么呢?"

"'一个堆满了各种虚假开创项目的博物馆',嗯?"

"我为那些成功人士的孩子们感到遗憾,他们通常不会继承父母的才智、毅力,或者任何能让他们获得成功的东西,但他们拼命想让他们的父母印象深刻，想尽了各种办法。"

"比如说，割他们父母的喉咙？"芬顿说。

"芬顿，不得无礼，"赖特厉声说道，"讽刺挖苦不合适你。"

"不合适，先生，请原谅。"

"你是个问题孩子吧，芬顿？"

"不是，先生。"

"你小时候就从来没有把无害的小动物满屋子乱扔过？"

"没有，先生。"芬顿语调有点压抑地回答。赖特督察很受下属的喜欢，但是，正如他们所说的，"你得注意他"，他的反应有时会出人意料的，你也不可能总是能肯定他是在和你开玩笑呢，还是在训斥你。

米利森特·迈尔斯在彻西区的住宅很漂亮，多亏了室内装潢师，而不是后来的女主人。当然，她在这里才生活了几个月，但那些房间根本没有任何私人味——它们就像是某个优雅生活展览会上的样板房。如果说这些房间还能给人留下其他好印象的话，那就是独享生活的感觉，人们在那些寡妇、被抛弃的情人或者职业女性的家里常常能感受到这一点。

赖特督察在讯问迈尔斯小姐的德国女仆时，奈杰尔做了翻译。希尔达·兰鲍姆是个矮胖的年轻姑娘，有着淡黄色的头发。她起先胆战心惊，过于奉承，随后，既然英国警察无意于欺负她，她就变得口出怨言，喋喋不休，对她已故的雇主满怀恶意。迈尔斯小姐没有同情心，她时而粗鲁无礼，时而过分好奇，她把一切都锁上了，她来来去去难以预料，毫不顾及家务安排，她对希尔达·兰鲍姆的优良厨艺难得赞赏，她还会出口骂人。

是的，格利德先生偶尔会来这里，但在过去的几个星期里没来过。不，她的女主人星期五上午离家去办公室时看起来没什么异常。男性来访者？是的，有时一人，有时开个小型派对，他们的名字可以在预定本上找到，就放在迈尔斯小姐的办公桌上。最近的来访者是莱尔先生，他在星期四夜里9点30分左右来的，希尔达不知道他待了多久——因为她自己在10点之后就上床了。有个叫普罗瑟罗的先生来过吗？据希尔达所知，没有来过。或者出版公司里其他人来过吗？在9月份，杰拉尔丁夫妇，还有温汉姆小姐应邀来吃过晚餐，自那以后就没来过。

就在此时，死者的律师迪肯先生按照约定来了，他和赖特督察要一起检查迈尔斯的文件，两人为此去了书房。他们在迈尔斯小姐的手提包里找到了一把钥匙，希尔达·兰鲍姆辨认出它是书桌抽屉钥匙，那个抽屉里面存放着女主人所有的其他钥匙。然而，温汉姆-杰拉尔丁公司边门上耶鲁牌弹簧锁的钥匙不在这个抽屉里，芬顿就被派去搜索其他房间，寻找这把钥匙。奈杰尔意识到，这个调查过程必须依赖于现状，即究竟是米利森特·迈尔斯还是另有他人"借用"了这把钥匙。假如她自己没有借用过，那么，看起来很有可能是凶手拿到了钥匙，这样在5点30分公司大门锁上之后他仍能进入大楼，除此之外，他为什么需要钥匙呢？几个合伙人和斯蒂芬·普罗瑟罗已经有边门钥匙了，这就意味着凶手要么就是公司里的其他人员，要么就是熟悉公司情况的外来人。

奈杰尔跟在芬顿后面闲逛了一会儿，然后回到了书房。在那里，赖特督察递给了他一本台历，上面有两个最近的记录："R.，9:30"的字样潦草地写在上星期四的空档里——那就是巴慈尔·莱尔①的来访了。星期五则显示了一个午餐约会，在下面却是一个简明的记录"雷神之日（星期四）②？！"，奈杰尔思索着这个问号和感叹号，以及该字显示的双关含义，他边思考边随意地走进了地下室里的厨房。

希尔达·兰鲍姆给自己准备了一杯咖啡，奈杰尔也拿了一杯。这姑娘显然在担忧她直接要面对的未来。奈杰尔告诉她，他会和律师安排她应得的直到月底的工资，而且在她找另一份工作时，可以允许她在这屋子里再住上一两个星期，如果她愿意的话。她对这小小的善意感激不尽。奈杰尔拖住她又聊了一会儿她在纽伦堡的家。建立起信任之后，他就引导着话题，借着希尔达给自己看她未婚夫照片之际，转到了巴慈尔·莱尔身上。希尔达立刻显出夸张的柔情。多好的一个年轻人啊，如此深深地陷入恋爱之中，而她的女主人居然那么对待他！一个冷血女人，一个无情的女人，一个嘲弄者。假如是德国情人的话，就会揍她，让她跪下，但英国男人太温柔了，他们不理解男人必须做主，所以他们就夹着尾巴溜了，就像那天夜里的莱尔先生一样。

希尔达不想对警察说这番话，但斯特雷奇威先生不同，他有同情心。

---

① 巴慈尔·莱尔的英文是 Basil Ryle，这里米利森特·迈尔斯就用他的姓氏首字母"R."来代表。——译注
② "雷神之日"（Thor's Day）是古英语，就是"星期四"（Thursday），发音近似。但之所以出现在星期五的约会里，则与该案牵涉的某人有关，下文会有交代，于是就有了双关之意了。——译注

"我上楼去睡觉时,"希尔达很乐意地说下去,"听到他们在起居室里的声音。我不懂英语,但忍不住听了。她在咒骂他,就好像用一条冰冷的鞭子在抽打他。他没说什么,听起来很困惑,很震惊,就好像——好像一个天使突然在他脸上打了一巴掌那样。然后,我想他就恳求了,但她大笑起来——哎呀,她笑得真难听。紧接着,那可怜的莱尔先生匆忙地出了起居室,奔下楼梯出门走了。他没看到我。他看上去很盲目,脸色惨白,就像个幽灵。"

第九章

插入之页

那个下午,奈杰尔坐下来,拿起了米利森特·迈尔斯的自传。那是在赖特督察完成了在死者住宅里的调查工作之后,奈杰尔在警察局里拿到的。在那里的搜查一无所获,除了她台历上那个对星期五下午的神秘记录——"雷神之日?!"——也可以算作线索。律师声明,他根本没为他的客户起草过任何遗嘱,并且在她留下的文件里也没有发现遗嘱,所以完全可以推断,她是个无遗嘱死者。奈杰尔希望,比起坐落在彻西区的住宅,自传更能揭示线索,正因为如此,他饶有兴趣地来对待这部自传。米利森特·迈尔斯具备了大作家的一个特质——消极能力，这使得她拥有能采取其身处环境的色彩，屈从于另一人的个性。对她而言，这只是变色龙的伎俩而已，并且是她已经学会运用的一个伎俩。她对于深陷情网的巴慈尔·莱尔是一种女人，而对于冷嘲热讽的斯蒂芬·普罗瑟罗又是另一种截然不同的女人。

她对于自己又是什么样的女人呢？这部自传会揭示变动不居的个性背后那个真实的女人吗？或者还是会提供另一种幻觉——某个狡猾的、适应其热心读者的米利森特·迈尔斯吗？

从一开始，有一件事就很明显：读者会被她的信心所吸引。她施加影响，把他单独挑选出来，拉到一旁，告诉他一些别人不知道的事情。这样做貌似非常可信，但你得保持头脑冷静，如此才能注意到这种亲密的话语事实上远非其表面那样会透露更多的事情。奈杰尔心想，她的写作犹如镜子表面的坦率，而非透明玻璃的坦诚。随着他往下阅读，他开始意识到书里描述的每一个事件、每一个人，都是设置在恰当角度的一面镜子，以最合适的角度去反映作者的形象。当她在坦白某个幼稚的过失时，她传递的印象却是一个情绪高昂的女孩，一个愉快调皮的假小子，其种种越轨劣行让人读来只能宽容地一笑了之。当她总是那么微妙地暗示家庭纠纷时，读者几乎能听到她用并不那么朦胧的面纱去遮盖父母不雅之处的"沙沙"声。你就会被引导着去想，这个孩子是多么地敏感啊，而她无须为其本该受罚的所作所为承受怨愤，她又是做得多么令人惊叹啊。

奈杰尔思忖着，这可真是一部精心安排的不诚实大作，但很快他就改变想法了。他发觉米利森特·迈尔斯就如同她那一类畅销书作者一样，毫无保留地相信自己写的每一个词，至少，在她写的时候，她可能根本就没有意识到书中的矛盾之处或自欺欺人之谈。她能够把这种没有意识到的行为与如此熟练地掌控读者反应的手腕结合起来，这表明了一种极为微妙的深层心计，即真正令人感到可怕的自我中心主义和根本的缺乏责任感。

奈杰尔感到好奇的是，迈尔斯小姐是如何设法对巴兹尔·莱尔解释自己青少年时期故事里的种种差异：她告诉他的是一回事，她写在书里的却是另一回事。根据这本书，虽然她的父亲是个破产的佣金商，但他既不是个醉鬼，也不是个施虐狂。她把他描绘成一个天性快活、爱管闲事、手脚笨拙的人物，他的罪过是过于疏忽，而不是犯罪。在书中，她的母亲也没有被描绘成一个荡妇和家里的泼妇，反而成了一个严谨古板的浸礼会信徒，所犯过错仅限于整天唠叨她的丈夫和未能理解她女儿的少女梦想。然而，尽管前面的几个章节里她对父母的处理是某种相反的讽刺指责，现在字里行间却散发出温馨的宽恕气氛——那是某种完全的秘而不宣状，这就意味着作者遮掩了许多事情。还有，在她十七岁那年，她无疑找到了一份工作，当商店售货员，但那是一家书店，而她也并没有为了这份工作而离家出走。

奈杰尔有点等不及阅读到米利森特·迈尔斯十九岁的章节了，在那个年龄——她对巴兹尔·莱尔如是说——她受到诱奸，生了个难产而死的婴儿。对于她生命中那段时期的处理，她会采取何种突然变化的委婉手法呢？或者说，更有可能的是，那只是另一个离谱的故事，杜撰出来以博取可怜的莱尔的同情罢了。然而，奈杰尔迫使自己不要快速掠过，他坚持阅读着书中描述的那些情形：郊区的网球聚会，滑稽好笑的学校生活或者家庭朋友，年轻的米利森特对大自然的美妙及伟大文学的传统所做出的种种迷人反应，她父母难以"理解"她，在这个顽皮野丫头的行为背后她对父母隐瞒了畏缩躲避的情感，悉心编辑过的各种事实，如初露头角的女性，她穿过的衣服，还有她曾有过的各种想法。

奈杰尔发现，所有这些描写都极不真实。而在作者习惯于用大写首字母和破折号的方式来命名某些人时，这种非真实性达到了高潮。这种隐匿方式本身就令人厌烦，而当奈杰尔发现这些首字母是虚构出来的时，更加倍强化了它的隐匿性。在页面空白处，每当出现一个新的人物时，作者就用铅笔写上一个大写首字母，却又不同于文中出现的大写首字母。那些注释，奈杰尔推测只是一个备忘录，便于给出确切的首字母。

第四章才读了一半，他就发现了赖特督察用大头针别在下一页上的便条："有个大写的'G'在第19行对面的页面空白处被擦掉了。"便条微微颤抖，好似原本风平浪静的海面上吹过了一阵猫爪风，让奈杰尔有点心烦意乱。他感知到那个凶手了。这个确信毫无理由，毕竟，米利森特·迈尔斯自己也有可能擦掉这个"G"的，但奈杰尔感觉肯定是那个凶手干的。他慢慢地阅读着该部分的那些段落，聚精会神地去领会这些段落的弦外之音。

在我十八岁生日过后的几个星期，我遇到了这个我称为罗金汉姆的男子。一天下午，他来到书店，我们聊了一会儿。当时我们在谈论书架上新近上架的一批书，这批书的封套设计优雅，风格平静神秘，当时却没想到，这个腼腆消瘦的年轻人以后会成为文学界的实力人物。我不久就发现，罗金汉姆也是文学写作同行，他甚至已经在杂志上刊登过作品了。因为在我们之间肯定存在着某种亲近感，使得我克服了彼此的羞怯，才引他打开了话匣子。我这个发现已经足够了。啊，对年轻人的抱负来说，印刷出版具有非凡的魅力！我不知道当今的一代人毫无畏惧地毁灭了如此多陈旧的特定习惯用语，他们是否理解自己在抛弃的同时也丧失了英雄崇拜中健康美好、富有朝气、热情洋溢的美德？那么，对我来说，一个作者就如同一尊神。即使这尊神以后显现出不为人知的致命弱点，也不会有任何预言的阴影能影响我在这第一次见面时所感受到的极度喜悦。

我给他寄去我写的一个短篇小说，他回复了评论和鼓励，这些比起国王对当时我这个缺乏自信的女孩所做的赎救还要珍贵。当我成为"著名作家"时，那些初出茅庐的作者们纷纷给我寄来他们的习作，我记住了罗金汉姆曾经为我做过的事。我决定每天留出一小时的宝贵时间，尽力帮助这些来信者。尽管我一生忙碌，并忍受着每个女人都会经历的全部痛苦，我总是做到了信守我的决定。我得到的回报是来自数百个追求荣誉者的衷心感激。这种感激不亚于我忠实读者的忠诚度，替我消除了来自所谓的知识分子的种种嘲讽。它让我感到深受爱戴——哪个女人不希望感受到爱呢？但它又使我感到卑微。

收获不大，奈杰尔思忖着。他从这一大篇陈旧乏味、过于甜蜜的自我吹嘘中得出的所有信息是，"罗金汉姆"有不为人知的致命弱点，他的真实名字以字母"G"开头，他成为"文学界的实力人物"。

字母"G"。这字母可以代表"眼罩（Goggles）"，可能是，也可能不是斯蒂芬·普罗瑟罗，这字母不可能指迈尔斯小姐的第二任丈夫，那个赛车手。但再一想，记起她有个习惯，习惯只叫男士的姓氏[①]，那么也有可能是指亚瑟·杰拉尔丁（Arthur Geraldine）了。

奈杰尔继续读下去，希望能找到一些对"罗金汉姆"致命弱点的解释。然而，他的名字在这一章中没再出现。在本章倒数第二页，却开始了一个新的段落：

所以，作为一个作者，我在尝试自己羽毛未丰的翅膀。但我身上还有其他的东西正在萌生，等待着有一缕阳光即可开花。那时我才十九岁，是个热忱有余、经验不足的少女，我的女性成年期犹如一只尚在蝶蛹中的蝴蝶，正在奋力挣扎，以求脱蛹而出。一个纯粹的男人——即使是最为敏感、最为诚实的男人（而确实有一些这样的男人有待发现，谢天谢地）——会了解占据了一个少女心房的那种甜蜜的迷惘，强烈的期待，颤抖跳动的狂喜，并且这颗心第一次转向爱情，犹如葵花转向太阳似的势不可挡吗？啊，神奇的日子，我们爱上了爱情本身，当一切都染上了"从未照耀过大海或大地的那种阳光"！如

[①] 英文中，名在前，姓氏在最后。——译注

今回首那段时期,伤口已经愈合,苦难早已忘却,我可以对诗人说:"那么忧伤,那么奇特,那段时光一去不复返了。"

是的,我陷入了爱情。我在爱情中倾注了所有压抑已久的热情,奉献的欲望,奉献而又不计后果,而在我无拘无束的生命中,这一切,唉,毫无发泄之处。我选择的那个男人出现了。

奈杰尔翻过了一页。他不需要便条,赖特督察把它用大头针别在上面了,让他知道这就是凶手插入的那一页。看得出来,那页比之前和之后的纸页白得多,因为原先的打字稿叠放在温汉姆-杰拉尔丁公司这个积满灰尘的房间里有几个月了。除非迈尔斯小姐自己在最近抽出了这一章的这最后一页,重新打字,否则只有凶手会这么干,而迈尔斯小姐构思作文的方式是快速、不加批评,她居然会重新起草打字稿里的这一页,这更是极其不可能了。此外,有证据表明,谋杀之后留在打字机里的那页纸曾被取出,再放进去,没有对准原先的格式,这更是增加了一种可能性,即凶手在作案后打字输入了一些内容。奈杰尔阅读了第四章的最后一页:

在我的梦中常常如此,自从那天命运让我们相逢,却又把我们分开。但我再也未见到他本人,甚至在那么多年之后,见到他也是难以想象。然而,我们似乎是彼此的灵魂伴侣!我爱他——是的,我承认——所以我自那时起没再爱过任何一个男人。我给了他……一切。我发自本性的激情,渴望爱情,我给了他一切,自由地,骄傲地。我们都是贫困者，挣扎着生活。结婚根本不可能。也许——谁知道呢？——假如我和他有个孩子的话，我们或许已经蔑视贫困，抛弃肉体所承受的种种幻想而生存下来，手挽手，一起经历了生活。神秘的上帝却给我们命定另途。

那年岁末，我得了重病。善良的朋友们借给我一笔钱，让我去国外，在一个疗养院度过了几个月。当我返回时，他，我的挚爱已经走了。我将戴着面纱来遮盖我的种种痛苦。如今，我能够感谢它们了，因为它们给了我深深的同情，理解人的痛苦和人的勇气，使我能够通过我的书去帮助他人。但是，在那个时候，我没有任何他的东西借以纪念，我经历了永恒的孤独、空虚——一个冰河期，一片石头荒漠。即使是如今，每当我追溯这些回忆时，我的笔就停留不畅了——

"初恋深入骨髓，痛惜如风狂雨骤；
　啊，死神伴随着生命，那段时光不再。"

奈杰尔读下去，直到打字稿的最末页。自传叙述了迈尔斯小姐的生活，直到她的第三任丈夫。书中没有提及这个丈夫和年轻的巴慈尔·莱尔交友往来，也未提到这个女作者在托雷比将军的食堂里遭受戏弄的一段经历。西普里安·格利德的出生倒是用大量既冷静又富有情感的细节进行了叙述，在这之后，他只是起到了挂钩的作用，挂上去各种育儿理论，或者母亲溺爱的丰富感情。米利森特·迈尔斯大约七万字的自传给奈杰尔带来的唯一效果就是让他渴望有个真正的女人陪伴,于是他就给克莱尔·马辛杰打了电话,邀请她共进晚餐。

他们共进晚餐之后,他递给她第四章最后的两页。她的反感显然随着阅读俱增。

"这是什么话呀,'每当我追溯这些回忆时,我的笔就停留不畅了'?"她说出了第一个评论,"我本来以为她会在打字机上一口气把字打完呢。"

"她是这么做了。那是作者的自由,你不可能指望她会说'我的打字机颤抖了'。不管怎么说,她还没有写出最后的一页。"

奈杰尔做了解释。克莱尔的声调抬高了,她说道:"但那太可怕了,是吗?你的意思是说,他坐在打字机前,而她则倒在血泊里?"

"看起来很可能是这样,衔接部分很明显,不是吗?"

"衔接?"

"是的。她写的那页结尾是'我选择的那个男人出现了',但接下来的一页开始是'在我的梦中常常如此'。为什么这个凶手必须要替换掉这整个的最后一页呢?大概是因为他替换掉的部分为我们提供了他的身份,甚至他杀人动机的线索。"

"是的,显然如此。"

"大概她所写的是'我选择的那个男人出现了,已经在这几页里了',那就会把范围缩小许多了。事实上,那会直截了当地指向'罗金汉姆'。"

"究竟谁是罗金汉姆?"

"噢,当然你得阅读这页。"奈杰尔递给她那章中间的一页,告诉她在页面空白处的首字母 G 被擦掉了。克莱尔仔细地阅读了这一页,然后那页纸就从她的指间掉了下来，掉在她旁边的长沙发上。

"我从来不知道有人竟然会这么写——如此恶劣，我是说。"

"我亲爱的克莱尔，你从来没有阅读过那些漂亮诱惑的杂志吗？"

"天哪，没有。它们是职业女性专为外表迷人的姑娘写的，是吗？"

"现在，你再读读最后的一页吧。假定凶手不仅仅是为了掩盖他的身份而写的，假定他肯定意在误导我们偏离某个方向，那么，让我们偏离的究竟是哪个方向呢？"

克莱尔再次阅读起这页纸，像女巫一样沉思着，乌黑的头发倾泻在她的手腕上。

"嗯，"她终于说话了，"这里有一段关于他们孩子没了的事。是的，那只是重复了后面的话——'我没有任何他的东西借以纪念'，是这个吗？"

"聪明的姑娘。巴慈尔·莱尔告诉我说，米利森特曾对他说过，她在十九岁时受到诱奸，又被这个男人抛弃了，孩子因难产死了。"

"我不明白，将近三十年前的一个难产而死的孩子会成为谋杀的动机？"

"但如果她在浪漫化那个部分呢？假如她有了那个孩子，那孩子活着呢？"

"噢，是的，"克莱尔缓慢地回答道，"但果真如此的话，她将有很好的理由去谋杀那个家伙，而不是相反。"

"未必。假如这家伙最近又出现在她的生活中，假如他是个无法承受丑闻的人，她可能会用这个孩子去敲诈勒索他。敲诈者确实常常遭到谋杀。"

"对啊,我明白了。但是,图书馆借阅处的宠儿就能承受丑闻了吗?假如我是那个家伙,我就会说她是在胡说八道。要我说,你不认为巴慈尔·莱尔是她的儿子吗?"

"我亲爱的克莱尔,这想法可太滑稽可笑了!"

"你只要说因为你没想到这一点就行了。"克莱尔一本正经地回答。

"但她在牵着他的鼻子走,以情侣的身份——是真的,还是有可能,不好说。"

"他发现她真的是自己的妈妈,出于一阵厌恶,谋杀了她,就像一出希腊悲剧。"

"严肃点,克莱尔,"奈杰尔反对道,但有点不自在,"莱尔知道他的父母亲。"

"明智的孩子——嗯,那你觉得谁是罗金汉姆?"

奈杰尔站起来,开始在工作室里踱步,他随手从架子上拿起什么物件,心不在焉地注视着,然后又放错了地方——按照克莱尔的习惯,假如还有哪里可以被称为可能放错东西的地方。

"普罗瑟罗还是杰拉尔丁?"他最后说,"应该是普罗瑟罗——你看,我从骨子里感到这桩谋杀案必定与诽谤案有关。"

"奈杰尔,亲爱的,你完全不合逻辑。"

"假定是斯蒂芬·普罗瑟罗对那个校样本做了手脚——"

"斯蒂芬?但上次我们谈论时,你说——"

"别去管上次我说的是什么,"奈杰尔暴躁地回答,"我就不能改变想法吗？斯蒂芬有篡改校样本的最佳机会。而且，还有贝茨的证据。"

"我离开房间吧，这样你就可以私密地自言自语了，好吗？"

"抱歉，亲爱的。贝茨是公司的印刷部门经理，斯蒂芬无法忍受无聊的家伙，而贝茨，按照斯蒂芬的说法，是头号无聊的家伙。然而，当斯蒂芬审阅完校样本，他没叫秘书把校样本送到贝茨那里去，而是亲自送去，并且在包装校样本发送去印刷厂时，他居然还和贝茨愉快地聊了一会儿。我觉得那实在可疑。"

"为什么？"

"为什么他愿意忍受五分钟的无聊？除非他想确保贝茨不会在发送之前翻看一下校样本，对不对？与贝茨进行的一番不着边际的闲聊是这个欺诈活动的最后一步，目的就是为了出版时让这本书里那些诽谤性段落依然存在，更有刺激性。"

"那么，好吧，"克莱尔仍有疑虑，停顿了一下后说道，"所以，普罗瑟罗是凶手？"

"这就是麻烦所在。假如米利森特·迈尔斯威胁要公开她和斯蒂芬有过一个小孩，斯蒂芬根本不会在乎。而在另一方面，亚瑟·杰拉尔丁也许会，但我们的确不能想象杰拉尔丁会把自己的公司拖进一场诽谤案的诉讼里去。"

克莱尔·马辛杰以一个敏捷而又婀娜的动作从沙发上站了起来，头发乌黑飘逸，犹如多风天气里的黑烟一般，她身旁的奈杰尔被吸引住了。

"可怜的小伙子，你的脑袋不好使了，是不是？"

"是啊,这该死的鼻窦——"

"我是说,你没有竭尽全力地思考。"

"噢,我以为你要给我一点女性的同情安慰呢。"奈杰尔抱怨说。

克莱尔不理会这个要求。"假设米利森特·迈尔斯确实和X有过一个孩子——什么?——那现在差不多有三十岁了。假设她威胁孩子的父亲要公开此事——就称为'他'吧——说他就是个卑鄙小人。"

"如今没人在乎被骂作卑鄙小人。"

"噢,他们真的不在乎?在某些圈子里,这被看作是极其羞辱的事。"

奈杰尔又突然转换了话题。"斯蒂芬肯定早就认识迈尔斯小姐了,我无法从脑袋里消除这个想法。我第一次见到他时,他说:'她总是——她不喜欢双关语。'那只是他的一次口误吗?'她总是不喜欢双关语'——那就是他要说的话吗?那天,他后来嘲笑她,'我想你分娩时永远是毫无痛苦的。'哦,我知道这些话语未必比他们表面上说的含义更多。而米利森特也告诉莱尔说,她在今年夏天之前从未见到过斯蒂芬。但我感受到了这个强烈印象,他们之间非常熟悉。假如真是这样的话,为什么他们还要那么费劲地否认呢?嗯,我只能看到一个答案。"

"什么答案?"

"他们合作篡改了校样本,而动机则是从他们过去的交往中突然涌现的,因此,那段交往必须得秘而不宣。"

"这个推论太疯狂了,是吗?"克莱尔说,"我会为你安排和布莱恩太太见面——她在迈尔斯小姐年轻时就认识她了。"

"谢谢你,那也许会有帮助,但还有那张老鲨鱼脸杰拉尔丁呢,"奈杰尔心不在焉地继续说道,"米利森特告诉我说她是在几年前遇到他的,'在非常特殊的情况下'。为什么他允许她继续占据大楼里的那个办公室,把她自己弄得让大家都讨厌呢?而他的确口气坚决地告诫我别去深挖往事。他已婚——比起斯蒂芬来是个更好的敲诈对象,我曾这么想过,假如敲诈就是米利森特遭到谋杀的原因的话。"奈杰尔皱着眉头,拿起克莱尔的一个小泥塑马,贴在脸上按摩着。"很奇怪,有人居然用谋杀的方式来取得安全感,仿佛是一个人可以用另一个人的鲜血来买到他心灵的平静。"

"大多数人看不到下一步之后的情况,尤其是当这个下一步就是他们要把某人推下悬崖的话。"

"在另一方面,假如是斯蒂芬·普罗瑟罗独自篡改了那个校样本,假如迈尔斯小姐能够就此敲诈他的话——"

"但她为什么呢?"

"借此警告他,让他务必撤销他对公司重印她小说的反对意见,不然,她就会告发他。令人尴尬的进退两难。他是个正直诚实的人——只要是有关书的事务,不管怎么说。但他的安全感就会岌岌可危了。莉兹·温汉姆对我说,他的一生都和公司捆绑在一起。他们会不得不解雇他,那他就永远不能在出版业找到工作了,作为作者,他在几年前就已经江郎才尽了。噢,是的,假如安全感是这次谋杀的动机,那么,斯蒂芬·普罗瑟罗明显就是个嫌疑人。"

第十章

端倪初现

温汉姆-杰拉尔丁公司有个传统,那是从公司最初时期一直流传下来的,即在每个月最后的一个星期三,合伙人和审稿人要一起聚餐。在公司业务扩展时期,曾经专为这些场合在史金波餐馆包下一个包房,但在1944年,一颗炸弹炸毁了史金波餐馆。所以,难以想象公司会为遵循神圣时刻的惯例而去惠顾其他饭店了。自此,这些晚餐就改在亚瑟·杰拉尔丁的公寓里了,通常仅限于公司的管理层。但是,那位大名鼎鼎的詹姆斯·温汉姆还规定了每年两次要邀请一些来宾——一位出版业的同行,一位杰出的编辑,也许还有一位爱好文学的主教，甚至一位作者。每当公司的一位作者受到这样的邀请，就会被视为对其长期工作和良好品行的尊贵奖励，尤其是良好品行，更为重要。

这项传统的分量可以从一个事实得以证明，尽管在公司里发生了谋杀，但莉兹·温汉姆和亚瑟·杰拉尔丁一点都没想到过这个月的聚餐应该取消。在闪电战失败之处，可怜的米利森特·迈尔斯也不太可能会获得成功。然而，合伙人们邀请了奈杰尔·斯特雷奇威参加，以此纪念这段混乱的时期，虽说今夜并非是每年两次的酬宾晚宴之一。

今天上午，亚瑟·杰拉尔丁向奈杰尔发出了邀请，其态度既像是祈求祝福，又像是恩赐祝福。虽然记者、警察，还有他的律师，把他的生活搅得令他疲惫不堪，这位高级合伙人并未丧失其彬彬有礼的风度。如同许多爱尔兰人那样，他是个天生的演员，在其温文尔雅的外表之下，无疑是坚硬的现实主义内心。"请系黑领带，如果你愿意的话。"他喃喃地轻声说道。显而易见，那是传统的一部分：你必须得正装出席宴会，以保持士气和自尊，因为你身处丛林，那里四处出没着野性十足的作者，搜寻猎物的文学代理人，背信弃义的同行出版商，还有矮小卑微的评论者手持致命的吹管。

星期三晚上，在穿衣打扮时，奈杰尔回顾了一天的情况，颇感不满。首先，他对珍进行了讯问，活泼的苏珊之前就是给她代的班，在参考资料图书馆。对她朋友关于斯蒂芬·普罗瑟罗和迈尔斯小姐之间发生争执的二手描述，珍没能补充多少情况。她很肯定"眼罩"是用于称呼什么人,还有,她曾听到迈尔斯小姐说过一句令人震惊的话——"你就是个阳痿!"很奇怪,这又回到了那个话题——她十九岁就有过孩子吗?那孩子还活着吗?谁的孩子?但迈尔斯小姐恶狠狠的话很可能指斯蒂芬作为作者已经有心无力了。奈杰尔在另一个场合曾听到她对他说:"无论如何,我还在写作。"就在他要离开珍之前,她说:"苏珊心里有什么事,她没告诉我,但我能看得出来。我希望我知道——"

就在此刻,她的电话响了。莱尔先生要她找两本书,送到他办公室去。讯问就此结束。居然连轻浮的苏珊都要承受重压的究竟是什么事?可奈杰尔还有更为重要的事情要先处理——情况大致如此,他颇感遗憾地认为。

斯蒂芬·普罗瑟罗的事就是其中之一。奈杰尔走进去时,他从一份手稿上抬起眼睛,脸上表情茫然,就像是书虫刚刚又啃了一英寸的纸似的。

"你觉得'罗金汉姆'是什么意思?"奈杰尔直截了当地问道。

"瓷器,还有就是十八世纪晚期一位英国首相。怎么啦?"

"那么,你没读过迈尔斯小姐的自传吗?"

"老兄,我不认为要对这种憎恶之物妥协!"

这个惊吓战术失败了,奈杰尔便尝试了另一种。是的,斯蒂芬认为他记得珍无意中听到的那次争吵。那是有关他反对公司重印米利森特的一些小说。是的,她开始叫他"眼罩",起绰号是她女学生气的可悲特点。她难道没有叫过托雷比将军"托尔"?她就是一个沉溺于过分亲密的女人。

"我们在她家里的台历上发现一个记录,"奈杰尔说道,"是上星期五的。非常神秘。那个词是'Thorsday(雷神之日)',后面加了问号和感叹号。你觉得这可能是什么意思?"

斯蒂芬的嘴做出了一个啃咬的动作。

"和将军约会?但她不确定他是否会赴约?"

"托雷比将军已经对警方说没有这样的约会,他星期五就离开了伦敦。"

"那么,好吧!"斯蒂芬·普罗瑟罗挥了一下手。

"我自己的猜测,"奈杰尔说,"那个记录是指将军的书,和某人见面谈那件事,大概是摊牌吧。我确信,凶手和《战斗的时刻到了》这事不知怎的有联系,警方对这个推论似乎不怎么重视。"他故意撒了个谎,补充说道:"但这些是我将要追踪的线索。有一段缺少的联系,也许深埋在往事中。"

假如这里有个机会,普罗瑟罗没有抓住,而奈杰尔此刻也无意逼迫他——或者说,就此事而言,没有可以逼迫他之处。斯蒂芬的性格变化莫测,有时热情,饶有趣味,却会以令人不安的方式转换注意。现在,他就像一条鱼一下子钻进了水族馆的人工洞穴里似的,又埋头于他原先在审阅的手稿里去了。

这一天其余时间里也无收获。奈杰尔发现巴慈尔·莱尔非常忙碌,或者就是不愿意见他。最终,他在打了几个电话之后,才找到了布莱恩太太,克莱尔曾提示说她是米利森特·迈尔斯早期生活的知情者。但是,布莱恩太太,一位治安官,是某个委员会里不知疲倦的女委员,要到明天才能安排时间见他。这个下午的晚些时候,他在警察局里和赖特督察谈了一下。赖特的团队在过去的二十四小时里扩展了搜索范围,从温汉姆－杰拉尔丁公司的各个办公室扩展到了几个合伙人、斯蒂芬·普罗瑟罗及西普里安·格利德各自的私人住宅,他们均无异议。沾有血迹的衣服和套鞋仍未找到,亦未发现任何焚烧过东西的痕迹。无论如何,这个凶手在周末有整整两天的时间来处理其犯罪的踪迹。就能够查到的星期五晚上有不在犯罪现场证明的那五个人来说,他们经受了严密的核查:赖特手下的人将要对他们在整个周末的活动情况加以核实,当然,按照惯例,还要向洗衣店、干洗店、旧衣服回收店等发出通知。但此时看起来,这个凶手仿佛能离开凶杀现场,身上却滴血不沾。亚瑟·杰拉尔丁是他们之中唯一使用直柄剃须刀的人,他的剃须刀在实验室里经过检测,证明无罪。对死去女人的尸检表明,死亡时间肯定在星期五下午 4 点至午夜之间,很可能更早点,而不是更晚点。据赖特判断,这个发现倒是与钉死推拉窗之事吻合。除了这个凶手是胆大妄为、出手果断之徒,几乎没什么其他情况得到了证实。

晚上 8 点过后不久,奈杰尔按响了温汉姆－杰拉尔丁公司边门的门铃。亚瑟·杰拉尔丁亲自开了门,带他乘电梯上了顶楼公寓房间。奈杰尔被介绍给了杰拉尔丁太太。她苗条高挑,保养得很好,举止极其优雅,约比她丈夫年轻十岁。莉兹·温汉姆、莱尔和普罗瑟罗已经在此,洋溢着亲密熟知的氛围,但融合着某种迷惑和疏离,当同事们在社交场合相聚时,这情形常常发生。然而,奈杰尔觉得自己更感兴趣的倒是环境,而非氛围。起居室就像一个展品室,像一个小博物馆。

在壁炉台上,在三面墙上的架子上,在有着巧妙照明的角落壁橱里,都陈列着大量引人入胜的瓷器。奈杰尔对于制瓷艺术一窍不通,但他还是能够辨别出他在这里见到的瓷器的质量。

"我不知道你还是个收藏家,你收藏的瓷器太精美了。"

亚瑟·杰拉尔丁的眼睛一亮,瘦削的鲨鱼嘴变得线条柔和了。"我很高兴你喜欢这些东西。是的,我想我多少还算是个鉴赏家吧。"他的爱尔兰发音将"鉴赏家"说成是"鉴说者"。

"要让这些瓷器一尘不染,肯定要花费一辈子的精力了。"莉兹·温汉姆对女主人粗声说道。

"噢,我丈夫从来不允许任何人碰它们的。亚瑟,请给斯特雷奇威先生倒点饮料吧。"

杰拉尔丁已经在给奈杰尔展示一件瓷器了,他的手指围绕着它,抚摸着,仿佛是这件瓷器在向他们传递其精美之处。

"当然了,抱歉。我一接触这些瓷器,就会烦你好几个小时的。"

巴兹尔·莱尔正凝视着壁炉台,那神情流露出某种难以克制的憎恨:他或许在想,只消有这么一件瓷器就可以在经济不景气时期救我爸爸一命了。他那头红发之下的脸庞苍白憔悴,两眼都有了黑眼圈,他看上去仿佛依然遭受着震惊之后的痛苦。奈杰尔心中猜测,是星期四夜晚的震惊呢,还是星期一上午的震惊?或者就是他在星期五晚上使用了剃须刀?一想到凶手或许也坐在这里,周围尽是一排排上了彩釉的瓷器,散发出光泽,就像是绿茵茵的边境地区,这就颇不寻常了。

在餐厅里的圆形餐桌上，奈杰尔坐在杰拉尔丁太太和莉兹·温汉姆之间。他正对面的墙上挂着几幅肖像油画，是两位不可思议的胡须茂密的人物肖像，他们是公司的创办人——詹姆斯·温汉姆和他的第一个合伙人约翰·杰拉尔丁。亚瑟的神色愉快，兼具仪式感和不拘礼节，他举杯说道："为公司和创办人干杯！"莉兹·温汉姆虔诚地轻声说了这几个字，喝干了第一杯：这对她意义重大，正如对巴慈尔·莱尔明显地只是胡扯一样，他只是敷衍了事地回应了一下。

奈杰尔瞥了一眼小吃盘子，注意到这些盘子上柔和的杏黄色。

"你的宝物既作装饰，又有实用，杰拉尔丁太太。"

"是的，但我们只是在这些特殊的场合才拿出这套罗金汉姆瓷器。"

奈杰尔希望自己看上去别像被人在胸口猛烈一击的样子。

"这是新近收购的吗？"他问道，感觉到斯蒂芬·普罗瑟罗对他投来探询的目光。

"噢，不是。我丈夫早年就特别精于罗金汉姆瓷器，在我们结婚之前。"她有点不自然地发出一些清脆的笑声，"我有点像是嫁给了一家瓷器店。"

"是的，我在二十年代时捡便宜货买到的，"杰拉尔丁说道，"那时你还可以讨价还价呢。"

"人们并不总是了解他们自己财物的价值。"斯蒂芬插话说——这话在餐桌上引起了一阵不安的情绪，可对奈杰尔来说倒是个加入聊天的合适时机。

"昨天我翻了一下迈尔斯小姐的自传。"他说道。

亚瑟·杰拉尔丁打破了有点沮丧的沉默,问道:"那么,你有什么看法呢?"

"作为文学作品,毫无价值;作为无意识性格的研究,倒是很有意思。"

"无意识?"斯蒂芬说道,"我倒觉得她整个一生都是一连串故作姿态的自画像。"

"有意思的是,在她暴露的自我和她觉得是在展示的自我之间所做的比较。"

"这对我都太微妙了。"莉兹·温汉姆说道。

"我们此刻非得要谈论这个可怜悲惨的女人吗?"杰拉尔丁太太说。

"为什么不呢?"巴慈尔·莱尔嘀咕着说,"这是我们心里都在想的事。"

又是一阵尴尬的沉默。杰拉尔丁太太是个老练的女主人,仅此一次对她的晚宴失去了掌控,不由得显出了不快的神色。莱尔又打破了沉默说:"我们为什么要装作什么事都没发生过呢?"

"因为我们是该死的文明人。"斯蒂芬带着同情的暗笑说。

"我来自哪里,我们直截了当地说吧,我们并没有把警察看成是护卫天使。"巴慈尔·莱尔一直在喝酒,所以他说的话、他扫视餐桌的目光,都有点含混不清了,"他们昨夜就一直不断地追问我:'你为什么在星期四去拜访死者?从我们得到的消息来看,我们理解你和她发生了激烈的争论。这次争论的焦点是什么?你和她还有没有另一次见面，就在去过她家之后？'换言之，是不是我从这里直接去了她办公室，割了她的喉咙？可爱的上帝啊！"

杰拉尔丁太太脸上毫无意义的笑容僵住了。莉兹·温汉姆的脸颊红得像红苹果似的，眼睛明亮，可精心装扮的咖啡色丝带并不匹配，使她看上去像个身穿化装舞会服装的孩子，此刻来打圆场了。

"亲爱的巴兹尔，当然不是你干的，那根本不可能，但你得振作起来。你的麻烦是什么事都藏在心里，那你就是自求爆发了。"莉兹·温汉姆的语气单纯轻快，犹如英国北部的溪流，"你和迈尔斯小姐争吵过，好吧，我不责怪你，但为什么要把整个事情弄成斯特林堡式的闹剧？那是病态。更糟糕的是，那是感情脆弱的自怜。"

"哦，我得说，"巴兹尔声音颤抖着笑道，这顿冷冷的责备让他有所克制了，"我期望你说得对，莉兹，但——"

"我当然说得对，我还想好好享用这块美味的菲力牛排呢。如果我们必须要谈尸检的问题，那就等吃完饭再说吧。"

此刻，奈杰尔引导杰拉尔丁谈谈公司的历史，这位高级合伙人很乐意谈，展示自己还是个适合讲轶事趣闻的人。一百多年来，温汉姆-杰拉尔丁王朝从未中断，亚瑟和莉兹是第三代传人了。莉兹是从剑桥大学格顿学院毕业后进入公司的；亚瑟是从一个堂兄那里继承的，堂兄在1925年去世了。他原本无意以出版为业，但作为约翰·杰拉尔丁家族里最亲近的继承人，他觉得要是拒绝继承肯定是个错误。这种强烈的王朝感是显而易见的，体现在亚瑟和莉兹谈论公司的方式上：假如这种情感不是那么完全的平静自信，那倒还真可以称为狂热了。

假如他们有个人抱负的话，也都得让位于公司的声望了。奈杰尔心想，难怪诽谤案对他们的打击如此巨大。但是，他们能在多大程度上保持这份忠诚呢？作为最后的手段，甚至要毁灭那个会威胁到公司好名声的人吗？不，这肯定是不可思议的。但假如亚瑟·杰拉尔丁是那个"G"——又是那个"罗金汉姆"呢？假如他有个私生子，并抛弃了私生子的母亲呢？这样的揭露，即使在如今的时代，会使得出版界的一根重要支柱摇摇欲坠吗？

晚餐之后，他们在起居室里喝咖啡，杰拉尔丁太太离开了他们。在这种场合，这是通常的做法，尽管今夜这么做并非只是为了让这几位合伙人可以谈谈业内的事。房门在女主人身后关上了，奈杰尔感到气氛紧张起来，另外三位合伙人都看着他，满怀期待而又焦虑不安。于是，他回答了大家没有提出来的问题："恐怕还没有什么可以相告。今天下午我和赖特督察谈了一下，但他还是有点茫然——线索太少，而嫌疑人太多。"

"太多？"亚瑟·杰拉尔丁说道，"你的意思是我们都在嫌疑范围之内？"

"我很高兴听到这一点，我还以为自己已被视为凶手呢！"巴慈尔·莱尔说。

"现在可是真的，巴慈尔！就是因为你有不同的看法，不同于——"

"不同的看法！"年轻人的笑声有点刺耳，"那就像约翰逊博士说本尼维斯山并非是一无是处的凸出物一样。"

奈杰尔看向莱尔的目光模棱两可，他说："或许可以争辩说，你和米利森特·迈尔斯的争吵指向了你是无罪的。"

"相当似是而非的说法，"斯蒂芬说，"还请详说吧。"

"这次谋杀是有预谋的，进行得非常谨慎。在星期四夜晚和星期五夜晚之间，莱尔几乎没时间如此策划。但是，假如他事先就策划周密了，他就不会在前一个夜晚与被害人争吵，引起别人对他的注意了。顺便问一句，你们是为什么事争吵？"

"我宁可不说。"

"噢，巴慈尔，别那么高尚了！"莉兹·温汉姆强烈地说道，"我希望我们都是你的朋友，即使你不得不对警方保密——"

"很好，莉兹，如果你一定想知道，"莱尔脱口而出道，"我喜欢她。我觉得她——嗯，对我有点感情。但我发现我错了，她彻底让我从这个错觉里醒悟过来了。"

"因为她发现你对她不再有用了？"奈杰尔问道，"在重印她的小说方面？或者类似的方面？"

莱尔点点头，样子很可悲，他的眼睛垂了下来。

莉兹·温汉姆爆出了一句："你是该醒悟了，巴慈尔。跟随在那个女人后面，好像她是个光明天使一样。"

"你不会停止爱某个人,因为她原来是——原来是——"巴慈尔·莱尔的声音几乎听不见了，渐渐地什么也不说了。没人忍心看着他那副模样。

斯蒂芬·普罗瑟罗打破了这尴尬的沉默："嗯，巴慈尔已经得到澄清了。那么，其他的嫌疑人呢？"

"没人得到澄清，"奈杰尔说道，"还没呢。其他的嫌疑人，如你说的，都在这房间里。当然，还得加上西普里安·格利德。"

亚瑟·杰拉尔丁看上去大为震惊。"老兄，你是意指温汉姆小姐，或者说——或者说，我？"

"警方注定会怀疑所有人，只要他的不在场证明还没有得到证实。他们先调查明显的嫌疑人，而他们通常是对的。西普里安·格利德就是明显的嫌疑人，因为他有强烈的动机，而且他的不在场证明无法被证实。但是在找到凶器，或者沾有血迹的衣服，或者这里的边门备用钥匙之前，他们还不能做什么。"

"啊，所以他们开始讯问我们在星期六和星期天的去向……"杰拉尔丁说。

"是的。直到那时，凶手或许还没有处理掉凶器呢。"奈杰尔停顿了一下，"你看，你们中间没有人有充足的不在场证明。杰拉尔丁先生从下午5点20分到5点50分独自待在办公室里——这些时间点当然都大约在谋杀的时间段里。莱尔先生从5点25分到6点独自在办公室里。温汉姆小姐从5点20分到5点30分也是独自在办公室里，然后她离开了办公室——这一点得到证实了，但从理论上来说，她完全可以从边门再次进来，谋杀迈尔斯小姐后，依然可以去彻西区，在6点钟参加鸡尾酒会，或者稍晚点。"

"但这绝对是异想天开地去假设莉兹——"杰拉尔丁抗议说。

"我只是告诉你们赖特心里是怎么想的。他还想到一个女人也可能穿上套鞋，对她来说尺码很大的那种，以便误导调查。哦，好吧，还有普罗瑟罗。桑德斯小姐证实他是在5点20分离开大楼的。我们知道他去滑铁卢车站赶6.5次列车,因为他的朋友在另一头迎接火车的到来。他说他从亨格福德大桥步行去滑铁卢车站,但也可以从边门返回到这幢大楼,然后——"

"不,他不可能,"莉兹打断了奈杰尔的话,"边门从里面闩上了,直到5点30分。"

"我倒是可以先打开闩上的边门,"斯蒂芬主动说道,"然后通过接待室走出大门,再——"

"斯蒂芬,希望你不要这么说。"莉兹·温汉姆半是责怪地说道。奈杰尔从未看到过她显露出对这个矮个子男人的感情。

"所有这些进进出出的事都是一派胡言,"亚瑟·杰拉尔丁宣称,"你回办公室会被人看到的。尤其是在5点30分,那时许多员工正从边门出去。"

"我认为这种谈话根本就是不正常的。"莉兹·温汉姆的脸红了,"认为我们中有人犯了谋杀罪的假设也是荒谬的——那种谋杀,不管怎么说。"

"好吧,"斯蒂芬·普罗瑟罗说道,"我们四人都是正派人,不会去谋杀即使像米利森特·迈尔斯这样的人。所以,排除一下,就剩下西普里安·格利德了,他肯定是罪犯。毫无疑问,他有个无懈可击的不在场证明,杰出的侦探斯特雷奇威最终会找到漏洞的。"

"不。他说他从下午4点30分到7点都独自待在公寓房间里,但他无法证明这一点,而我们也没法证明是虚假的——至今为止。他说他在等待他母亲的来访,那是前一天下午打电话约定的。他期望她在5点30分到6点30分之间到达,他一个人待在房间里是想和她私下谈谈。"

"你认为这一切都是他杜撰的吗?"杰拉尔丁问道。

"假如他心里有这个不在场证明,我倒觉得他原本可以编造得更好一点。但米里亚姆·桑德斯说,星期四下午确实有个电话从他那里打给他母亲的。"

"嗯,那就解决问题了。"

"很抱歉,没有。西普里安也可以打电话约她在这里见面,或者他也许可以说服米里亚姆·桑德斯编造这么一件关于电话的事。"

"但是——"

"她是他的情人。而且,我担心,她是受他控制的。"

"米里亚姆?"莉兹·温汉姆叫了起来,"但她在历史学专业上是第一名啊!"

巴慈尔·莱尔甚至大笑了起来。莉兹涨红了脸,补充说:"我不是说历史学专业的学者就不会和别人上床了,但她是个聪明的女孩,还有上进心呢——她从来不会和像格利德那样没用的小子交往的。"

"噢,莉兹,"莱尔说道,"我很聪明,又有上进心,看看吧,我在和谁交往。"

"那完全不同。"

"我忽然想到,"杰拉尔丁缓慢地说道,"假如电话真的来过,假如有人真的无意中听到了——或者,迈尔斯小姐可能对这里的什么人提到过她第二天要去和她儿子谈谈——那么，那就给那个凶手——当然那只是纯粹的猜想吧，我……"

"你究竟犹豫不决地想说什么，亚瑟？"莉兹的语气听起来怒气冲冲。

斯蒂芬·普罗瑟罗对她咧开嘴笑笑。"我总是被人提醒，米利森特占据着隔壁的房间，仿佛我需要这么一个提醒似的！亚瑟想说的是，我或许听到了他们的电话交谈，知道格利德在星期五晚上会独自一人待在公寓房间里，于是就预谋了那段时间里的谋杀，这样就可以把怀疑抛给那个倒霉的年轻人了。"

"噢，现在只是说说而已，斯蒂芬！"杰拉尔丁开始抗议了。

"那么你？"奈杰尔问道。

"预谋这次谋杀？"

"听到了电话交谈？"

斯蒂芬·普罗瑟罗略一犹豫，然后回答说："我好像记得那个下午她的电话铃响过，那个电话不常响，但我无法听到她电话里的交谈。"

此刻，奈杰尔的鼻窦开始疼得要命，他对主人表示了歉意，然后就平躺在沙发上滴鼻药水，其他人都同情地看着他。他们的脸，还有一排排漂亮的瓷器，形成了半圆，晃过去，又晃过来，他眩晕片刻之后，便恢复了直立的姿势。他发现自己正好看到莉兹·温汉姆的眼睛，注意到她眼中有某种出神的忧虑，这是他过去从未见过的。她感觉到他的审视，于是说道："你应该去动个手术，光靠这些专利药没用。"

163

"有人建议我别用他们称为外科手术干预的治疗方法。"

亚瑟·杰拉尔丁俯身过来,说:"有件事我不明白——为什么警方认为谋杀发生在下午5点到6点之间?"

"你是说在5点20分到6点,对吗?普罗瑟罗直到5点20分才离开他的办公室。"奈杰尔解释起钉死推拉窗的事,"那就意味着犯罪进行时办公楼里还有人,但你们的员工星期五下班不会晚于5点30分的。从凶手的角度来看,唯一的危险就是某一位合伙人也许会工作到更晚。事实上,你们中有两位就是如此。"

莉兹说:"我没法想象为什么一定要假定凶手就是我们中的某个人,或者是员工中的某个人。"

"那只是假定凶手是受害者认识的,而且很可能是正在等待的——某个人,不管怎么说,此人熟悉大楼里的布局和办公时间。"

巴慈尔·莱尔看上去越来越困惑了。"你的意思是说,无论她多么熟悉凶手,但如果凶手开始钉死那个推拉窗,她肯定会觉得很奇怪?"

"哦,那是在谋杀之后干的事。"

"什么?我以为你是说那么做是为了防止他被人看到——"

"并不是看到他在谋杀,而是看到他在谋杀之后干他必须得干的事。"

几个合伙人困惑地互相看看。

"谋杀之后?"斯蒂芬·普罗瑟罗说道,"但那真是稀奇古怪!他不会还在那里闲逛吧——"

"毁灭他留下的痕迹,你是指这个吗?留下虚假的线索,或者这类东西?"杰拉尔丁问道。

奈杰尔飞快地思索着,他必须瞬间做出决定。假如凶手就是这四人中的一个,那么凶手可能就有防备了,否则他就会被奈杰尔此刻可能会说出的话吓坏了。

"我不知道是不是——这只是我的推测,"他缓缓地说道,"嗯,比如说是直觉吧。假定这桩犯罪的秘密隐藏在米利森特·迈尔斯的过去,假定她的自传包含着至关重要的线索,可以解开犯罪动机。这个凶手也许知道这一点,或者估计到了这一点。假如真是这样,他就会想要在她的书稿里找到会出卖他的那一页,把它撕掉。所以,他就会钉死推拉窗——"

莉兹·温汉姆几乎是不耐烦地脱口而出:"你当真暗示说,他谋杀了她之后,坐下来通读了那两百页的打字稿吗?他会把整部稿子拿走销毁,肯定吗?"

"未必,一个心思敏锐的人——我觉得我们在对付一个心思敏锐的人——他也许宁可只拿走对其不利的那页或者那几页——"

"嗯,缺少了几页吗?"莱尔问道。

"没有,但他很可能钉死了推拉窗,让自己有时间打出替代的那几页。你公司有个员工,确实在上星期五下午5点30分听到迈尔斯小姐办公室里有人在打字。"

亚瑟·杰拉尔丁叫了起来:"喔,那也太古怪了,老兄,你肯定在浪费时间——"

"我一点也不同意,亚瑟,"斯蒂芬·普罗瑟罗说道,"我差不多也开始对这桩谋杀案有兴趣了。假如斯特雷奇威是对的,这也提供了一个很好的文本批评的练习:如果有的话,哪一页能显示出内在的证据,证明是由别人写的?或者,也许……"他对奈杰尔动人地微笑了一下,问:"你已经发现了吗?"

"不,如我告诉你的那样,我只来得及翻阅一下书稿。明天我得认真处理此事——不,那时我已经得到了讯问记录——那就后天吧。"

莉兹·温汉姆说道:"但那不是警察的事吗?"

"嗯,是的。赖特督察和我很熟,但文字侦查不是他的专长。"

"我倒不介意这么试试,"斯蒂芬跃跃欲试地宣称,"不管怎么说,我迟早要在什么时候审阅这该死的东西,如果我们仍然要出版的话。也许,我们可以通力合作来解决问题。"

"别那么残忍,斯蒂芬。"莉兹说。

"也许有用。"奈杰尔说,态度礼貌却模棱两可。哦,他心想,某种陷阱已经设置好了,现在就让我们等着看看,在接下来的二十四小时左右的时间里,是否会有谁跳进去。

他正要起身道别时,斯蒂芬·普罗瑟罗说道:"噢,顺便问一句,今天上午你提到'罗金汉姆'是什么意思?我估计这和自传有关吧?"

"是的,我凑巧在前几章里注意到这个名称,迈尔斯小姐给她书里的某些人用了化名,她似乎对这个'罗金汉姆'了解得相当清楚。我只是在想,假如我能找出他是谁,也许就能从他那里得到她年轻时期的线索——你永远不知道会有什么有用的结果。"

奈杰尔注意到,亚瑟·杰拉尔丁薄薄的嘴唇绷得很紧,几乎从他脸上消失了。

第十一章

探究往事

对奈杰尔来说,他觉得知名女性的人物类型是伊迪斯·萨默斯基尔博士,而布莱恩太太的到来却让他感到有点惊讶。她的声音柔和,悦耳动听,态度也随和:她就像某个灵巧腼腆、富有活力的姑娘,或许可以说是一只河鸟——她坐在餐馆的餐桌旁,一身黑色服装,领口和袖口镶有白色的凹凸布料,她看着菜单,脑袋快速地移动着。那是宴会后的一天,奈杰尔邀请克莱尔·马辛杰一起共进午餐。

他们挑选好了菜肴,这对克莱尔来说是个漫长的任务,她总是被眼花缭乱的菜单搞得优柔寡断,不知如何挑选。之后,奈杰尔对布莱恩太太谈了点他正在着手处理的案子。

"所以,你看,"他结束时说道,"这就是一件找出她早年生活线索的事。克莱尔告诉我说,你了解她当时的情况。"

"哦,是的,我们在同一个学校,温布尔沙姆高中。我对她少女时期很了解。后来我获得了奖学金,去了萨默维尔大学,我们就分开了。但是,我在放假时仍然常常和她见面。"

"是她在书店工作的那个时期?"

"是的。"布莱恩太太灵巧的脑袋对着他快速地点了点,随后发出了一连串妩媚的笑声。

"回想起来真有趣,你见过书店店员阅读的样子吗?"

"没有,我不能说见过。"

"嗯,她曾经是那样的。无论我什么时候走进书店,她总是埋头在一本书里,总是某一本小说。我对她阅读的拙劣作品是一本正经地不赞同。可怜的米莉!我觉得她对我上大学很嫉妒,那种友谊不太和谐。"

"女人的友谊总是如此,"克莱尔说,"我们总是想相互干涉对方的生活,又相互对此不高兴。"

"但她还有几个男朋友吧?"奈杰尔问道。

"好几十个呢,假如你相信她的话。但她倒是个绝妙的传奇小说家,甚至在学校里就是如此了。她至少能让你暂时放下怀疑。女英文教师有一次说过,米莉在小说上有天分,这倒是值得当作一个不错的事业。这不妨作为她的墓铭志吧,我这么认为,可怜的女人啊。"布莱恩太太停了一下,啜饮了一口马提尼酒,"你知道,在法官席上,我每个星期都能看到那种女孩,有小偷小摸的,有入店行窃的,等等,她们简直没法区分现实和自己的幻想。而且她们总会把自己的不轨行为归咎于其他方面——怪自己命运不好啦,怪父母'不理解'她们啦,怪社会不给她们机会啦,等等。我说得太多了。"

"一点也不多,这有助于把她这时期的空白填满。你会觉得米利森特·迈尔斯在少女时就是潜在的不良行为者吗?"

"我不喜欢那个词,但是,是的,我想她确实如此。区别在于她具有某种神秘的诀窍可以摆脱麻烦事,可以逃避她本该负责的行为后果。"

"你是说,她把责任推卸给别人吗?"克莱尔问道。

"还不是那么简单。当然,她个性很强:充满活力,富有吸引力,曾经被称为假小子。在学校里,她总是一群同学的中心。但是,她还有另一面——某种诡秘的——不,积习难改地自欺欺人,所以,每当她做错了什么事,她都会置身事外,装作此事从来没有发生过,她会成功地自我欺骗,以至于有时其他人也被欺骗了。"

布莱恩太太停顿了一下,此时他们在分享第一道菜。随后,她眼中又出现了缅怀往事的神色。

"她父亲完全不可理喻,我猜想她从他身上继承了这一点。他总是入不敷出——我记得在他破产时我父母谈到过这一点。哦,是的,我想起来了,就是大约在那个时候,破产的时候,我好奇地看透了米莉。那是我们在学校里的最后一年吧,有一天,她向我吐露,有个男人要占她便宜，挑逗她，当时我们还没这么称呼此事，但米莉也没有详谈。后来我听说她也向许多其他女孩透露了，由于不断地重复，这故事就变得耸人听闻了。当时我是高年级班长，充满了公德心——事实上是有点让人讨厌的一本正经。我对她说，她必须把此人的事告诉父母。她说她不敢，假如她要揭发那人的话，他会用可怕的事来威胁她。所以，我就说，那么我会向女校长报告此事。米莉恳求我别说，但我急匆匆地走开了。幸运的是，女校长是个理智的女人，她立刻派人把米莉找来，让她面对我提供的证据。但米莉还是脱身了，你看看。她说这么说是为了和我开个玩笑，一切都是玩笑，但那就表明我的心理是多么地不健康，我居然会把荒唐的故事当真。而她在承认开玩笑时完全是一副坦率健康、品行干净的模样，真的把我当成十足的傻瓜了，好像我有某种令人恶心的想象力。当然，她受到了训斥，但女校长显然是把此事当作是米莉不太雅观的玩笑来看待，而我则有点过分热心了。"

克莱尔问道："她真的是完全杜撰出来的吗？"

"我永远不会知道，但她很可能这么做，她会做任何事来夸张地表现自己。在另一方面——"布莱恩太太稍稍扮了个鬼脸，"她在那个年龄就是一个身体成熟的少女了。"

"她对你说过那个男子的名字吗？"奈杰尔问道。

"没有。她就说她父母不在的时候，他会去她家。他是个旅行推销员——不，我想起来了——他是《太阳日报》的商务代表，你知道，在二十年代报刊流通发行的机制，订阅一年的《太阳日报》，就送你一套狄更斯的小说，绝对免费。"

"她没有形容过他的长相吗？"

"我想没有，可有一件事让我印象深刻——米莉压低了声音，一副充满致命诱惑的性早熟的神态，对我说：'朱莉娅，永远不要相信薄嘴唇的男人。'"

"真的？"奈杰尔面无表情地说道，"哦，好吧。世界很小，但还不至于小到容不下成千上万个薄嘴唇的男子。"

"别太在意他，朱莉娅。他有个坏习惯——大声地自言自语。别让你的菜凉了。"

布莱恩太太抓紧吃饭时，奈杰尔仔细地思考着《名人录》里的一个词条，他在查阅时，那个苏珊身体前倾，趴在他肩头上。在亚瑟·杰拉尔丁的词条里，对他"在……受教育"和"1925年加盟温汉姆–杰拉尔丁出版公司"之间的那段时期，没有提供任何信息。

"这事发生在哪一年，那个《太阳日报》的商务代表挑逗米利森特·迈尔斯的事？"他即刻问道。

"那是我们在校的最后一年，1924年的夏季学期。"

"是的，那就对了。"

"你真是个神神道道的老家伙。"克莱尔深情地说。

"你那时常去迈尔斯家吗？"

"去得不多。我觉得，米莉有点为她父母感到羞耻。对她这个自称灵魂敏感的人来说，那地方太粗糙了——天哪，这么说有些无情。那是一种外表简陋的半分离式的小房子，然而，迈尔斯太太还是很为这房子感到自豪的。她是那种爱清洁打扫的人，哦，很体面。在前面的客厅里喝茶，我记得那里冷得像太平间，杂乱地堆放着糟糕的物件。半个房间都被一个巨大的玻璃门柜占据了，里面放满了盘子，我怀疑从来不用的。"

"那些盘子也许碰巧，"奈杰尔两眼看着自己的鼻子，态度不明朗地问道，"是柔和的杏黄色吧？"

布莱恩太太看起来非常诧异："是的，那些盘子是的，但究竟——"

"我早该提醒你了，"克莱尔说道，"奈杰尔具有某种特殊的能力。他是个魔法师。"

"你当时在想象着这些盘子，是吗，布莱恩太太？第六感官知觉没像人们想象的那么稀少，"奈杰尔不置可否地谈论道，"大概，在迈尔斯先生破产时，这些盘子都卖掉了吧。"

"那我就不知道了。在米莉对女校长撒谎的那件事发生后，我就再也没去过她家。我对米莉的这件事感到很恼火，就不太和她来往了。"

"但你后来又和她和好了。"

"是的，我为她家破产感到遗憾，倒不是我真的需要这么做——她为此写出了一个迷人的剧本。"

"她在书店里工作了多久？"

"我想，大约两年吧。然后她病了——是的，那是在 1926 年，我在牛津大学读书的第二年。她告诉我说她得了肺结核，打算去一家疗养院——在瑞士，是吧？我不太清楚这些情况。没多久，我的父母从温布尔沙姆搬走了，我就与她完全失去了联系。"

"她在书店工作期间的那些男性朋友怎么样?"

朱莉娅·布莱恩觉得对此她帮不了什么忙了。她怀疑,米利森特对所有真正的恋情都会守口如瓶,就像她对想象的恋情侃侃而谈一样。此外,在米利森特走动的那个圈子里,破产很丢脸,本地青年人一时间都避开了她——布莱恩太太还记得她朋友为此怨恨不已。

"她对你谈起过她的文学梦想吗?"

"哦,是的。事实上,她硬塞给我好多篇她写的作品阅读。"布莱恩太太干巴巴地回答。

"她从来就没有提起过和某个年轻作者的友谊,那个帮助她写作的人吗?"

"没有。但是,就像我说的,她会搞得很神秘。"

克莱尔一直埋头津津有味地品尝着意大利菜肴,此刻抬起头来,梦幻似的说:"二十年代的英国没有国民医疗保健制度吗?"

"很对,宝贝,我很高兴你在研究社会历史。"

"那么,她如何能负担疗养费用呢?"

"我想起来,她告诉我说她有个亲戚在帮她支付费用,"布莱恩太太说,"她说她会把疗养院的地址给我,但她从来没给过我。"

"恐怕这是个主要问题,"奈杰尔慢慢地说,"但是你或者某个认识她的人,当时是否想过她实际上是休假去生孩子或者去堕胎了呢?"

朱莉娅·布莱恩的治安官身份显示出来了。"那时当然没有想到过,"她立刻回答,"至少我没有想到过。假如有什么流言蜚语的话,我也没有听到过。但是,这当然很有可能。当时米莉脸色苍白,我记得最后一次我带她去公共绿地一起野餐时,她想呕吐。我把这些都看作是她肺结核带来的问题,其他就一无所知了。"

"她从来没有对你提到过'普罗瑟罗'这个名字吗,或是'罗金汉姆''杰拉尔丁'?"

"我记不清了。"

奈杰尔不指望了解其他的事了。假如米利森特·迈尔斯在十八岁或十九岁时和某个男人有过一段风流韵事,她也会保守私密的。

"她会利用人,"朱莉娅·布莱恩说道,"经过那么多年,这就是她留给我的基本印象。她利用他人时绝对恬不知耻、冷酷无情,就像一个聪明的小孩利用成人一样。"

"她似乎已经利用过三个丈夫了,"克莱尔评论说,"我还推测她利用自己认识的人作为她荒唐小说里的人物原型。"

"上帝啊!"奈杰尔抱怨道,"别对我说我该去读读那些小说!"

"你没读过,可我读过了。"

"什么?"

"嗯,第一本。昨天我找到了一本,出版于1928年。通篇是关于一个天真的年轻打字员和一个游手好闲、花言巧语的绅士私通,又遭抛弃,受到排斥,度过了一段艰难的时期,直到她和老板的儿子结了婚。老板的儿子勤奋工作,总是实心实意,默默地尊重、爱着她。"

"噢,我的天哪!第一本小说往往被看作是自传性质的。"

不久,日常繁忙的布莱恩太太说她得走了。奈杰尔从她那里获知了一两个他人的姓名,但他最想知道的姓名却毫无用处。战后,布莱恩太太回到温布尔沙姆参加返校活动,听说1940年的那家书店被炸毁,老板被炸死了。

这该死的案子就是个错综复杂、毫无头绪的僵局,奈杰尔走在去佛里特街的路上思忖着。然而,在《太阳日报》的办公室里,他的一个可能性极小的猜测倒是有了意外的收获。他打电话约好见面的那位主编搜寻了记录,1924年,《太阳日报》为扩大发行量,派去温布尔沙姆地区的商务代表是一个叫亚瑟·杰拉尔丁的人。

"哦,你了解了什么?他如今是最大的出版商,是吗?遇到了快要开庭的诽谤案这样难缠的事情,是这个人吗?还从来不知道他过去为我们工作过。当然,在我任职之前。"

"报社里还有当时认识他的人吗?"

"不确定。假如我们身体没垮掉,也没死于种种惨事的话,过几年我们也都要被解雇了。但是等一下,老杰克逊还活着。他曾经是我们的广告部门经理,去年退休了,过起了来之不易的闲暇生活。尤妮斯,把杰克逊先生的地址找出来吧。"

奈杰尔在去帕特尼面见退休的杰克逊先生的路上想,有太多的情况依赖于——依赖于米利森特·迈尔斯的自传了。但在多大程度上可以信赖这本自传呢?人们如何才能透过她随意撒上去的主观保护性色彩,洞察其背后的客观事实呢?那个被擦除的字母"G"是代表亚瑟·杰拉尔丁吗?她叫他"罗金汉姆",是因为这与那个糟糕的前厅小会客室里的罗金汉姆瓷器有关吗?假如果真如此,那么,那只是碰巧有关还是有意为之呢?回想二十年代,斯蒂芬·普罗瑟罗曾满怀恶意地评论说:"人们并非永远了解他们自己财产的价值。"假定亚瑟·杰拉尔丁,作为《太阳日报》的商务代表,还是个狂热的收藏者,在他第一次去迈尔斯家时,看到了这套罗金汉姆瓷器,向米利森特的父亲提出用五英镑收购呢? 1924年夏天,迈尔斯先生已经快破产了,他很可能会欣然接受,不知道该套瓷器的真实价值要高出好几倍呢。可以肯定的是,这套罗金汉姆瓷器餐具,有着相同的柔和的杏黄色,为杰拉尔丁家的餐桌增色不少,却是"购买"于他们在1930年结婚前的某个时期。

但是,尽管这可能是个十足卑鄙的行为——有点像明目张胆地抢劫一样,人们依然难以假设这就是米利森特·迈尔斯三十年之后在敲诈游戏里打出的一张王牌,无疑尚未强劲到足以迫使杰拉尔丁动手谋杀她,以免身份曝光。在另一方面,因买下了这套瓷器,很可能使得杰拉尔丁和迈尔斯家的关系更密切了。那时,他应该是二十岁出头吧,而米利森特又是个性感成熟的姑娘,假如过了一段时间后,他成了她的情人,人们就能理解她自然而然地在自传里称他"罗金汉姆"了,杰拉尔丁当然也就成为"文学界里的实力人物"了。也许,还难以想象,他曾经就是那个"腼腆消瘦的年轻人",但是,迈尔斯小姐陈词滥调的风格在此必须得加以考虑:对她来说,所有的年轻男子可能都是腼腆消瘦的。

这个推论中的主要障碍就是,根据她的自传,她第一次遇到"罗金汉姆",是在她过了十八岁生日后的几个星期。她的生日是八月三日。那段插曲中的男子("永远不要相信薄嘴唇的男子"),据她声称,在挑逗她,这发生在夏季学期,那时她还是十七岁。当然,她对确切日期的记忆很可能不准确，或者某种费解的心理过程促使她故意推迟了第一次见面的日期，或者再一次，这个他挑逗她的故事是否也是她编造的，以满足自己的愿望呢？她可能只是在他作为《太阳日报》的商务代表去她父母家时才见到他，然后直到他在一个月后走进书店时又见到了他。

杰克逊先生是个脸色红润、头发花白的男子，他热情地接待了奈杰尔。

"茶还是威士忌？我们在办公时间里总是在下午3点30分吃点东西，我喜欢保持老习惯。"

奈杰尔选择了喝茶，随后谨慎地解释了他来拜访的目的。

"杰拉尔丁？杰拉尔丁？是的，我记得他，"杰克逊先生说道，在椅子上快活地上下晃动着，"他已经发迹了，是吗？现在谈到哪里了？二十年代中期。是的，爵爷，我们的老板，"杰克逊先生虔诚地画了个十字，"他有个滑稽的想法：为了提升报纸的格调，就签约雇用了许多大学生。不，不是我，我是从底层来的。杰拉尔丁就是他们中的一个。另一件事，爵爷还有另一个辉煌的想法——他脑袋里塞满了各种想法，你知道，多如虱子——为什么不使用这些受过高等教育的人去推销发行我们的报纸呢？尤其突出的是，如果你订阅一年这份小报，我们就送你一套世界名著，看到没？哦，然后，爵爷构思了这个拿破仑似的想法——派大学生们出去招徕订阅。为什么呢？我们的社评里说明了，因为这些大学生可以向那些潜在的顾客炫耀学识——确切地告诉他们，想成为真正有文化的人，读过那些世界名著才行。而整套名著都用优雅的漆布装帧，完全免费，作为订阅了一年报纸的礼物。你明白这想法的妙处了吗？"

奈杰尔承认明白了。

"那些牛津和剑桥的学生们都被惹火了，我可以告诉你，他们想要干的是写出漂亮的报道，署上自己的大名。可没想到，这些可怜的家伙要去周边郊区跑来跑去，给那里的许多傻瓜上私人课程，谈谈杜斯特伊夫斯基，而那些傻瓜只想蜷缩着读读埃莉诺·格林的激情作品。说真的，这些牛津、剑桥的校队运动员立刻就萎靡不振了。"

"杰拉尔丁在这段压力大的日子里过得怎样？"

"他熬过去了，就向大家诉说这段不平凡的日子。我想，只跟我们在一起工作了一年吧，然后他就体面地离开，进入了出版业。"

"你常见到他吗？"

"不多。这批高尚的殉道士每星期必须到办公室汇报一次，再办点老套常规的事。他是个脸色阴沉、身材结实的家伙——嘴唇薄得像一条缝，爱尔兰人，有点喜欢和姑娘们待在一起的小伙子，我估计。我倒宁可被鲨鱼吻一下。当然了，这话得做点修饰才是。"

"没有和哪个女孩子的丑闻吗？比如和某个顾客的女儿？"

"没听说过。假如他对某个年轻女孩大献殷勤，那么，在她有时间重新涂口红化妆之前，此事就会传遍整个办公室了。"

"拜访当地书店是否属于他作为商务代表的工作内容？"

"上帝保佑，不是。我们处于竞争状态，你看不出吗？当然，他也许会去买一本书——当这些从大学来的家伙不高兴了，真不知道他们会干出什么事。"

"你说他们都有文学梦，那么，你还记得亚瑟·杰拉尔丁是否也写作过吗？"

"现在你问到点子上了，不能确定，但是我知道他在那种自命清高的周刊上发表过一两篇。他真正的嗜好是收集瓷器，很可能这就是他坚持干下去的原因吧。当他在解释订阅《太阳日报》获得免费礼物的计划时，他可以扫视壁炉台，看看该顾客是不是有一件德累斯顿天使瓷器，而顾客自己却没有意识到。温布尔沙姆在那时还是更粗俗一点的乡村地区，比如姑姥姥弗洛西遗留给他们几个漂亮可爱的小瓷瓶，可那些当地人并不总能知道这些瓷器的价值。我知道的事实是，他捡到了不少餐用器皿类的便宜货。我还记得有一天，他气喘吁吁地回到办公室，包里装着一个餐用盘子——那是他蒙骗某个傻瓜获得的一套瓷器中的一件，当然他自己不会那么说。你应该听到过他赞美这套瓷器吧！对我来说，看上去没啥特别的，和其他的餐用盘子一样。"

"什么颜色？"

"噢，像是某种褪了色的棕色，有点棕色的黄色。"

"杏黄色？"

"对啊。"

离开了热情洋溢的杰克逊先生之后，奈杰尔兴高采烈的心情持续了没有多久。显然能肯定的是，1924年，亚瑟·杰拉尔丁在温布尔沙姆挨家挨户游说推销时"收购"了整套的罗金汉姆瓷器。看起来很可能，只是无法证明，这套瓷器是属于迈尔斯家的。假如，在米利森特·迈尔斯的少女时期,她知道这个交易;假如,在去年夏天,她意识到亚瑟·杰拉尔丁就是昔日《太阳日报》的商务代表,他以远低于真实价值的价格买下了这套瓷器——这就能解释杰拉尔丁不愿意奈杰尔开始挖掘迈尔斯小姐遥远过去的情况,并且对迈尔斯小姐做出了非同寻常的让步。她很可能对他施加了压力,但这套罗金汉姆瓷器的事情依然远非谋杀的充足动机。

那么,这些情况和对《战斗的时刻到了》校样本动手脚的肮脏事之间,究竟有什么可能的联系呢?

假如,在另一方面,米利森特·迈尔斯在 1926 年和罗金汉姆 - 杰拉尔丁有过小孩,假如他抛弃了她和孩子,那么她就有了一张非常强硬的敲诈王牌对付他,而他也有了相应的更为强烈的动机进行谋杀。但是,为什么几年前她没有打这张牌呢?她大约在 1930 年进入文学界,她必然会知道亚瑟·杰拉尔丁已经成为一个成功的出版商。或许答案是,直到最近,她作为一个作家的作品存货已经锐减,所以她才会需要对杰拉尔丁施加压力。

当地铁载着奈杰尔快速地返回肯辛顿时,他思考着,这个孩子现在是三十岁了吧。她或他发生了什么事?目前,几乎没有证据表明这个孩子曾经存在——只有凶手在死去女人的自传里插入的那页所传递的微弱暗示——故意误导性地陈述,说她与其第一个情人从未有过孩子。

坐在奈杰尔对面的那个男子正在阅读报纸,报上的一个标题吸引了奈杰尔的目光。"服兵役将要削减了?"他回想起来,在乌隆博的几个兵营里，一些年轻的士兵在"大屠杀"中丧生，他们都是服役的军人。在他的思绪空隙，一个灵感的火星跳了出来，在奈杰尔心里，这个案子的两个黑暗极点便突然之间有了联系。乌隆博兵营事件发生在 1947 年，当时米利森特·迈尔斯的孩子应该是 21 岁——正是服兵役的年龄。

还有比这更为轻率、疯狂的推测吗？奈杰尔走出地铁，进入了肯辛顿大街，一路上思索着——蛛网理论是建立在纯粹的巧合上的。当然，那必定是个巧合才行。

随后，他非常快地走上了坎普顿小丘路，急于打个电话。当他走进了公寓后，管家安森太太告诉他，一个小时前有位年轻的先生来了，想要见他。叫格利德先生。她对格利德说，斯特雷奇威先生不会马上回家，但他说他会等待。安森太太明显有点慌乱：陌生人突然造访，却又拒绝离去，这给她出了个无法解决的难题。奈杰尔确认她没有受到伤害，就走进了起居室。

西普里安·格利德像是在自己家里那样随意，他正坐在奈杰尔的扶手椅上，手旁放着一杯奈杰尔家的威士忌，膝上放着他母亲的自传稿。

"晚上好，"奈杰尔冷冷地说，"我看你已经找到酒瓶了，想要加点水吗？"

"不了，谢谢。"西普里安·格利德似乎热情不减，"我无意等待那么长时间，但我无法抗拒这部惊悚喜剧。"他补充说，指指自己膝盖上的那部打字稿。

"我知道了。嗯，请稍等。"奈杰尔走进卧室，拿起了分机，他被告知托雷比将军很快就回家。奈杰尔留了个口信，请将军给他回个电话，越快越好。

西普里安·格利德来访的目的并未立刻表明。他抱怨不断受到警察的盘问和跟踪。他没被告知调查进度，因而很是怨恨。最后，他绕了个弯子，才回到正题——预计什么时候他可以继承他母亲的遗产？

"为什么来问我？你该去和她的律师交涉。"

"哦，他们说有些通常的手续要办，我不理解他们的法律行话。什么手续？"

"嗯，他们必须要确保没有遗嘱，还有你确实是直系亲属。"

"那没有问题，"格利德的红唇在黑胡须后面扭动着，一根手指猛戳着打字稿，"她似乎在小小年纪就有过不正当的恋情，但她说得很清楚，那次私通的后果是得不到神佑的，而她和其他的合法丈夫当然也没有孩子。"

"那么，你就能凭这个预期安全地借钱了。"

"你这么认为？你也许会借钱给别人吧？"

"不会借给你。"

格利德又喝了一大口不加冰的威士忌。"我估计温汉姆-杰拉尔丁公司现在不会出版这部手稿了吧？"

"为什么不？它没完成，但——"

"上帝啊！你读过了吗？一个不完美的、十足的女色情狂的胡言乱语！究竟我该怎样才能忘记此事？"

"你在乎什么呢？那会给你带来一大笔钱。那不正是你感兴趣的吗，是吧？"

"啊，你吃惊了。钱是个肮脏的词——永远别在你那个高尚的圈子提起，"西普里安嘲笑道，"而母亲是神圣的，无论她多么堕落——"

"你还真是个卑鄙的小人，"奈杰尔打断了他的话，冷漠从容地说道，"你说话时就像个永远长不大的孩子，举止行为就像个被宠坏的小孩。你真的认为你说出这番关于你母亲的恶毒话就能让别人印象深刻？你的麻烦在于你没有任何天赋，没有吸引力——作为成人，你完全就是个废物，你自己也知道的——所以你就到处摆出自己是个让人讨厌的麻烦人物来获得心理补偿。哦，是你割了你母亲的喉咙，还是别人干的？现在没有其他目击证人在场。你有机会让自己变得真有吸引力，仅此一次，并且不受惩罚。来吧，鲁莽大胆的弑母小俄瑞斯忒斯①。"

奈杰尔脱口爆出这么多话，尽管有对西普里安·格利德的纯粹反感而加剧的成分，却是一个精心设计的试验。格利德会如何回应这种对待，还是说得比他自己的话更加令人反感呢？

西普里安·格利德恶毒地瞪了奈杰尔一眼。"你的兴奋高潮过去了吗？"

"你经常希望你母亲死掉，但你既没有计谋，也没有胆量去杀死她。

---

① 希腊神话中的人物。其父阿伽门农被妻子及其情人杀死。俄瑞斯忒斯长大后替父报仇，杀死了母亲及其情人。

所以，你就花费了那么多的时间对她进行恶毒攻击，当然是从一个安全的距离发出的。好吧，现在她死了。所以，你该停止恶毒攻击了。"

"哦，我以为葬礼可以如期举行了，我真不敢面对。我得走了。很抱歉，让你还是不确定是否是我谋杀了我母亲，但下次你还想试试心理解剖的话，我建议你使用手术刀，或者甚至是剃须刀，不是那种钝的东西——那很明显太疼痛了。"西普里安·格利德的脸上显出了奇怪而又沾沾自喜的神色，"我发现你非常让人反感，你介意我使用你的盥洗室呕吐一下吗？"

"二楼靠右，沿走廊过去吧。"

西普里安正要出去，电话铃响了起来。

"我完事后就自己回去了，"西普里安说道，"你很可能不会再见到我了。"

门在西普里安身后关上了，于是奈杰尔拿起了电话。

"斯特雷奇威吗？我是托雷比。你要我给你回电话？"

"是的。有关那个乌隆博兵营的事，您有伤亡名单吗？"

"请稍等，我去翻翻文档柜。他们都是遭到突袭的，你知道。别挂。"

当将军回来拿起电话时，奈杰尔问道："您能告诉我，名单里是否有个叫杰拉尔丁或者叫迈尔斯的人吗？"

"好吧，你到底在搞什么鬼，亲爱的朋友？我记不得了——我来查看一下。"

二十秒钟的沉默对奈杰尔来说就像是过了二十分钟。终于，托雷比将军说话了："没有，恐怕找不到。"

奈杰尔感到一阵失望,就像腹部被人踢了一脚似的难受。然而,他的失望就像是黑暗中的胡乱射击。

"非常感谢您,先生。抱歉打扰您了。只是我的另一个推测,偏离目标太远了。"

"等等,老兄。如果你对文学界和出版业的名字感兴趣,普罗瑟罗这个名字值多少钱?"

"普罗瑟罗?"

"是的,那不是温汉姆-杰拉尔丁公司的审稿人吗?"

"是的,但是——"

"嗯,在这个伤亡名单上有个叫保罗·普罗瑟罗的人,一个下士,他是登记在花名册上的服役军人。"

第十二章

头绪渐明

就在奈杰尔·斯特雷奇威深挖稍远一点的过去之时,赖特督察和他的手下一直在调查新近的事。托雷比将军打来电话后的第二天上午,在一个会议上,这两个人汇集了各种信息。经过对所有嫌疑人在上个星期五的动向进行双重核查之后,赖特最终删除了次要的嫌疑人,如将军本人,还有死者的第三任丈夫,后者自从离婚后就和她没有私人联系。至于温汉姆-杰拉尔丁公司的那些人,还有西普里安·格利德,赖特的调查所产生的,依然主要是负面结果。

奈杰尔觉得很明显的是,赖特的注意力一直放在西普里安·格利德身上。这是很自然的事。在他和他母亲之间没有爱，他不负责任、不辨是非，还可能是个性格暴烈的人，他急需金钱，但他母亲不到下次给他津贴的日子就拒绝再给他钱。更有甚者，赖特已经发现格利德被几个债主追逼甚严，索要金额相当大的欠款。迄今为止，一切顺利。但是，对安吉尔大街和格利德公寓邻居挨家挨户地调查，以及对出租车司机要求协助的调查，至今仍未发现格利德在案发当天的下午4点30分至7点之间离开过寓所的证据。

对其他嫌疑人的反复讯问也没法推翻他们的不在场证明，他们中的任何一个，都没有改变过原先所做的陈述，也未与他们所述的事实细节自相矛盾。

对赖特来说，能肯定的似乎是，该凶手肯定随身带了个包，以便带走凶器和他沾满血迹的衣服。问题是，他什么时候把这个包拿出公司大楼的？此事很可能是谋杀后立即干的，或者在周末的某个时间，通过任何有边门钥匙的人干的。夜间把那个包留在那里肯定会很安全，因为大楼的办公区域从星期五夜晚到星期一上午都空无一人。赖特督察搜寻了这个假定存在的包，得到了如下的结果：

斯蒂芬·普罗瑟罗在星期五上午携带一只旅行包进了办公室，桑德斯小姐注意到他在5点20分离开办公楼时携带着这个旅行包。和他一起度周末的汉普郡的朋友们说，那是他第一次来访，证实他携带了一只同样颜色和大小的旅行包。此外，接待他的主人一直在卧室里和他闲聊，彼时他打开了旅行包，把里面的东西都倒在床上。所以，假如这些东西里有沾满血迹的衣服和凶器，那是无法想象的。

巴慈尔·莱尔，那个星期五没人见过他带包。在另一方面，也没人能够发誓说他没有带包进入办公大楼，那个包也许很容易藏在他的办公室里。他是步行穿过亨格福德大桥去节庆大厅的，他很可能在晚餐前把包存放在那里的衣帽间，但没有证据表明他这么做过。

莉兹·温汉姆在去彻西区参加鸡尾酒会时肯定没有带包。载过她的出租车司机被找到了，说她下午5点30分过后不久在斯特兰德大街上了他的车，但没有带包。他们没有在去彻西区路上的任何地方停顿过。

那么，剩下的就是亚瑟·杰拉尔丁了。他妻子说听到他在5点50分左右进入公寓，直接去了卧室，洗了澡，换了件衣服，那是他的老习惯了。他可能脱下沾满血迹的衣服，然后藏起来，但那会是很有风险的做法。他坐在餐桌上时和平常没有两样，杰拉尔丁太太这么说。

至于那个周末，情况更不明朗。比如说，亚瑟·杰拉尔丁星期六上午居家工作，然后和他妻子去里士满兜风。车库服务员说，他来取车时没有带包。温汉姆小姐和莱尔先生在整个星期六和星期天的去向没法证实。斯蒂芬·普罗瑟罗毫无疑问在汉普郡。西普里安·格利德喝得酩酊大醉的过程几乎从头至尾都无法加以追踪证实。

但是现在，赖特督察对于凶手在周末返回取那个包的推测持怀疑态度。安吉尔大街那时更加安静，如果凶手从边门进入，他会冒着更大的风险被人注意到。同时，他无法肯定杰拉尔丁先生和杰拉尔丁太太，或者他们的女佣是否会在他进去时恰好出来。

"所以，我们又回到了泰晤士母亲河的怀抱了。"赖特说道。他抬起眉毛,疑惑地看着奈杰尔。

"我明白了。是的,看起来是个最好的赌注,虽然不是泰晤士河的堤岸。"

"除非他昏了头,不然肯定想尽快地处理掉这个包。不,亨格福德大桥。昨晚我在交通高峰时散步穿了过去,大量的人群匆忙地去滑铁卢站赶火车,就像是一大群羊。这些每天乘车上下班的人从不注意任何事,就想回到妻子身边和电视机前。当你穿过大桥向南走时,头顶上大桥的桁架上有一盏盏小弧光灯闪亮着,就在你右边,而你的左边则在阴影里。你用左手拎起包,拎过栏杆,放手,别停下脚步,或者你暂停一下,欣赏一会儿水面上漂亮的反光,那太容易了。在交通高峰时,几乎每分钟都有火车"隆隆"地驶过大桥,淹没了那个包落水溅起的声音。再见了,证据。当然,你得掂掂包的重量,确保它会沉落河底。所以,那个包必须很结实,否则它砸在水面上时会迸裂开来。但是,毫无疑问,他会考虑到这类细小问题的。"

"你要打捞河底?趁退潮时,或者使用蛙人?"

"正在这么做,但潮水汹涌。现在这个包已经向蒂尔伯里方向冲出一半的路程了吧,我估计包已经被河床磨破了。"

"嗯,假如你猜测得对,那就稍稍缩小了嫌疑人的范围。"

"是的,普罗瑟罗和莱尔在下午 5 点 25 分到 6 点 15 分之间都走过这座桥。"

"这就直截了当地告诉我们,他们确实是这么做了。"

"正是如此,而你那个颇有吸引力的男朋友——西普里安·格利德,说他在家里等他母亲来，但也可能会神气活现地在大桥上走走。"

"你要向公众呼吁协助吗？"

"是的，会出现在各种晚报上，还有明天的报纸上。警察局的电话要被打爆了，人们会打电话声称也许看到一个可疑男子或者听到了溅落声什么的。至于辨认出什么人，天晓得呢！你转向河面，倚靠在栏杆上，灯光照在你背后，你的脸在阴影里。身高，性别，可能连你的穿着，这些任何人都会看到。但是，即使你往河里扔了头大象，这些急着乘车下班的人也未必会注意到。"

奈杰尔此刻对赖特督察归纳了一下自己在过去三十六个小时里采取的行动。他在跟亚瑟·杰拉尔丁和其他人共进晚餐时设下的陷阱一直没人跳，没人试图偷窃米利森特·迈尔斯的自传打字稿，事实上，倒不是对凶手有利才会去这么做，因为相关页面的复印件警察局里已经有了。然而，西普里安·格利德对这部书的兴趣却给赖特的思考提供了素材，所以他让奈杰尔再次详述了他们全部的谈话过程。

"那么，他想知道他母亲的财产——从法律方面，"赖特若有所思地评论了一句，"他说他是直系亲属是毫无疑问的，虽然她在少女时期就有过私情，但没有私生子留下。那是很重要的一点，是不是？"

"为什么？"

"那意味着格利德没有意识到，即使她那时有个私生子，那孩子也不算直系亲属——只要有合法子嗣存在，私生子就不能继承财产。"

"所有这些都假定她有个私生子，但不是合法的。"奈杰尔接着就告诉赖特自己关于亚瑟·杰拉尔丁的种种发现，赖特对此显得没什么兴趣。奈杰尔又提及有个叫保罗·普罗瑟罗的士兵在乌隆博兵营事件中死了。

"托雷比将军为我查阅了军队记录，我有个伙计在萨默塞特宫档案馆工作，我请他查找 1926 年的出生记录。如果在 11 点之前他能发现点什么，他就会把电话打到这里来的。"

"普罗瑟罗并非是个不同寻常的姓氏。"

"说得对，但假如她有个私生子，而斯蒂芬·普罗瑟罗是其父亲的话，我们至少有了一条谋杀案和篡改书稿之间联系的线索。"

"你的意思是说，要么是普罗瑟罗，要么是迈尔斯小姐，或者就是他们联手，对校对本动了手脚，并且知道那个私生子已死于乌隆博……"

"正是如此。但是，我得说，那是普罗瑟罗动的手脚。他想让布莱尔-查特里的事曝光，报复因其无能而导致他儿子的死亡。迈尔斯小姐发现他篡改了校样本，就威胁要向合伙人告发，于是他就谋杀了她，以保住自己的工作。"

奈杰尔相当兴奋地把他的推测展开了。他说完后，赖特坐回了椅子上，审视着他，昂起了头，就像一只在蚯蚓粪上的鸟。

"好吧，好吧。很不错。理论上很完美。你相信普罗瑟罗会杀人？那种谋杀？"

没等奈杰尔回答这个难以回答的问题，赖特督察的电话铃响了。

"是给你的电话。萨默塞特宫档案馆。"

奈杰尔接过电话，专心地听了一分钟。

"别挂，"他又对赖特说，"有一个孩子在 1926 年 11 月 29 日出生于诺森伯兰郡格伦加斯,名叫保罗·普罗瑟罗。出生证上父母亲的名字分别是——斯蒂芬·普罗瑟罗和米利森特·普罗瑟罗。而正是这个保罗·普罗瑟罗在乌隆博遇害,死亡日期符合。还有问题吗?"

"请他查询一下普罗瑟罗和米利森特·迈尔斯的结婚记录,并问问他,是否还有其他人有过类似的询问,比如在过去的六个月内。"

奈杰尔转达了这些要求,感谢了信息提供者,放下了电话。赖特督察从来就不会保持多久安静,他用手指在办公桌上敲击了起来。

"嗯,这是你的事了,"他说道,"你在为出版商调查诽谤案的事,现在你有一个线索了。据此追查斯蒂芬·普罗瑟罗,随便你怎么用劲。但是,放弃谋杀案的角度吧,斯特雷奇威先生。坦率地说,我不同意你的看法,我们还没有丝毫的证据。"

十分钟之后,当奈杰尔到达安吉尔大街时,米里亚姆·桑德斯告诉他,温汉姆小姐要立即见他。于是,他推迟了向斯蒂芬·普罗瑟罗摊牌,走进了她的办公室。今天阳光明媚,光线透过高大精致的窗户斜射进来,为铺在工作台上的防尘罩增添了鲜艳的色彩,书柜顶层架子上的书籍排列整齐,封面书脊上的烫金文字也在阳光中凸显出来。但阳光对莉兹·温汉姆的长相就不那么友好了,她的头发灰白,就连平时很活跃的眼睛,今天也缺乏光彩,略带黄褐色的脸颊气色不好。她的外表虚弱,像一个原本在户外活动的女人被囚禁在屋内太久了。

"哎呀,你来了。"她招呼他,一如她往常那般,那声音听上去好像在问:"这一阵子你去哪儿了?"

"你看起来有点疲惫。"奈杰尔同情地说道。

"假如你不得不单枪匹马地经营这个公司的话,你也会变成这个样子的。亚瑟有一大半时间都被诽谤案的事缠住了,而巴慈尔似乎垮了——根本没法集中心思工作。那个女人真是该死!如果没有斯蒂芬的话,我真不知道该怎么办。"

"他振作起来了吧?"

"斯蒂芬不服输的,他有骨气。"

"从来就没有气馁过?"

"我觉得他除了休假之外,从来就没有一天不上班,十年了。"她突然对着奈杰尔挥舞起一沓文件。

"我告诉过你多少次了,要把订单分别打在——"

"是,温汉姆小姐,对不起。"

秘书已经悄无声息地进来了,此刻接过了那些文件,飞也似的逃离了办公室,仿佛是从风洞里被猛吹出去似的。

"愚蠢的女孩!她们都被吓得魂飞魄散了。你们那个督察什么时候才不会掐着我们的脖子?"

"我想在他逮捕了什么人的时候吧。"

顷刻之间,莉兹·温汉姆清澈的眼睛因恐惧或焦虑而变得呆滞了。

"太荒唐了,"她严厉地宣称,"我们中的一个!真可笑。这个督察是恋鞋癖吗?"

"你在说什么?"

"有天晚上,他来我家,开始在我的鞋柜里搜寻什么,"莉兹说着,愤愤不平,"这足以让我深感厌恶。"

"我估计他是在找橡胶套鞋。"

"橡胶套鞋?我的天哪,我从来都不穿那种东西的!为什么要找橡胶套鞋?"

"凶手穿了一双,以防他的鞋子沾上血迹。"奈杰尔直截了当地回答。

"哦,对了,我记得你在那天晚餐时提到过的。但你们的督察真的以为,那个,那个无论谁干的,他还会把套鞋放回鞋柜吗?胡扯。我在那个愚蠢的女孩来之前说了什么?"

"你说斯蒂芬·普罗瑟罗除了休假之外,从来就没有一天不上班,十年了。我觉得他看起来没那么强壮,难道他从来不生病?"

"他在十年前有过某种精神崩溃——"莉兹·温汉姆在说到"精神崩溃"这个词时语气明显很不屑,"请了一两个星期的假。但自那以后,就再也没有那类麻烦事了。"

"工作过度,是吗?"

"没人一工作过度就精神崩溃了,我猜想是某种情感上的苦恼。"莉兹·温汉姆的语气很明显,相比精神崩溃,她对情感苦恼还是有一点同情的。

"那可能是在 1947 年吧?"

"我想不出来你对此会有什么兴趣。不过,1947 年?那是我们出版《温顺的日子》那年,我的确记得,斯蒂芬当时在做这本书的编辑工作。印刷停止了,你知道,就因为他请假了。"莉兹往后一靠,从她身后的书架上抽出了一本书,"就是这本书。是的,是在 1947 年。"

奈杰尔此刻提醒莉兹·温汉姆，她曾要求见他。

"哦，对了，有两件事，我希望你和巴慈尔聊几句。他变得忧郁多思了，就像我告诉你的那样，我没法让他摆脱此事。我敢说，需要一点补药来振作精神。那天夜里都谈了些什么，"她继续说道，精明地瞥了奈杰尔一眼，"有关亚瑟的那套罗金汉姆瓷器？你好像让他很恼火。"

"你是说在我离开之后，这个话题又被提起了吗？"

"没有，但你说起迈尔斯的自传里提到罗金汉姆的事，我注意到亚瑟看上去很恼怒。不，我该坦率地对你说，在你走后，亚瑟提出想解雇你的事。在这次警方的调查中，你给予我们支持，我们都很感激你，但是——"

"我非常理解，虽说《战斗的时刻到了》带来的麻烦事还有待消除。"

"我觉得在那件事上你已经走进了一个死胡同。"

"是的，但昨天我收集到一些新的信息。我相信我知道了为什么校样本会遭到篡改，还有这个'为什么'指向了'谁干的'。"

此刻，莉兹·温汉姆的电话铃响了，她和电话另一端的文稿代理人要最终敲定协议。显然，这种事会因讨价还价而延长时间，所以，奈杰尔站起身来，去了巴慈尔·莱尔的办公室。

这个年轻人状态很差，毫无疑问，他两眼茫然地瞪着，一时间像是没认出奈杰尔来。他的眼珠痛苦地转向来访者的脸，转动着，仿佛沉重如铅。

"很遗憾，你身体状况不佳，"奈杰尔说道，"你能不能休息几天呢？"

"这事还得拖多久,看在上帝的分上?"莱尔的声音疲惫不堪。

"调查?我不知道。"

"我不是说调查。"

"只要你还是拒绝面对现实。"奈杰尔冷冷地说道。

巴慈尔·莱尔的红发蓬乱潮湿,他的面容脆弱,看起来就像一个生病的小学生。

"我在过去的一星期里已经面对了太多的现实,我再也不想看到了。"

"不,你还没有面对,你还在为她对待你的方式找借口,还在设法欺骗自己她是你曾认为的绝妙之人……不,听我说。你知道真正让你感到烦恼的是什么吗?并不是失去了她,而是失去了你的自尊。对于一个像你这样历经艰辛的人来说,自尊意味着太多的东西,但你的自尊太多地纠缠于你和她的关系上了。当她突然对你动怒,露出了她的真实面目,她对你的自我给予了致命的一击。她伪造了和你关系中所有的重要时刻,所以,你当然就感到失落了。'假如她不是她,那我究竟是谁?'这是个令人精神崩溃的体验,你会感觉如此。自此,你一直在试图重建你对她的幻觉,因为这是你唯一知道的恢复自尊、获得重生的方式。"

"我期望你是对的。"巴慈尔感伤地嘀咕道。

"但是,那完全是错的!你不能在幻觉上重建你的生活,你一直损害你的自尊去屈从于这一点。这就是你现在仍然处于这种可怜状态的原因——如果稍有不慎,这会导致神经病的。你必须得接受自己被愚弄了这个事实，而她——嗯，就是一贯如此的。只要你瞪眼面对这个事实片刻，你就会醒悟了。"

巴慈尔·莱尔抬起了他那双眼眶红红的悲惨眼睛。"我的天哪，我可真是个傻瓜！我真该——"

"好了，好了。面对它，但别陷进去。自我厌恶是个良好的刺激，但又是个坏习惯。"

"你可真是个满口说教的讨厌鬼，对吗？"莱尔说着，却是第一次微笑了，"真奇怪，我们第一次见面时我不太喜欢你——十天之前，对吗？时间失去了目的，自那以后——"他的声音渐渐听不到了，痛苦的神色又回到了脸上。

"你相信会有一阵突发的头脑混乱吗？"他问道。

"人们有过。"

巴慈尔·莱尔做了极大的努力，仿佛是违背了这番话的意愿本身，硬是把话吐露出来似的，说："那是让我感到害怕的地方——我可能会亲自这么干的……前一天晚上，我真的想杀了她，当时我奔出了她家，这样我就不会伤害她了。我奔走得满头大汗。我怎么知道我第二天夜里没有一阵突发的头脑混乱呢？我所记得的是，我就坐在这里，处于痛苦的迷茫中，深感耻辱，暴怒了一番，然后去节庆大厅的餐馆设法抚慰我狂怒的内心。"

"现在，振作起来。我怀疑你是否精神分裂。即使你是，在你所说的'一阵突发的头脑混乱'里真想杀了她，你也不可能事先就策划了一切。而这次的谋杀是蓄意策划的。这次是有预谋的犯罪，每个细节都策划好了。"

"谢天谢地！哦，你明白我的意思了。你确实帮我从心里卸下了一个负担。"

"你不可能在一阵突发的头脑混乱中杀了米利森特·迈尔斯。"奈杰尔说着，直视巴慈尔·莱尔。

"是的，现在我意识到了……噢，我明白了。我不是个疯子，但我可能是个魔鬼吗？"莱尔不太确定地大笑起来，"你是个令人不安的家伙，是不是？就在那天夜里，你还在说我和米利森特在一起的情景指向了我的无罪。"

"那可以指向两个方面，就像大多数的事一样。一个狡猾的凶手也许会去她家，故意引发这个情景——关于发生了什么事，我们只有你的证词，而你有一个理想的证人——一个好管闲事的德国女佣，她可能偷听到了争吵，但不懂英语。所以，警方的推理是，假如他要去杀她，趁着无法忍受的挑衅，他会在当时就动手杀了。但是他没这么干，因此，他不太可能第二天再去谋杀她。"

"这对我来说太微妙复杂了。"莱尔说道。随后，他突然以半是幽默的好战口吻说："现在，看在上帝的分上，快离开吧，去找其他什么人谈谈，我还有工作要做呢。"

奈杰尔沉思着沿走廊向楼梯走去。他心里总有点什么，却又搞不明白，他必须等待，不管那是什么，因为还有更为紧迫的涉及亚瑟·杰拉尔丁的问题有待澄清，而奈杰尔并不知道自己是否能够处理好。他也意识到，他在推迟对斯蒂芬·普罗瑟罗摊牌。最糟糕的就是这工作让他接触到那么多的人，而他又会喜欢他们，这点让他觉得越来越有意思了。这些人中有人是凶手，而凶手，大体上来说，往往不像他们的罪恶那么令人憎恶。

到了楼梯脚下，他又转身走回去，毅然走向亚瑟·杰拉尔丁的办公室。精心调整好的咄咄逼人的姿态应该是重点。现在，看看这里，杰拉尔丁，你还想不想解决这个校样本的问题？温汉姆小姐告诉我说，你想解雇我。很好。但是，这个校样本的问题现在差不多要解决了，所以我料想你仍会在意知道这个恶棍的身份。而从头至尾阻碍我整个调查的，是某些人拒绝承认他们在过去就认识迈尔斯小姐——有两个人，杰拉尔丁你是其中之一。

奈杰尔在心里愉快地如此这般排演了一番戏剧性的话之后，已经走到高级合伙人的办公室门口了。当他推开门时，几乎被一股烟味和一阵闷热的气浪熏得退出来。他很快推理出，办公室并未着火——或者说，假如着火了，那坐在长桌旁的几个人都出奇地镇静：有六位引人注目的年轻绅士，均为衣冠楚楚、相貌堂堂之人，都在猛烈地抽着烟，吞云吐雾。奈杰尔的鼻窦炎让他丧失了嗅觉。长桌顶端，亚瑟·杰拉尔丁正环顾四周。

"噢，上午好，斯特雷奇威。有什么要紧事吗？我在开一个旅行推销会议，要开到午餐时间。我想，你还没有见过这几位先生吧。"杰拉尔丁一如往常地彬彬有礼，做了介绍，六位相貌堂堂的先生一齐站起来，逐个对奈杰尔说"上午好，先生"——这个仪式被莉兹·温汉姆打断了，她在此刻轻松地走了进来，叫道："我的天哪，空气太糟糕了!"于是,她就把最近的一扇窗户打开了。

坐在长桌脚边的斯蒂芬·普罗瑟罗对奈杰尔眨了眨眼。

"这几位先生,"高级合伙人以相当高贵的口吻说,"是关系到公司命运的先锋部队,我们的装甲旅。他们不仅满怀希望地去旅行推销,而且会成功归来。"

迎接这番比喻的是这支装甲旅发出的一阵心满意足的低语声,随后他们齐刷刷地一同坐下。奈杰尔被这不断上升的非现实感所震慑,便找了个借口,离开了这个会议。亚瑟·杰拉尔丁的公众形象与他随和的、无拘无束的私生活里的样子反差甚大,奈杰尔一边爬上楼梯,一边思索着这种英裔爱尔兰人的自相矛盾性:交替出现的喧闹欢乐和仪式端庄、傲慢自大和恶作剧、口若悬河和沉默寡言。

他独自待在斯蒂芬·普罗瑟罗的办公室里,翻阅了几张报纸后,凝视着推拉窗的另一边,扫视着米利森特·迈尔斯遇见死神的房间,如今除了办公桌和一张椅子之外,空无一物。想到她和斯蒂芬在那几个星期里一起相邻工作,中间只隔着一扇推拉窗和一个私生子的情形,颇感奇怪。抑或是保罗·普罗瑟罗合法化了?奈杰尔给萨默塞特宫档案馆打了个电话。过了几分钟后,他的朋友接听了电话:没有,没有斯蒂芬·普罗瑟罗和米利森特·迈尔斯的结婚记录,无论是在保罗·普罗瑟罗生前还是死后,都没有。无论是谁登记的出生,必定是出于体面的缘故,为孩子的母亲提供了一个假名,当然,除非在斯蒂芬过去的生活里有过两个叫米利森特的女人——这种可能性令人沮丧,实在难以想象。就奈杰尔的信息提供者所知,近来没有其他人来查询过这张出生证。

此时，奈杰尔闲来无事，不知该做什么才好，于是开始探索起斯蒂芬·普罗瑟罗的办公桌抽屉了。其中一个抽屉锁上了，奈杰尔在其他的抽屉里都找不到钥匙，便开始动手设法打开了抽屉锁。警方大概在几天前已经搜过这个办公桌了，但奈杰尔动手时依然感到某种程度的紧张。抽屉里没有剃须刀、套鞋和沾有血迹的衣服，但抽屉里有其他东西，奈杰尔看到了一些杂乱的纸张——活页纸，有些纸张因年代久远而变得发黄了，所有这些纸张都蒙上了灰尘。他取出了这些纸张，在纸张的下面他发现了一本书，书名是《烈火与灰烬》，就像是诗人普罗瑟罗唯一存活的孩子。

有许多孩子——在出生时已死，或者在出生时窒息死亡，还有生下来虚弱不堪、天生畸形的。杂乱地放在《烈火与灰烬》上面的活页纸被证明是诗作的草稿纸，奈杰尔很快就发现它们都是未曾发表的诗作，并非是《烈火与灰烬》里那些诗的早期版本。这些诗作没有标明日期，但看起来很可能是在那本书出版之后才构思的——为什么斯蒂芬要保存这些写于1927年之前的青年时期的作品呢？

奈杰尔在研究这些草稿纸时，他又一次体验到在西普里安·格利德寓所里有过的感觉——某种混杂着可怜、尴尬及令人震惊的反感。他取出这些活页纸的抽屉就是个绝境的陵墓。纸上有许许多多的诗，以斯蒂芬那支灵巧细致的笔画了线的，交叉画了线的，但没有一首诗是完整的。曾经令斯蒂芬创作了杰作的情感冲突肯定在其自身的灰烬重压之下扼制了他的才华。草稿里的这些诗没有生命。穷尽其写作技巧，斯蒂芬仍未能以相似的生活感受来充实这些诗。奈杰尔想象着他开始创作每首新诗时便已信心渐衰，却辛勤地朝着某个隐隐约约的目标写下去，随后就渐渐地失去了目标，失去了关联，失去了兴趣。

奈杰尔把这些值得怜悯的诗作片段放回了抽屉，轻松地转向了《烈火与灰烬》。在过去的十多天里，这不是他第一次重读这本书了，但尽管熟悉了其内容，此书的冲击力丝毫未减：那颗心充斥着病态的凶猛和细致，在其之下，一句句诗行再次跃然而出，震撼着他。这是一部质朴严酷的作品，追踪着一个男子对一个女子的爱情历程，从历经热恋信念到猛烈幻灭的各种阶段，随着这个顺序的流动，既无同情，也无自怜，直至其悲剧性的结尾。此书首次出版时，评论家们曾将其与《现代爱情》相提并论。爱情与性欲、天真、背叛、憎恨、绝望的各种鲜明意象，从纸面上迸发出永远冰冷却又持续不断地照耀着人类处境的光芒。于是，诗中的男女在他们命运越来越长的阴影之下，变得相形见绌了。

奈杰尔合上了书，放回原处，锁上了抽屉。一刻钟之后，斯蒂芬·普罗瑟罗开会结束回来了。奈杰尔凝视了他好一会儿，仿佛他无法从这个无足轻重的男子身上辨认出居然就是他创作了那本毫不留情、充满热忱的杰作《烈火与灰烬》。

"有什么不对劲吗？"

"我们得聊聊，"奈杰尔说道，"有关保罗·普罗瑟罗的事。"

第十三章

情节反转

斯蒂芬·普罗瑟罗的反应出乎奈杰尔的预计。他看着奈杰尔,沉思片刻之后,伤感却又出神地微微一笑,说道:"啊,很好,我想此事也该公开了。"

"保罗是你的儿子,由米利森特·迈尔斯所生。"

"不,不,你搞错了。"

"但是在萨默塞特宫档案馆里是这么登记的——"

"我知道……这样吧,我们去吃点东西,我没法饿着肚子忏悔。"斯蒂芬的眼里闪过了一丝顽皮的神色,他拒绝了奈杰尔邀请他去一家餐馆，说那种地方给他幽闭恐惧的感觉。"去我寓所，我给你做煎蛋卷。"见奈杰尔有点犹豫不决，他又说，"我是个还过得去的厨师。如果你在指控一个人的黑暗勾当时，不想被他款待[①]，"斯蒂芬咧嘴笑着补充了一句，"那就吃你该死的煎蛋卷吧，别放盐。"

没法拒绝了。斯蒂芬·普罗瑟罗似乎是掌控了一切。在出租车里，仿佛是要让奈杰尔不感到尴尬，斯蒂芬逗乐似的聊了一下旅行推销会议的情况，他没有丝毫尴尬的迹象，更别提内疚感了。实际上，他比起奈杰尔所认识的更为活泼——也许是他感到宽慰了吧，他终于可以吐露秘密，卸下负担了。

然而，当他们来到霍尔本公寓那间整洁小巧的房间后，奈杰尔的眼睛一直跟随着他，他可不想被打个措手不及。除了剃须刀还有其他的武器，毒药就是其中之一，此刻把和蔼的斯蒂芬与这种事联系在一起似乎显得有点荒唐。奈杰尔跟着他进入厨房，说道："你不介意吧？我总是很好奇别人是怎么生活的。"

斯蒂芬·普罗瑟罗生活得很平淡，却又有着非凡的效率。他的厨房里一尘不染，安装着各种节省人力的设备，一切都安排得井井有条，现成方便。斯蒂芬集中心思，开始准备午餐，这深得奈杰尔的赞许。他边打鸡蛋边对身后的奈杰尔说道："在房门旁的橱柜里，你会找到葡萄酒，我们来瓶霍克白葡萄酒吧。先用冷水冲一下，好吗？权威人

[①] 原文为"eat a man's salt"，意为被某人款待。字面意思是"吃某人的盐"，所以后文说"别放盐"。

士不会赞同的，但我没有冰桶。开瓶器在碗柜的左边抽屉里。"

奈杰尔按照吩咐办了，但眼睛始终不离斯蒂芬，而后者似乎完全专注于烹调，没注意到自己受到了监视。

"我得说你已准备了一流的美食了。"奈杰尔评论道。

"哦，我喜欢照顾自己，喜欢烹调。保罗死了之后，我就能开始干点新的事情，自我满足一下。"这小个子男人出人意料地转身，递给奈杰尔一盘煎蛋卷，"无论如何，这不会毒死你的。坐下来趁热吃吧，去那里，餐桌都放好了。我去拿酒来，还有面包和黄油。"

起居室同样安排得条理严谨。圆桌旁有个地方能让人宽松地坐下来，壁炉台上有一瓶小苍兰花，几张舒适的扶手椅，低矮的长书架漆成了白色，一个阅读架，一块深红色的定制地毯，一幅爱尔兰共和党政治家马修·史密斯的肖像画在壁炉上方闪耀着色彩。

奈杰尔走过去，审视着壁炉台上的两幅照片：一个小孩骑着三轮车，一个年轻人身着军服。

"对了，这就是保罗，"斯蒂芬说道，他已经悄无声息地走进来了，"来吧，吃煎蛋卷吧，除非你更喜欢吃煎得老一点的。"

奈杰尔很温顺地坐了下来，开始进餐，而斯蒂芬则自己坐下来，倒了葡萄酒。

"为你的健康，"斯蒂芬说道，"鼻窦炎怎么样了？"

"恐怕没有好多少吧。"

"要盐吗？"斯蒂芬的声音洪亮，带点对这个词的挑战意味，他细长的眼睛盯着奈杰尔的眼睛。

"谢谢，我自己来，没什么不好。"

直到他们吃了第二道菜肴——装在一个意大利陶瓷碗里的新鲜水果时，才提起了两人心里都搁着的话题。奈杰尔有他自己的理由想要斯蒂芬再次谈及，但斯蒂芬似乎并不急于这么做。他喜欢先聊聊自己的寓所，为此颇感自豪，他在这里非常舒适。他说喜欢独处，所以难得出门。"孤独适合我，在人群中的孤独。"他补充了一句，抬手指指周围的商业区，"你结婚了吗？"

"是的，但我的妻子已经去世了。"

"我喜欢女人，但我不想让她们一直围着我。她们要求太多的关注，还有更糟的是，她们关注得也太多了，你知道的，观察着某人脸上出现过的每个表情——他厌倦我了吗？或者，那只不过是他一阵消化不良的疼痛？"

奈杰尔大笑起来："当时你从来就没想过要和米利森特·迈尔斯结婚吗？"

"天哪，没有！即使在那时，她也让我厌烦。"

"是在她怀了你孩子的时候吗？"

斯蒂芬迅速地朝他看了一眼，然后示意他坐在扶手椅上："要咖啡吗？"

"不，谢谢了。"

"好吧，我们开始吧。"斯蒂芬迅速地搓了搓手，"告诉我，你是怎么发现保罗的。"

"我早有感觉，觉得你和迈尔斯小姐关系匪浅。然后，她的自传里谈到了她的恋情,在十九岁那年,爱上了一个男人,但那男人后来抛弃了她。"

斯蒂芬猛地吸了口气,仿佛他被刺伤了,他的面容变得扭曲起来。"抛弃了她!"他叫道,"没关系,说下去吧。"

"据说她告诉莱尔,她还是个少女时就被诱奸了,有过一个难产而死的孩子。"

斯蒂芬看起来困惑不解:"但自传里提到过她有个孩子吗?"

"不完全如此,从字里行间读来,尽管——"奈杰尔的话语断了。这个段落必须得以高度审慎的态度来对待。假如斯蒂芬是那个凶手,那就是他把那个章节的末页替换掉了,变成了陈述米利森特和她早年的情人没有孩子,假如果真如此,奈杰尔忽视这一页的信息就会向斯蒂芬表明奈杰尔相信此页系伪造,那就会让他警觉起来。而在另一方面,如果依然假设是斯蒂芬犯了谋杀罪的话,奈杰尔就不能违背自己的意愿,泄露他所知的那页被替换的情况。

"我在试图找到篡改《战斗的时刻到了》中涉及诽谤性段落的动机,"奈杰尔重新说道,"这么做明显地想损害要么是出版商的名誉,要么是作者的名誉,或者就是布莱尔-查特里将军的名誉。我无法找到任何人还有其他充足的理由去损害托雷比将军或者你公司的名誉,所以,我完全陷入了困境。然后,在我阅读了自传后,我忽然想到,假如迈尔斯小姐在1926年真的有过一个孩子的话,他在1947年应该是二十一岁了,那年在乌隆博兵营发生了大屠杀。我给托雷比将军打了电话,请他查一下伤亡名单,其中有一个名字就是保罗·普罗瑟罗。

萨默塞特宫档案馆做了其余的事。"

"我明白了，是的。"斯蒂芬似乎陷入了心不在焉的状态。

"今天，温汉姆小姐告诉我，你在1947年曾有过某种精神崩溃的症状，"奈杰尔温和地说道，"是你儿子死亡的消息所带来的震惊——"

"噢，但保罗不是我的儿子。"斯蒂芬的脸转了过去。

奈杰尔注视着他："什么？但是萨默塞特宫档案馆的记录——"

"该死的萨默塞特宫档案馆！"斯蒂芬站了起来，眼睛盯着小孩骑三轮车的照片看了片刻，然后走过去，坐在窗前，"那不是我的秘密，"他缓慢地开口说道，"那就是我一直守口如瓶的原因。当然啦，如果被人发现，我做了个虚假登记，我不知道自己可能会陷入什么样的麻烦。"

"有关保罗的出生？"

"是的，但我还是从头说起吧。多年前，我确实遇到了米利森特，当时她才十七八岁吧。纯粹是偶然，在温布尔沙姆的一个书店里。她书里提到了吗？"

"提到了，但她没有提你的名字，只是说有个男人鼓励她搞文学创作。她称他为'罗金汉姆'，这个词语让人联想到她大约同时遇到的另一个男子。"

斯蒂芬·普罗瑟罗往后倚靠在窗边的椅子上，稍加休息。"她那时有点才华，我那时太年轻了，不知道她的心——简直像人造橡皮那样毫无感情。哦，我有个弟弟叫彼得，他比我小两岁，我总是护着他，像个老大妈似的照顾他。1925年，他在牛津大学神学院读书，训练成为一个牧师,而我正在拼命努力,想成为一个文字新闻的自由撰稿人。每当放假,彼得就来和我一起住在伦敦的房间里。有一天,米利森特来了,要我给她的一个故事提点建议,结果就遇到彼得了。这就是他们如何开始的。"

"你的意思是说,保罗是你弟弟的孩子?"

"正是如此。彼得是个很好的年轻人,他有一股强烈的使命感——伴随着使命感的常常是他的狂热本性。在与女人相处方面,他还完全没有经验,抑制着情感,而又出奇地浪漫,成为像米利森特那样的女孩的理想猎物。毫无疑问,她对于他的宗教信仰做过一番艰难的抗争,但她喜欢那么做,最后她成功地引诱了他。"

斯蒂芬脸上伤感愤怒的表情加深了,他用拳头捶着靠窗座椅的垫子。

"你很快就会明白为什么我厌恶那个女人。彼得在第二年回来过复活节时,状态糟糕透顶。他不敢写信跟我谈论此事,但我很快就从他那里了解到了。米利森特当时有两个月的身孕了,居然威胁要向他的学校当局告发他。"

"假如他不和她结婚的话?"

"还要糟糕,假如他不帮她去堕胎的话。他告诉我,她就像个魔鬼似的折磨着他的神经。我看得出这一点,当他谈到她时,他简直憎恶得浑身发抖。但是这个实际问题似乎难以解决,告发意味着他的职业生涯、他的使命感的终结。自然,他也不愿意考虑堕胎。即使她能够接受婚姻,那也意味着他将终身和这个女人捆绑在一起,而他对她的本性已经了解得足够深了。此外，他在经济上也开始无法负担，他那时因上大学而依靠一点遗产艰难度日，我们的母亲当时是个寡妇，依靠菲薄的养老金生活。"

斯蒂芬点燃了一支烟，颤颤巍巍地吸着，继续说下去。

"哦，我真希望自己再也不要度过像那个四月的时光了。彼得处于恐慌、内疚和憎恶的混乱之中，他曾深深地爱上了米利森特，却发现自己栽进了一个——一个陷阱——你不知道像她那样的女人能如何榨取一个体面男人的尊严。彼得差不多快要自杀了。她已经把他的爱转化成一种憎恨，然后再扔在他的脸上——这就是他的感受。"

"那就是你写作了《烈火与灰烬》的缘故吧？"

斯蒂芬的头猛然转向奈杰尔。"噢，你读过那本书？是的，我当时开始写作此书，为了让自己保持头脑清醒。米利森特因为此书而永远记恨我——此书甚至刺穿了她的厚脸皮。"

奈杰尔恍如大悟。"所以，她才是真正具有强烈动机去篡改《战斗的时刻到了》校样本的人。我从没想到你反对重印她小说的意见会如此强大，她这么做是对《烈火与灰烬》的报复。我猜想她以为你肯定会为这些'保留不删'的记号担责，或者，她威胁过要向合伙人们告发，说她亲眼看到是你干的？"

"我想不出来她心里的想法，"斯蒂芬有点不耐烦地说，"现在没有证据表明是她篡改的，是吗？假如是她干的，你尽可排除任何想法，认为她这么做是为了揭露布莱尔-查特里，为保罗报仇，不管怎么说吧。"

"为什么?"

"因为她从来不关心保罗发生了什么事,"斯蒂芬愤怒地回答,"就她而言,保罗从来就不存在。那是协议的部分内容。"

"协议?"

"是的。我去见了她,就在彼得把一切都告诉我之后的两星期。我以为可以恳求她、打动她什么的——我和彼得同样无知和理想化。那个月里,我见了她几次。当然不是在她家里,在外头,商店那类地方。这让我对这女人有了很多的了解。她当时才十九岁,但是老天在上,她居然知道所有的欺骗手段。出卖天真,博取同情,愤愤不平,惶恐不安,推诿躲避,那张脸可真是色彩多变——她使出了所有手段。哦,我最终让她明白了,她无法再指望能从彼得那里获取任何钱财。然后,我向她提议,说我来安排孩子在英国北部出生,支付一切费用,和她一起去那里,装作是她的丈夫,然后把孩子从她手里接过来。她对父母编了个故事,说一个伦敦的医生说她得了肺结核,有个朋友主动帮她支付去疗养的费用。他们似乎接受了。她真是我见过的最圆滑的撒谎者,即使在如此年轻的时候。"

斯蒂芬·普罗瑟罗沉默了。他脸上显出沉思的神色,侧面倚靠着窗户,这让奈杰尔回想起一个多星期前,那时他和斯蒂芬谈论"公正无私"这个问题。"或许我们已经失去这个词的含义了",他当时说。嗯,斯蒂芬这辈子已经做过一件纯粹的事了。奈杰尔想重提这件事,但斯蒂芬严厉地打断了。

"这个词的用法太多了。那样的安排并未让彼得从良心上卸下负担，他做了传教士，两年之后，他在某个被上帝抛弃的地方死于热带性发热病。"

"那么保罗呢？是你在照料他吗？"

"没有其他人会去照料他了。"斯蒂芬突然偏离了话题，"米利森特逃避责任的天赋令人难以置信。当然，如我所说，那是协议的部分内容，我该从她手里接过孩子，但她还没有生下孩子前就已经计划好完全与她无关了。"

"啊，还真像布莱恩太太说过的话。"

"她是谁？"

奈杰尔做了解释。

"米利森特对她吐露过心事吗？"

"没提孩子。但她告诉我说，即使米利森特还是个少女，她就能从她自己的错误中脱身而出，等等，装作这些错误从来没发生过，并且很成功地自我欺骗。"

"对了，我想起来她给孩子喂奶的事了，她才喂了没几次就让我找了个奶妈，于是她看起来就与小孩毫无关系似的，仿佛她只是在帮别人带孩子。太滑稽可笑了，我有一次忍不住大笑起来。她恨我笑话她，毫无幽默感的女孩。当我告诉了她原因，她怒视着我。'我从来不想要这个小东西的，'她说，'我再也不想看到他或者听到他了，从现在开始。'"

"她这么做了？"

"她做什么？"

"再也不见保罗？"

"对，她把整个的经历看作是个噩梦，而我也无意与她保持联系。"

"甚至在保罗被害身亡时？"

"对。我告诉保罗他母亲在生他时死了，所以，他就把我当作他的父亲。"

"但是，当迈尔斯小姐出现在这里——"

"那对我们双方都是极其不愉快的见面。"

"但你肯定把保罗的事告诉她了吧？"

"哦，我明白了，是的，当时马上就提到了此事。她竟敢厚脸皮问我，我儿子怎么样了。我儿子！我告诉她，他已经在十年前阵亡了。"

"她怎么对待此事？"

斯蒂芬·普罗瑟罗的脸气得扭曲了，强烈地对此嗤之以鼻。"说来难以置信，她直接就变成了一个丧子母亲的样子。为什么我要把保罗和她分开？为什么我让他当兵阵亡？我就看到她涨红了脸，样子凶狠。"

"那肯定是珍听到的争吵，当时迈尔斯小姐骂你'眼罩'，这让我想起来苏珊——"

"你能理解我过去为什么没告诉你这一切的原因了吧，保罗不是我独自的秘密。"

奈杰尔站起身，再次看了看照片。"有点像他母亲。"

"那只是生理上的，谢天谢地。"

"你变得非常喜欢他了？"

斯蒂芬点了点头。他的脸从高贵的额头到小巧的下颚,看上去突然变小了。他的嘴唇颤抖了一阵。"过了没多久,我开始感到我好像就是他的父亲,他是个可爱的小家伙,安静严肃,像我的弟弟,在这背后是强烈的感情。"

斯蒂芬接着告诉奈杰尔,婴儿保罗是如何被送去代养的。那是在格伦加斯的一个农场主和他的妻子,斯蒂芬从孩子时就认识他们了。他时不时地去拜访他们,后来花钱让孩子在一所小的公立学校里受教育。正是为了抚养保罗,他才在1930年接受了温汉姆-杰拉尔丁公司的工作,因为他作为文字新闻自由撰稿人挣不到足够的钱。农场主后来提出收养孩子,但斯蒂芬觉得让保罗在自己家里生活是他的责任,以此来纪念他弟弟。随着保罗长大,他显示出某种对动物非同寻常的喜爱,于是斯蒂芬一直在攒钱,想等他服完兵役后给他买个小农场。但他再也没能活着回来。所以,那笔钱就花掉了,有些用在饲养现在环绕在斯蒂芬身边的宠物上,借以得到些安慰。奈杰尔心想,它们肯定是那个原本很有前途的侄子的替代物,真是可怜,那个侄子对斯蒂芬而言意味着一切。

"你知道,"奈杰尔说道,"警方会讯问所有这一切吗?有谁可以证实你说的这些事?"

农场主和他的妻子仍然活着。为了保护弟弟,斯蒂芬告诉他们说自己是孩子的父亲,孩子的母亲在生下孩子后不久就离开了他。他们能在多大程度上相信这个说法,他从来就不知道,但他们同意,如果保罗问起来,就说他母亲已经死了。奈杰尔欣然收下了他们的姓名和地址。其他的证明就没有了,因为整个事情都是在尽可能保密的情况下进行的。在孩子出生以前,斯蒂芬和米利森特在格伦加斯以夫妻的身份一起住了几个月。考虑到米利森特的情况,他们分别住在各自的卧室里。那可真是个拖延时间的荒唐闹剧,只是为了装个样子而已。

"但你明白,"斯蒂芬最后说,"你只听到我对此事说的这番话。我很肯定,彼得从来没有对其他人吐露过。"

"他去世时是一个人吗?"

一时间,斯蒂芬看起来很困惑,随后他说:"噢,临终忏悔?我明白了。嗯,英国教会教士协会也许能对此有所帮助。但我很怀疑,等他们把彼得送到医院时,他已经昏迷不醒,再也不能说话。他们把彼得的遗物寄回家时,他的主教写信告诉了我们一切。"

奈杰尔记下了斯蒂芬能够提供的几个名字,但未必有希望。这个故事的线索,如同这个案件里其他线索一样,远远地深入到过去,但最为重要的线索都断了——米利森特和她的父母亲都死了,彼得·普罗瑟罗死了,保罗死了。

奈杰尔并不打算怀疑斯蒂芬所说的他和米利森特的关系。可不幸的是,他这个说法没有坚实的基础,可以进一步调查《战斗的时刻到了》的问题。不管斯蒂芬如何喜欢他抚养大的这个侄子,都不太可能在保罗去世将近十年之后去篡改校样本,以揭露这个总督的无能造成了他侄子的死亡。然而,现在看起来更不可能的是,迈尔斯小姐是那个罪犯。她希望保罗和自己再无关联。

"有些人,"斯蒂芬说道,仿佛他能感知到奈杰尔的思绪似的,"凭借手头的任何方式,制造出大量的麻烦事,只是因为他们必须得维护自己。他们是真正的不负责任的人。"

"你想到了米利森特·迈尔斯吗?"

"是的,同样的还有西普里安·格利德,我得说。"

"他们两人都有报复性强的性格特点。"

斯蒂芬思索着这个词。"也许是满怀恶意,而不是报复性强。"

"米利森特·迈尔斯憎恨你,"奈杰尔沉思着继续说道,"你知道她过去生活里的一段阴暗经历,你直截了当地说出了你对她的看法,你反对重印她的小说。她很可能在一阵冲动之下,篡改了这些诽谤性段落,带着模糊的想法,觉得会给你造成麻烦——当然,还因为作者曾在军人食堂里当众嘲笑过她,她睚眦必报。几个小小的动机叠加起来,构成一个大动机。是的,这就是存在于她性格里的东西。"

"但你对此还不是很有把握,对吗?"

不久,奈杰尔起身要走了。假如斯蒂芬是他要钓的一条大鱼——现在看来根本不可能了。鱼饵还没被咬住,连一小口也没有啃。

第十四章

隐情误导

"恐怕现在不是很方便,老兄,我忙得不可开交——"亚瑟·杰拉尔丁指指他办公桌上堆放整齐的文件。高级合伙人的语调轻快,但他的灰色眼睛里闪过一丝敌意。

"很抱歉,"奈杰尔说道,"但有点事情我得澄清,真的不能再等了。"

杰拉尔丁又坐下了,伸出了双臂,他两手壮实多毛,攥起了拳头,放在办公桌上。

"那么好吧。什么事?"

"为什么你告诉我说,你从来没有见到过迈尔斯小姐,直到你公司接受她的书稿？"

亚瑟·杰拉尔丁眼睛里的敌意更深了。"我不喜欢你的语气，斯特雷奇威。我可以提醒你一下吗，你是我公司的临时雇员，是吗？"

奈杰尔没理睬这寒气逼人的指责，继续说道："迈尔斯小姐告诉我说，她在多年之前就遇到你了，是在某种相当特别的情形下。"他忍住没提及她评论杰拉尔丁"总是个软弱的男人"。

"我不记得了，但完全有可能，我这一生见过太多的人了。"

"她从来就没让你回想起那次见面吗，这是否很奇怪？"

杰拉尔丁耸了耸肩，但此刻他脸上出现了警觉的神色。

"她没让你回想起来？"奈杰尔坚持问道。

杰拉尔丁那又长又薄的嘴唇拉得更紧了。"你暗示我在撒谎吗？"

"推三阻四是没用的，杰拉尔丁先生。我有证据，当你还是《太阳日报》的商务代表时，你在温布尔沙姆从迈尔斯小姐父母手里买下了罗金汉姆瓷器餐具。"

一阵红晕慢慢地在他宽大的前额和光秃秃的头上蔓延开来。"是的，我想起来了，我确实是在那里买下了那套罗金汉姆瓷器，但我并不知道那就是她的父母亲——"

门打开了，斯蒂芬·普罗瑟罗急匆匆地进来了。"你遗忘了这个东西。"他说着，递给奈杰尔一瓶滴鼻药水。

"噢，太感谢了。"奈杰尔心不在焉地把瓶子放在亚瑟·杰拉尔丁的办公桌上，斯蒂芬又出去了。"你在拜访她父母时真的见到过迈尔斯小姐吗？她当时还是个学生呢。"

"现在我怎么可能还记得呢？那是三十多年前的事了。"杰拉尔丁几乎是低声哼道。他具备了爱尔兰人的天赋，能够流畅地转变态度，他现在变得和蔼可亲，乐于帮忙了。

"迈尔斯小姐记得很清楚，清楚到她在自传里提及她在那个时期遇见一个男人，给他起了个假名叫'罗金汉姆'。"奈杰尔平稳地滑过了这层薄冰后问道："你常去她家吗？"

"我想，至少两次吧。你要知道，我开始想起来了。我确实好像记得有个女孩——露出牙齿的热情女孩——你是说她就是米利森特·迈尔斯吗？哎呀，我的天哪！"亚瑟·杰拉尔丁咧开嘴笑笑，像一条友好的鲨鱼似的，"是的，她非常渴望她父亲能订报纸，这样她就能得到赠送的一套小说了——那是报纸扩大发行量的免费礼物计划之一。"

"他订了吗？"

"没有,我想他肯定是破产了。不管怎么说,他叫我再来。第二次,他的妻子不在。他问我会出什么价买下他那套罗金汉姆瓷器——我第一次去时就对这套瓷器赞赏不已。我给他出了个价，他高兴得跳了起来。但我必须得赶紧拿走瓷器——我想是赶在他妻子回来之前吧。我记得当时我把旅行箱都清空了，装进了这套瓷器。我当时还带着几套小说的样本。我说我会在第二天再来取走。我再去时，他们在激烈争吵。迈尔斯太太暴怒地责骂我，但我有她丈夫的收款收据，所以她拿我没办法。"

亚瑟·杰拉尔丁的表情几乎是讨好奈杰尔似的，他补充说："再回头看这段往事可真是震惊，我同意。我欺诈了那个可怜的家伙，但你知道，收藏家都是没有道德的。那就像是一种有形的激情，你爱上了某个物件，就必须要得到它。此外，那时我自己也没多少钱。"

奈杰尔思忖着这番值得注意的话，倒不是这番坦白本身值得注意，而是杰拉尔丁居然会无缘无故地说出来。"那么，你说，迈尔斯小姐从来没有再提起过此事吗？"

"一点也没提起过，我向你保证。"亚瑟·杰拉尔丁自信地笑道，"我知道你心里在想什么，老兄。敲诈，是吗？那是我生命中一段不光彩的经历，我不否认。你能明白我为什么不想再提起它了吧？但我不至于为了掩盖此事而去谋杀那个可怜的女人。"

奈杰尔同意这一点，从表面上来看，太不可能了。但是，他又想到，为什么我能够毫不费力地把这桩陈腐的肮脏事挖出来？杰拉尔丁根本没做抵抗，从来就没有挑战我的信息来源。他在我眼前炫耀关于那套罗金汉姆瓷器的恶劣往事，难道就是为了掩盖此事背后更为肮脏的什么事吗？

"你在此给予迈尔斯小姐非常优厚的待遇，"奈杰尔说道，以争取时间，"但不管怎么说吧，我不认为她是温汉姆－杰拉尔丁公司需要的作者。"

"每家出版商都必须在其文学标准和钱财之间取得折中的办法。此外，巴慈尔·莱尔很强硬，他威逼我们接受她。"

"一个异常不幸的决定，"奈杰尔冷冷地评论说，"考虑到她把你们卷入了一场诽谤案里去，然后又在公司里遭到了谋杀。"

"什么?你的意思是说,是她篡改了校样本?看在上帝的分上,为什么?"

"一个普通的恶作剧,隐藏了特殊的恶意。我知道的事实是,她对托雷比将军和斯蒂芬·普罗瑟罗怀有私人怨恨,如果她对你或温汉姆小姐也怀有怨恨的话,那就圆满地完成她的心愿了。"

"我没听懂你的意思。"

"假如,举例来说,她要就罗金汉姆瓷器的事敲诈你,你会怎么做?"

"当然,就对她说见鬼去吧,但是——"

"这会给她一个动机,通过败坏你公司的名誉来伤害你。"

"但我一直在对你说,她从来就没提起那该死的罗金汉姆瓷器,更别提——"

"更别提你在1924年去她家时发生的什么事吧?"

杰拉尔丁的秃头又涨红了,当然,这很可能是他尽力压抑愤慨和怒火的结果。

"请你把话说清楚一点,好吗?"他说,语气克制,颇有威胁性,"我不喜欢冷嘲热讽。"

"迈尔斯小姐的麻烦是,没人知道她究竟是在说真话呢,还是在夸张渲染。"

"我在问你——"

"是的,她对学校里的一个朋友吐露说,在1924年的夏天,有个男人去了她家,那个男人有着薄薄的嘴唇,试图强奸她。就一封敲诈信来说，如果当年的侵犯一事还有其他证据的话，即使过了三十年，仍然相当有效。"

杰拉尔丁手里玩弄的一把尺"啪"的一声一折为二。

"你在胡说八道。"杰拉尔丁说道，声音压抑。奈杰尔等着他说下去，但是，高级合伙人满脸心事重重，从办公桌上拿起一沓文件。"现在，我真的该继续工作了。"

上了楼，奈杰尔又找到了斯蒂芬·普罗瑟罗。"很抱歉，又要来打扰你了。是这样的，1924年迈尔斯先生破产了，你第一次遇见米利森特是在1925年，那时她在一家书店工作。她邀请过你去她家吗？我相信，当时她仍然住在家里。"

"是的，我去过一两次。"

"大概，他们家生活非常拮据吧？"

"不，不是你注意到的那样。我隐约记得的印象是迈尔斯家以某种方式摆脱了困境。"

"迈尔斯小姐从来没和你谈起过她父亲的经济状况吗？"

"我想没有。除了有点自吹自擂地说自己是个正在奋斗的年轻才俊，还要支撑她破产的父母亲之外。"

"但以她书店店员的工资也难以做到吧？"

"做不到，我想，这很奇怪。她父亲被公司解雇了，我很肯定当我第一次遇见她时，他父亲还没找到另一份工作呢。我对她这方面的生活状况确实所知甚少，我们大多花时间谈论艺术，更确切地说，米利森特对艺术的贡献。年轻男子总是因为有女性追随者而倍觉荣幸。"

亚瑟·杰拉尔丁的秘书走了进来。"你把这遗忘在杰拉尔丁先生的办公室里了,是吗?"她说着,递给奈杰尔那瓶滴鼻药水。

"哦,非常感谢。"

"你似乎总是遗忘它,"斯蒂芬说,"看在上帝的分上,放在你口袋里吧。"

奈杰尔此刻告诉他,自己想和苏珊·琼斯说几句话。斯蒂芬便给票据部门的头儿打了个电话,对方说会让她马上过来。

"你想和她私下谈谈?"

"是的。"

"好吧,你最好使用隔壁的办公室。"

"我觉得那不太——"

"天哪,伙计,没闹鬼,不是吗?他们已经清扫干净了。"斯蒂芬性急地说。

"但是,苏珊可能会有点神经质的。你能让珍离开参考资料图书馆一会儿吗?"

"噢,我想可以。不管怎么说,天知道她整天在干些什么。"

所以,奈杰尔就在他第一次见到这个金发碧眼的美女的地方,与她再次见面了。然而,苏珊这次很紧张,不那么乐于提供信息了。

"请坐下,苏珊,珍说你有什么事想见我。很抱歉,我隔了这么久才抽出时间。"

"我肯定,我不知道——"这女孩开始说了,有点不自在地晃动着她的头。

"和男友有麻烦了？只要你说句话，我就向他挑战决斗。"

苏珊弱弱地一笑。"你和警察是一起的，是吗？"

"有麻烦事了就和他们一起，经常如此。怎么了？"

"我和他们从来没什么关系。你没法信任他们，是吗？拷打犯人、收取贿赂之类的。但那真的是我男友会说的话，明白吗？他很有教养。"

"那个喜欢读书的人吗？"

"还有谁呢？"

"好，那么，他会说些什么呢？"

"此外，温汉姆小姐不喜欢，她总是那么凶狠地对待——"

"温汉姆小姐？她怎么也掺和进来了？"

"我来告诉你，好吗？她不喜欢女孩子们走进包装间。但我想说，在一个女孩子安定下来之前，她就想看看生活的样子。"

"那么，包装间是看看生活的地方？"

苏珊出乎意料地朝他顽皮地一瞥。"还用你说吗？注意，我没有恶意，但可能会误——误——"

"误解？"

"瞧，还是你这种受过教育的人会说话！你要知道，你有时让我想起了戴维，他是我的男友。我是说，关系确定的情侣。"

奈杰尔的耐心几乎无穷无尽，此刻也快消失了。但是，又说了几句打趣话后，他把苏珊拉回了正题，这次他发现自己收获颇丰。

她告诉他，上星期五夜晚，她和"包装间里的某个先生"有个约会。她准时在下午 5 点 30 分离开了参考资料图书馆，乘电梯下楼，走进了包装间。此时，所有其他的包装工人都已经走了，她的"约会对象"趁着包装间里没人，就开始和她一起调情嬉闹——后者是奈杰尔自己的理解，苏珊原话说得很含糊，"我们聊了一会儿才出去了"。过了大约十分钟，他们关掉最后还亮着的灯，开了门，苏珊小心翼翼地张望了一下，非常小心，因为他们刚听到了电梯门关上的声音。而且包装间里没她的事，温汉姆小姐不赞成在公司里的这种"友善"交往。

苏珊向外张望了一下，然后又看向走廊，走廊经过电梯、楼梯脚，还有接待室的门，再通向大楼的边门。奈杰尔知道，在那个时段的夜晚，走廊里只有一盏昏暗的灯泡。然而，这灯光足以让苏珊看到一个男子在走廊尽头穿过了旋转门，走向那个靠街边门。她只看到了他的背影，也就是一会儿的工夫，但她对他的描述已经足够清楚。

"那是一个相当矮小的男子，"她说道，"他穿了一件粗呢连帽风雪大衣，就像那些泰迪男孩们开始穿的那种。我想，是褐黄色吧。还戴了一顶黑色宽边帽。他的脸侧有点头发——他当时稍微转了一下头，要拎包通过旋转门。"

"什么样的包？"

"嗯，是一个旅行包。尺寸肯定相当大的，很沉重，因为他拎着包过门时'哼'了一下。"

"那个叫什么来着的，你的包装间朋友，他看到了这个家伙吗？"

"哦，没有。门打开得不大，只够我往外看。"

"他是怎样想的？"

"乔治？我没有对他提起过，当时我没想太多。我的意思是说，我以为就是谁来拜访某个合伙人吧。"

"这家伙身上没什么让你感到熟悉的地方吗？"

"哦，没时间感受——我告诉过你了——他匆忙走出了办公大楼。"

"我是说，你没有认出他吗？他的背影没让你想起认识的什么人吗？"

"没，没有。"女孩的否定语气听起来不那么肯定，但奈杰尔没再逼迫她。

"乔治对这一切说了什么吗？"

"哦，我没对他说。这不关他的事，对吗？"

"实际上，你也没对其他人说吗？"

苏珊看起来有点害羞，有点心急地抖了抖一只肩膀。"唔，我已经告诉你了，是吗？"

"但是警方，他们问起过是否有人在上星期五夜晚看到过什么不寻常的人。"

"一个男子走出大楼没什么不寻常。"

"哦，我亲爱的苏珊，那么你为什么担心此事呢？珍看出你有心事。"

"别说了！我的担忧够多了——这就是我对你说的。我不想让我男友知道，明白吗？还有温汉姆小姐。"

"但你得把你的故事告诉警方。"

"那不是故事!"

"你看到的事情。"

"我不想和那种人有什么关系,我们是正派的人。如果我和警察搞在一起,我爸爸会骂我的。"

"你在公司里看到过西普里安·格利德,迈尔斯小姐的儿子吗?"

"我不知道。他和这事有什么关系?"

奈杰尔站了起来,苏珊也站起来了。

"瞧,苏珊,赖特督察必须得知道此事。我可以告诉他,但最好你来告诉他。为什么不马上就解决呢?"

"他会杀了我的,因为——"

"他不会干这种事的。这个督察是个不错的男人,是我的朋友。我给他打电话约个时间吧,你在对他说的时候,我会握着你的手的。"

苏珊的表情显示出她并未把最后一句话当作玩笑,然而,她脸上含情脉脉的神色很快被一阵惊慌所替代。

"但是,要我上法庭去做证吗?我真的办不到。"

"你可以不必去,这看情况吧。但假如你去的话,你就会成为王国政府的重要证人了。"

显然,"重要"这个词触动了她。苏珊那双大大的蓝眼睛瞬间明亮了起来,她仿佛看到自己站在证人席,展示着她所有的魅力,然后还会见诸报端。

"送给我男友值得一读的东西,是吗?"她说着,"咯咯"地笑了,摆出了一副现代时装模特喜欢的错位站姿。

"你会让她们都目瞪口呆。"奈杰尔说着,伸手去拿电话。

"我真想把这个金发女孩按在我膝盖上痛打一顿,"赖特督察声称,"我们在这里浪费了十几个人整整一星期的时间了,就是因为她把这个信息锁在她那个愚蠢的小脑袋里。"

同一天晚上9点,奈杰尔和克莱尔·马辛杰在她的工作室里一起吃晚饭,此刻她在为督察泡另一杯咖啡,后者刚刚进来。在经过上星期紧张的工作后,他原本瘦长灰黄的脸看上去更加瘦削憔悴了,但他眼中的光泽显得极为兴奋。

克莱尔给他倒了一大杯咖啡,又加上了少许的白兰地,然后坐在沙发上,紧靠着奈杰尔。赖特对她举起了杯子:"为你的健康,马辛杰小姐。这可救了我的命。"他朝四周瞥了一眼,对着她的作品点点头,然后运用他那给人印象深刻的哑剧手势,生动地比画起雕塑家用手制作黏土模型的样子。"老家伙的模仿怎么样?"

"没话可说啦。"

克莱尔和督察都喜欢保持着幻想,假想着他就是那个没教养的可悲人物,他的艺术构想不比苏格兰高地的家畜和有伤风化的明信片好多少。他取笑了她几句,又喝了一杯加酒的咖啡,随手在雕塑的基座和他坐的扶手椅之间掏出了一团黏土。

"有趣的地方,是让你客人放口香糖的吧?"他说。

"有机会我想雕塑一双你的手。"克莱尔说。

"那我的脸有问题吗?"

"哦，也很有趣。但你永远也不会静坐足够久，让我做个半身塑像的。"

"等我把这个案子结了，我会静坐一个月。"

"我想会吧。"

"祝福你，女士，才开始呢。和西普里安·格利德外貌相像的那家伙，被人目击在谋杀发生后离开了办公楼。好吧，明天我们就把他带到警察局去列队让人辨认，把他和其他几个人排在一起，都穿上粗呢连帽风雪大衣，头戴黑色宽边帽。"

"还有胡须。"奈杰尔说。

"好吧，我们可以为他们搞些假胡须。但你觉得那个傻乎乎的苏珊·琼斯能够认出我们需要找的人吗？那会是个奇迹。奇迹通常不会发生——在我身上。"

"那么，你就肯定他是你们要找的人？"奈杰尔问道，"那插进自传里的那页纸呢？"

"上帝偏爱你，斯特雷奇威先生，在我想来，那是对他不利的最有力证据。倒不是检察长会看的。你已经搞错目标了，整个事情其实很简单。年轻的格利德拼命要钱，而他又恨他母亲。我第一次讯问他时，他装作不知道她没有留下遗嘱，可他很可能知道她没留。好吧，她死后无遗嘱。现在他已经多次进出过她在温汉姆－杰拉尔丁公司的办公室，他有足够的机会读到她的书稿。那里面有一页，暗示在她和格利德的父亲结婚之前，曾和另一个男子生下过一个孩子，但这一页没有明确说明，她从来就没有和那个男子结婚。那没多大关系，因为，在他最后一次和你说话时，这个年轻的格利德表明他对无遗嘱死亡的法律一无所知——不知道如果有一个合法婚生的孩子，那个私生子根本就没有身份。他在割断母亲喉咙后打了一页纸，再插进去，为了确保当局永远不会再去调查除了他之外的其他直系血亲。"

"对，"奈杰尔缓慢地说，"那似乎是非常可信的。但是，你忘记了这个凶手对打字稿做的其他事了吗？"

"我什么也没忘记，"赖特费劲地回答，"你在想擦去大写字母'G'的事吧？瞧，想象你是西普里安·格利德。你谋杀了你的母亲，你抽出了暴露真相的那页纸，换上了你才打好的假稿页。你快速翻阅了几页打字稿，突然看到了自己名字的缩写。"

"但是——"

"处于那种心态时，他可能很容易把'G'看作是'C'，代表西普里安。他当时太匆忙了，急于逃离——根本没时间研究那个大写字母的含义。这个字母在纸上凸显出来，指向他，就像他死去母亲的手指。所以，他就匆忙地把它擦掉了事。"

"你可真是个富有想象的人，督察。"克莱尔说着，微微颤抖了一下。

"是的，"奈杰尔说道，"我倒没有想到过那种可能性。"

赖特督察此刻大致说了一下他的下一步打算。西普里安·格利德处于严密监视之下，这个下午，赖特又一次讯问了他，但没有提及苏珊·琼斯的证词。格利德否认最近购买过粗呢连帽风雪大衣或者旅行包。赖特的团队带着这个年轻人的照片，加强努力，去追踪他的购买记录，还有那把割喉的剃须刀。迄今为止向公众呼吁尚未获得有价值的线索，但是，既然苏珊·琼斯的证词缩小了时间范围，明天的报纸上会再次刊出呼吁，基于一个可能性，即凶手离开出版公司办公楼五分钟后，大约 5 点 45 分，在亨格福德大桥上扔下了旅行包。这已经确定了那个身穿粗呢连帽风雪大衣的人不是善意的来访者。

"我感到迷惑不解的是，"此刻奈杰尔插话说道，"他居然会依然穿着苏珊看到他时的大衣，那件大衣肯定是血迹斑斑了。不可否认的是，员工在星期五下午 5 点 40 分都已经离开了，但仍有无意中遇到某个合伙人的风险。为什么他在离开迈尔斯小姐的办公室前，不先脱下粗呢连帽风雪大衣，放进旅行包呢？"

"很可能忘记了，最后神经崩溃了，只想离开那个办公室，越快越好。"

"你的意思是他走到街上时浑身沾满了血迹？"

"他完全可以在通过了旋转门后，先脱了大衣，收藏起来，然后再打开靠街的边门。"赖特督察用炽热的目光盯着奈杰尔的眼睛，"从来不满意，是吧，直到你能详细了解细节。"

奈杰尔耸了耸肩。"我期望你是对的，但我仍然对那件粗呢连帽风雪大衣的事感到迷惑。他干的一切都是按照预谋进行的。还有苏珊看到的事，或者更确切地说是她的一面之词。你做了某种无意识的附和，就在几分钟之前。"他停下不说了，一副很出神的样子。

"探案大师被迷案难倒了。"克莱尔评论道。

"有时，制服能成为最好的伪装。还记得英国作家切斯特顿那个有关邮递员的故事吗？但这次会以相反的方式起作用——一个凶手想要被人看见。啊,是啊。"奈杰尔猛然转向督察,"你考虑过亚瑟·杰拉尔丁,这个深藏不露的人吗?"

"那么,我们从哪里下手?"

奈杰尔描述了他在午饭后讯问高级合伙人的情况。假定米利森特·迈尔斯原先对布莱恩太太说的那件事是真的话,假定年轻的杰拉尔丁确实试图强奸那个非常成熟的女学生,那么,杰拉尔丁说,为了那套罗金汉姆瓷器的买卖而发生的"激烈争吵",实际上很可能就是因为他对米利森特的邪恶企图而引起的。她父亲可能同意不再追究,拿钱了事。因此,一年之后,尽管他还没找到另一份工作,斯蒂芬却觉得他生活得很舒适。假如没有后者的书面供认,迈尔斯先生无法胁迫年轻的杰拉尔丁,所以迈尔斯先生对此事闭口不谈,回报是每年得到一笔钱,而那份书面供认就是一个抵押品。迈尔斯先生在他妻子去世几年后也去世了,这份书面供认会交到他女儿的手中。那时,她很富裕。但近来,由于她的书不流行了,也许她想再次拿出这份文件,用它去搞些钱?

"这是个可笑的想法,"赖特温和地说,"一个年轻的小伙也许会被这种恫吓骗了,但杰拉尔丁现在不是一个幼稚的青年了。假如迈尔斯小姐威胁他,他会直接去找警察,他知道如今在审判这类敲诈勒索案时,原告的名字是不会被提及的。"

"理论上来讲没问题,但现实是,他不可能确定自己的名字不会被曝光。而作为一个令人尊敬的出版商,其名声在这种丑闻里也就荡然无存了——不用说还有一份书面供认呢。"

"好吧，"督察调侃地说道，"所以他谋杀了她，来堵住她的嘴。那么，那份文件——书面供认在哪里呢？她留下的各种文件里肯定没有。但假如她上星期五带着这份文件去办公室，和他谈判的话？可别告诉我说，他必须先割了她的喉咙，才能拿走文件。或者换个做法，他会从她那里买下来，但这样谋杀就是浪费时间了。"

奈杰尔做了个认输的手势。今晚鼻窦炎发作得厉害，让他变得有点迟钝了。他从口袋里掏出了一瓶滴鼻药水，在喷管里注满药水后，拧开了盖子，把瓶子放在他身旁的地上。克莱尔从沙发上站起身来，给奈杰尔腾出地方，使他完全躺在沙发上，让脑袋在沙发边缘垂下去。就在这么做的时候，她的脚碰到了瓶子，瓶子倒了。

"哦，该死，奈杰尔，为什么你总是把东西放在地上？"

"对不起，亲爱的。"

"药水都流到小地毯上了。"克莱尔找出一块旧布条，然后弯下腰去擦药水。"奈杰尔！"

"怎么了？"奈杰尔手拿着装满药水的喷管，一下子坐直了。克莱尔僵住了，指着地毯上的水迹，那里有一股纤细、凶险的烟雾正在升起。下一刻，她就用脚去踩这处水迹，仿佛这是一条毒蛇——她踩了又踩，直到赖特督察把她拉开。原本黑色的地毯上，药水溅出的地方正在变成深棕色。督察睁大了眼睛，仔细打量着。

"啊，是硫酸液。"

"什么？"克莱尔瞪着瓶子，呆住了。她弯下腰，似乎是要去捡起来。

"不,别碰它!"赖特严厉地说,"斯特雷奇威先生,把那个喷管给我。"

克莱尔一阵晕眩,脸色白如死灰。

"哦,奈杰尔!你——"

"没事了,宝贝。"奈杰尔拿起那个喷管,依然是满的,让她看看,然后递给了赖特。

"我总是碰翻东西。"克莱尔呜咽着,一阵茫然。

"你给斯特雷奇威先生带来好运了。"

克莱尔僵直的脸色变得柔和起来。她崩溃了,一下子倒进了奈杰尔的怀里,有点不相信地盯着他看,用她的手指抚摸着他的脸颊,仿佛是让自己确信他还在。

"会发生什么事?"她的声音颤抖,轻得几乎听不到了。

"哦,一个装满硫酸的喷管,喷进了鼻窦里——"

克莱尔用她颤抖着的手遮住奈杰尔的嘴,眼泪直流。

当她镇静一点后,赖特督察惯常地问起了问题。

"我不知道,"奈杰尔说道,"普罗瑟罗和杰拉尔丁今天都曾保管过这个瓶子,我把它忘在——不,我真是个傻瓜!这件事把我弄糊涂了。今晚我滴完了旧的那瓶,就从我的药柜里重新拿了一瓶,然后就来了。"

克莱尔在他怀里剧烈地颤抖着。

"谁能接近你的药柜?"赖特问道。

"哦,药柜在厕所里。"奈杰尔皱起了眉头,"有天晚上,西普里安·格利德来见我,他问我能不能用一下厕所。我的天哪,他就——"

奈杰尔猛然住口,他不想再把克莱尔吓坏了,所以就忍住没有重复格利德那次说的最后一句话:"我完事了就自己回去了,你很可能不会再见到我了。"

第十五章

接近真相

"但为什么他要干如此邪恶无耻、凶险恶毒的事?这就是你期望的一个——一个堕落的孩子。"

"他是个堕落的孩子,这种行为是纯粹的邪恶。在那个夜晚他来我家前,我有一两次深深地损伤了他的虚荣心,当时我毫不留情地抨击了他。我得说,我没有责怪他——"

"哦,胡说,亲爱的。别那么仁慈和善解人意,我真想把他放在文火上慢慢地烤。"

第二天早晨,克莱尔和奈杰尔正在吃早餐,克莱尔的眼睛下还有阴影，乌黑的长发散发出迷人的光泽。她对着奈杰尔恍如梦境地笑了笑，随后又恢复了孤傲的神色，这种飘忽不定的气质在他们第一次相遇时就迷住了他。

"我希望你能保持这种拯救我生命的习惯，已经两次了。"

克莱尔俯下身来，吻住他的嘴，久久不放。

"知道你是什么吗？黑猫和白色山茶花的混合体。"奈杰尔说。

"每当你靠近我，都让我颤抖。现在依然如此。"

"那是好事，对吗？"

"绝妙的事。"克莱尔站起来，坐回到餐桌对面的椅子上，"我觉得自己就像一个康复期的人，全身虚弱，可又感觉好奇。瞧，太阳出来了。"

"忙碌的老傻瓜。"

"他会发生什么事？"

"哦，赖特会追查格利德从哪里搞来的那东西，然后把他抓起来，罪名是试图严重伤害他人，怎么说都行。"

克莱尔·马辛杰拿起一大块黏土，开始用她短小却强壮的手指捏起来。

"没有责任感，"奈杰尔继续说道，"这就是格利德的问题所在。无法或拒绝考虑某个行为的全部后果。他母亲也是这个德行，但她还算有点本事，多多少少地能够保持不翻船。"

"我知道有个孩子，她在私人车道两旁系了一根金属线，要趁她的女家庭教师在黑暗中骑车回来时割了她的脑袋。"

"我希望你为此被狠狠地揍了一顿。"

克莱尔脸红得更妩媚了。"我可没说过那个孩子是——哦,好吧,是的,我挨揍了。幸亏在她回来时金属线松掉了,是我自己没系好,所以只是卷进了她的车前轮。但我父母把意图与行为混为一谈,他们是这么说的。"

"怎么会想起这个可怕的回忆?"

"问题是,我没有拿刀子戳那个女家庭教师,也没有把她从悬崖边推下去,可我在尝试远距离的谋杀。我是说,一般孩子没有这种想象,可我很得意地想象那金属线会割掉她的脑袋,但在某种意义上来说,我并不相信它真的会发生,这就像一个实验,其他人肯定会在发生危险之前就住手了。孩子的想象就是那么有限。"

奈杰尔全神贯注地看着她。她心不在焉地捏的那块黏土有了马的雏形。"缺乏现实感,是吗?"

"我觉得很奇怪,"克莱尔的语调轻松高昂,"这个家伙制定了远距离延迟谋杀你的行动,他居然也会直接走到他母亲面前,割断她的喉咙?假如真有可能的话,我倒觉得他会用毒药害死母亲。但是,也许我们对他的分析全错了。"

"也许吧。"奈杰尔说着,朝她含糊其词地看了一眼。

半小时之后,奈杰尔回到了自己家。他发现有个电话留言,是莉兹·温汉姆的,请他立即去见她,她整个上午都在家。

温汉姆小姐接待他的房间里摆满了书,还有各种小装饰品。她身材矮胖,穿了一套花呢服装,不怎么合身;她眼睛明亮,行事果断,很像某个维多利亚时期的才女，或者某个北部乡村家族的一员。该家族有着和蔼友善的传统，也许是友善多于和蔼吧，颇似一个伟大的才智王朝，在这卑鄙的现代社会里依旧保持着诚挚，些许的学术氛围，自信的道德风尚，以及持续不断的良好精神状态，所有这一切，均继承于其精力旺盛的祖先。

她自己就坐在一个沉重的阅读架背后，奈杰尔立刻就确信它属于著名的詹姆斯·温汉姆。实际上，如果说西普里安·格利德的房间是一座半途而废的坟墓，那么，这个房间则是一个圆满的博物馆：家具，照片，各类装饰品，尤其是那些书籍，无疑是由他们那些成名的作者签了名，并附上了献词，感谢温汉姆王朝的。所有这一切均给予人们一种厚实稳固的印象，宏伟壮丽，绝非洋洋自得。

"嗯，斯特雷奇威先生，这种混乱状态什么时候能够结束？"莉兹·温汉姆开门见山地问道。

"我想，再过几天吧。"

"警方确信他们知道了凶手的身份？"

"是，是的，我相信他们。"

"但你仍未确信吧？"

"这不是我的分内事，我只关注诽谤案的事。"

莉兹·温汉姆的灰色眼睛闪烁着冷峻的神色。"来，来吧，斯特雷奇威先生，我们就别拐弯抹角地说话了。"

"嗯，好吧。西普里安·格利德有动机和机会，还有，他或者某个与他极其相似的人，被人看见在谋杀发生的那晚于 5 点 40 分离开了办公大楼。"

"这我倒是第一次知道。"莉兹马上回应。她的语音里有着某种充实感,暗示奈杰尔这可是个好消息。他把苏珊的话稍加调整后告诉了她。

"我得找那个女孩谈谈了。她去包装间干什么?我猜是搂搂抱抱吧。"搂搂抱抱在她看来,可能相当于巴比伦式的纵欲狂欢,温汉姆小姐的语气听上去就是如此。

"如今称之为'搂脖子接吻'。"奈杰尔忍不住说道。

"是吗?这个词太不合适了!但我请你来此并不是讨论色情词汇的。"莉兹·温汉姆直视着他,"你现在已经明白了,温汉姆-杰拉尔丁公司对我意味着一切,我会不遗余力地去维护公司的良好声誉。"莉兹·温汉姆用拳头敲击着自己的膝部来强调她的话语,灰色的眼睛中透出一种几乎狂热的神色。

"哎呀,"奈杰尔微笑着对她说,"你打算让我隐瞒证据吧。"

莉兹脸色变得通红,但毫无怨愤地回答说:"不是关于,关于迈尔斯小姐的死亡。"她又攥起了拳头,"昨天夜里,亚瑟·杰拉尔丁对我做了非同寻常的忏悔。我得到他的许可,向你转告概要。他觉得难以……"莉兹看上去不太自在,"直接面对你谈论此事。我理解你已经对他挑明了此事。"

"有关他在米利森特·迈尔斯还是个女学生时企图强奸她的事?"

莉兹·温汉姆对这直截了当的说法有些畏惧,但仍继续说道:"你说的事实大致正确,但你的理解不对。亚瑟向我保证说,那是女孩和她父亲设计的骗局,虽然他当时没有识破这一点。那女孩主动引诱他,让他情难自禁,此时那个父亲就闯入房间,惊吓了他们。"

"哦,这倒确实是这个故事的新视角了。"

"难道你不相信吗?这种事经常发生,尽管也许没有某个女学生作为内应。亚瑟那时年轻,毫无经验,你知道的,他也没有多少骨气。不管怎么说,他被迫签署了书面供认,所以他就向她父亲支付了几年的封口费,直到迈尔斯先生去世为止。"

"然后,他女儿接管下来了?"

"不,那不太可能。"莉兹·温汉姆继续说,根据亚瑟·杰拉尔丁自己的叙述,他没有受到迈尔斯小姐的敲诈。当公司接受了她的时候,他给予她优惠待遇,部分原因是她算是一个有利可图的作者,而且能通过她在文学界的众多人脉帮助到公司;而另外一部分原因,如同他对莉兹承认的,则是出于他担心她翻旧账。但事实上,她从来没有提起过此事,或是她父亲威逼他写下"供认"的事。他现在推测迈尔斯先生死后,那份文件就已经被销毁了。

"所以,你看,"莉兹朝奈杰尔挑战似的瞥了一眼,总结说,"那是个可悲的故事,没有比这更糟的了。我相信你会保守秘密的。"

"赖特督察和我当然不会公开此事,但我们没法阻止此事出现在法庭上,假如杰拉尔丁先生被指控的话——"

"但你必须看到,"莉兹不耐烦地叫了起来,"他没有可能的动机。"

"他对你所说的一切是真实的吗?我们只是听到了他的一面之词,或者不如说,是你的说法。"

"你在暗指我杜撰了这个故事？"

"你刚才说过，你会不遗余力地去维护公司的良好声誉。请等一下！你对我说了这一切，对我来说，听上去足够令人信服，但这无法使你的合伙人摆脱所有的嫌疑。"

"但西普里安·格利德被人看到——"

"被人看到的那个人身穿粗呢连帽风雪大衣，头戴黑帽，留有胡须。一个个子矮小的人。杰拉尔丁先生，莱尔，普罗瑟罗，个子都不高。就此而言，你的个子也不高。迈尔斯小姐的血迹里留下的脚印表明，凶手穿着10号尺码的套鞋，你们这些人的脚都不大，你们都能连鞋子一起穿进那双套鞋。"

奈杰尔说话时眼睛紧紧地盯着莉兹·温汉姆，在说到某一点时，他注意到，她整个表情都变了，使她看上去很脆弱，几乎是无助的。

"但斯蒂芬早在5点40分之前就离开了办公楼，我觉得那是既成事实吧。"她说的话听上去不像陈述，倒像是恳求。

"噢，是的，他是的，"奈杰尔一阵沉默，"他住的那个寓所太漂亮了，我毫不惊奇他难得离开。"

莉兹显得对这变换的话题困惑不解。

"你认识上个周末和他在一起的人吗？"奈杰尔问道。

"是的，那人的丈夫是我们的一个作者。"

"是普罗瑟罗先生的亲密朋友？"

"我没法说有多亲密，但我相信，不管他什么时候去找那个朋友，他永远都是受欢迎的。"

"所以,他一次也没去过那个朋友家,直到上个周末才第一次去?"

"斯特雷奇威先生!我不喜欢拐弯抹角,我也不喜欢闲聊,"莉兹·温汉姆突然勃然大怒,她那矮胖的身体僵直了,"最好还是直接去问普罗瑟罗先生这些问题吧。"

不,奈杰尔心中暗想,温汉姆-杰拉尔丁公司对你并没有意味着一切。他说道:"很抱歉,我的心思总是偏离正题。在谋杀案调查中,直接的路径并非总是最有效的。"

"但你只关心诽谤案,你刚才自己说的。"

"我认为,现在倒是你说话模棱两可了。此外,这个诽谤案可能与谋杀案有关联。"奈杰尔又停了一下,"斯蒂芬·普罗瑟罗对你谈起过他的弟弟——彼得吗?"

"那个传教士?没有。他多年前就死了,是不是?斯蒂芬对他的私生活总是缄口不谈的。"

"所以,你并不知道是什么促成了《烈火与灰烬》的创作?"

"一个诗人创作了它。"温汉姆小姐直截了当地回答说。

"但不是凭空写出来的,在他当时那个年纪,没人能够想象出如此赤裸裸的体验。"

"他对痛苦有巨大的感受能力,毫无疑问。"

"但不是描写出来的能力,不会再如此了。告诉我,"奈杰尔继续说道,"这些天来巴慈尔·莱尔怎样了?"

"他似乎好点了,"莉兹冷冷地回答,"你和他谈过,是吗?"

"是的,他苦恼不堪——总觉得也许是他在一阵突发的头脑混乱中杀死了迈尔斯小姐。"

"恐怕他不是一个情绪稳定的人。战争的缘故,你知道的。"莉兹·温汉姆目光游移,漫不经心地说道,"倒不是说他工作不出色,我们接纳他做合伙人时是有点像赌博,但这么做是有正当理由的。可他和那个女人搅和在一起,真是太可惜了。一阵突发的头脑混乱,你是这么说吗?"

"是这么说的,所以他感到害怕。"

莉兹·温汉姆表示出不想再谈下去了——不耐烦的迹象如此明显,于是奈杰尔便告辞出去了。但他在客厅门外稍做停留,就听到温汉姆小姐拨了个电话号码,立刻说:"斯蒂芬吗?我是莉兹。能和我一起吃午饭吗?在家里?"她的声音陷入了某种极其紧迫的情感中,变得很陌生。奈杰尔沿着大街走着,心想,她是个十分聪明的女人,但又不知何故,还十分诚实。

同一天下午的晚些时候,赖特督察给待在家里的奈杰尔打电话,列队辨认嫌疑人的结果是否定的。他说,苏珊认为她辨认出西普里安·格利德就是她看到的那个离开办公楼的人,但她没准备在法庭上宣誓做证。在另一方面,硫酸液的来源已经追查到了——西普里安·格利德有个朋友在一家化工厂里工作,向他提供了硫酸液。面对这个证据,西普里安"装聋作哑",赖特这么说道——他拒绝在没有律师意见的情况下做任何陈述,于是自然就受到指控,并遭到逮捕。向公众呼吁后,至今没有找到警方假设的亨格福德大桥事件的目击证人,这就证实了赖特督察的观点,即伦敦人都是不太关注周围情况的。警方追查不到最近西普里安·格利德购买旅行包、粗呢连帽风雪大衣，还有剃须刀的记录。

"你肯定是在这上面浪费时间了。他从来就不会穿着他平时的衣服进入温汉姆–杰拉尔丁公司的，假如他打算谋杀的话，他会做些伪装。"奈杰尔说。

"当然，我们还在调查购买轻雨衣的情况。"

"轻雨衣？"奈杰尔吃了一惊。

"是的，就是那种可以卷得非常小，很容易放进旅行包里的雨衣，大尺寸的雨衣。"

"哦，我明白了。你的意思是说，他会穿在粗呢连帽风雪大衣外面，防止溅到血迹，完事以后立即卷起来处理掉。"

"是的。他有一件旧雨衣，但上面没有血迹的痕迹，所以我们就在寻找有没有新的雨衣。"

"你把什么事都想到了。"

"我是拿薪水当差的，斯特雷奇威先生。"

"但你想到过那顶帽子吗？宽边黑帽？在这个国家里，很少有人戴这种帽子。那可是暴露真面貌的东西！"

"也许他买不起新帽子，还有新雨衣，他身无分文——"

"哦，胡说！任何人都可以偷一顶帽子的。"

"但他知道在下午 5 点 30 分之后，办公楼里几乎都空了。不管怎么说，他能肯定顶楼或底楼没人，他乘的电梯经过了那几位合伙人办公的楼层。"

"那么，边门的钥匙呢？"

"哎呀，如果我们能在这事上追踪到他，那就胜券在握了。我已经又批评过米里亚姆·桑德斯了。顺便提一句，在告诉她格利德想对你下毒手的事之后，她终于对年轻的格利德不抱幻想了。但她发誓她从来没把钥匙借给他，我相信她。他知道钥匙放在哪里，而钥匙失踪的那天他就在公司。我毫不怀疑，他在分散了她的注意时偷走了钥匙。"

星期天过去了，没什么事发生。星期一上午 10 点 30 分，斯特雷奇威早餐后还在消食，同时阅读着一份格伦加斯警局的报告，这是赖特派专人给他送来的。正在此时，电话铃响了，是亚瑟·杰拉尔丁打来的。他语调低沉，仿佛是对奈杰尔表示丧亲慰问似的，他说刚刚在办公楼里发生了一个极为不幸的事件，问奈杰尔能否拨冗立刻前来。

"什么？发生了什么事？"奈杰尔问道，差不多要期待公司里又发生一起死亡事件了。

"那，嗯，那个凶器找到了。一把剃须刀。这让我处于非常难堪的处境，所以，我第一个给你打电话。"

难堪的处境，确实如此！奈杰尔坐着出租车向东疾驶，心里想想就火冒三丈：我敢打赌，知道那把剃须刀是在哪里找到的。

奈杰尔原本就会赌赢的。就在杰拉尔丁打电话之前的五分钟，他的秘书走进了巴慈尔·莱尔的办公室。

"杰拉尔丁先生想在推销会之前再看看《阿斯顿回忆录》的相关

文档，莱尔先生。"她说。

"从来没听说过。"莱尔粗暴地回答。

"就在顶层的架子上。假如我站在您的椅子上——"

莱尔搬出了椅子。这女孩站了上去，办公桌后的书架顶层上有一排积满灰尘的文件盒，她伸手去取。她取出了一个，打开了，抽出了一个硬纸板文件夹，正当她要把文件盒放回原处时，从文件夹里滑出了一件物品，"哐当"一声掉在办公桌上，仿佛是有一根无形的线系着它，悬挂在巴兹尔·莱尔的头顶上好多天了，现在那根线终于因磨损拉断掉下来了。

办公桌上，躺着那把沉重的割喉剃须刀。刀子已经震动弹开了，刀刃连接手柄处有一处棕红色的小斑点。巴兹尔·莱尔眼睛直瞪着它。秘书直瞪着他。他的脸部一侧痉挛抽搐着，就像中风患者发作时的样子。

"哎呀，莱尔先生，究竟是什么——"

"忙你的事，把文档拿去给杰拉尔丁先生。你还在等什么？"莱尔的声音平静得毫无生气，"还有这个，"当女孩从椅子上爬下来时，他指指那把剃须刀，补充说着，"不！别用你的手直接拿。你太高雅了，从来不读侦探小说吧？来，用我的手帕包着它。告诉杰拉尔丁先生是在哪里发现的，别让他的手指碰到。是的，血迹看起来确实像铁锈色了，是吗？没关系。"

莱尔不自然的镇定崩溃了，他爆发出一阵狂笑，吓得那女孩赶紧逃离了办公室……

奈杰尔到达后就得知了这些情况。亚瑟·杰拉尔丁的秘书,说了事情经过后就离开了。高级合伙人和莉兹·温汉姆偷偷地瞥了奈杰尔一眼,他那灰蓝色的眼睛里有某种神色,让他们感觉很不自在。如果他们知道,这双眼睛里正在升腾起一阵冷漠狂怒的愤慨的话,他们会感到更不自在了。

"是谁要求看这个文档的?"他简略地问了一句。

"今天上午,我们要讨论如何推销即将出版的回忆录,"杰拉尔丁说道,"所以我们再次回想了一下我们在几年之前为类似题材的书籍所做的促销活动。"

"是的,是的,但究竟是谁想到要看看《阿斯顿回忆录》的文档的?"

"嗯,事实上,我想是温汉姆小姐建议——"

"你给警方打电话了吗?"

"没有,我想最好——"

"那么现在就打吧,立刻。"

杰拉尔丁在打电话时,奈杰尔就在高级合伙人的办公桌上打开了用手帕包裹的剃须刀,仔细察看。

"一把老式的剃须刀,是吗,温汉姆小姐?非常完整,甚至连血迹也是如此。富有启发性。现在,温汉姆 - 杰拉尔丁公司就能在以后幸运地生存下去了。"

莉兹·温汉姆明亮的灰色眼睛犹如水流冲击下的鹅卵石,摇曳不定。她的脸色紧绷,神情倔强,像某个干了坏事被逮住的孩子似的。

"督察已在路上了。"杰拉尔丁宣布说。

"就让死人去埋葬他们的死亡吧①。谁和莱尔在一起?普罗瑟罗?"

"说真的,斯特雷奇威先生!"莉兹抗议说,"你指望我们去软禁他吗?"

奈杰尔的愤怒终于爆发了。"上帝在天堂里看着呢!谁说过要逮捕?你的意思是告诉我,你们两个就让他一人苦思冥想此事?你们都知道他现在的精神状态如何?你们都只想着净利润,不关心别的吗?"

奈杰尔一把抓起了包在手帕里的剃须刀,沿着走廊奔向巴慈尔·莱尔的办公室。

年轻人正坐在办公桌后,脸色苍白,静止不动,就像一具死尸一般。奈杰尔进来时,他举起了双手,手腕交叉,仿佛是铐上了手铐,然后任由双手掉在桌上。

"我以为你是警察呢,他们来得还真慢啊。"

"醒醒吧,莱尔。"

"肯定是我干的。难道你没看到?这就证明了。"莱尔的下巴又低垂到胸前了,他的声音没精打采,极度沮丧。奈杰尔抓住他的肩膀,使劲地摇晃着他,逼迫他抬头看看。

"这证明个鬼,哼,看看这该死的东西!不,看看它吧!"奈杰尔打开了手帕,把剃须刀放在办公桌上,"你知道什么是警方搜

---

① 出自《圣经》。原文为"Let the dead bury their dead",比喻割舍旧情,抛弃往事。

查？他们在一星期前搜查了整个大楼，你真的认为他们会错过这样的东西？"

"你的意思是——"

"我的意思是，这把剃须刀是在警方搜查后放进文件盒的，是在昨天或者星期六下午放的。"

"是凶手放的？"莱尔问道，他注视着，明显地恢复了活力。

"那不是凶手使用的凶器。"

"但是那血迹——"

"任何人都能抽点血出来，这是我们都拥有的东西。"

"嗯，这可难住我了。看在上帝的分上，这是谁的剃须刀？"

"我不太肯定，但我认为我们会发现它属于一个死人。"

第十六章

最终证据

"哦,对了,"奈杰尔说,"西普里安·格利德已经被捕了,这算是我自己的一个小实验。他们称之为'再现犯罪案情',只是为了计算出犯罪时间的安排。"

奈杰尔再次瞥了一眼手表。斯蒂芬·普罗瑟罗和巴慈尔·莱尔交换了一下不自然的窘迫眼神,就像是从观众中请上台来协助魔术师的两个人。三个人就这么待在温汉姆-杰拉尔丁公司普罗瑟罗的办公室里,此时是星期一下午的晚些时候。

"员工分成两拨离开办公楼,"奈杰尔说道,"第一拨人是在下午

5点，第二拨人在下午5点30分。还有十分钟，第二拨人要出来了。我们开始吧。"

他拿起了放在地上的一只鼓鼓囊囊的旅行包，带着另外两人走出了办公室。他们乘电梯到达底层。

"边门在下午5点30分之前都是闩着的，对吗？"

"对的。"斯蒂芬说。

奈杰尔穿过旋转门，拉开了边门的门闩，此门通向大街。随后，奈杰尔身后跟着两个同伴，转身回来，走过接待室，再从大门出去，米里亚姆·桑德斯好奇地看着他们。

"我是凶手，"他说，"仔细观察我做的一切，别问不必要的问题。"

他掏出一把钥匙，打开了边门。就在边门和旋转门之间的空距里，他迅速从包里取出了一件粗呢连帽风雪大衣，一顶黑色的大帽子，穿戴好之后，透过旋转门张望了一下，随后冲到电梯前，那只有几步路而已。

"你们要想象我有胡须。"他说。

"但他怎么知道电梯正好停在底楼？"莱尔问道。

"碰碰运气，或者大概是把门顶住，不让它关闭。"

"但是——"

"我们到了。跟着我，别挡路。记住，迈尔斯小姐在等一个访客。"

奈杰尔匆忙地走下走廊，经过了斯蒂芬的办公室，到了隔壁办公室。到目前为止，他们没有遇到一个人。正当他走进米利森特·迈尔斯的办公室时，一个同伴急剧地呼气，就像一只猫发出的"呼噜呼噜"声，因为房间里灯亮着，一个女人坐在办公桌旁，正在打字，她背对着门。

"看在上帝的分上！"巴慈尔·莱尔叫了一声。

"闭嘴！我转动钥匙，站在我背后。我放下了包。迈尔斯小姐没回头看，她在等我，我跨上了一大步。"

奈杰尔从口袋里抽出一条手帕，一下子塞进了打字机前的女人嘴里，捂住了她吃惊的叫声，同时，把她的椅子往后倾斜，这样她的头部往后一仰，露出了她的喉部。她的脚开始蹬踢办公桌，他把椅子拖离了办公桌，拿出一把想象的凶器，往她的脖子上一抹。

"当然，我应该戴着手套的，"他说道，"你们会注意到，我从背后夹住她，她就完全无助了。还有，我避免血液从我左臂下之外的其他地方喷射出来，因为我的左臂夹住了她的双臂和身体。"

斯蒂芬·普罗瑟罗猛烈地颤抖着。奈杰尔冷静的解说语调就像一个外科医生那样，在手术时对实习医生进行现场解说。斯蒂芬的背紧靠在墙上，仿佛他在试图强迫自己穿过墙壁似的，巴慈尔·莱尔瞪眼怒视着这个场面。

"我进来之后，只要十秒钟左右，受害者就死了。警方的再现表明此案就是这样进行的。你们必须想象，随着我移动到下一个阶段，我的前臂上，还有地上，都是血迹。"

奈杰尔稍稍离开椅子站着，把椅子及其上面的女人一起放倒，直到椅背放到了地上。他从女人的两腋下抓住她，把她拖离椅子，拖到房间的一个角落里，她就躺在那里，她的黑发散乱在布满灰尘的地上。

"我应该穿上套鞋的,"奈杰尔说道,"凶手穿了套鞋,套在他自己的鞋子上,就在进门前的某个时间段里穿的,可能在电梯里。"

奈杰尔从口袋里掏出了一根 U 型钉子,从办公桌上拿起了一把乌木尺敲打几下,就把推拉窗固定住了。

"门锁上了。窗子固定好关着。现在,我脱下沾有血迹的手套,换了一副。"奈杰尔把这些动作演示了一番,然后,把椅子扶起来,坐在打字机前。

"椅子上有血迹,但粗呢连帽风雪大衣是消耗品——不管怎么说,我在匆忙行事。"

斯蒂芬向他俯身轻声问道:"所有这些可怕的细节都有必要重演吗?我觉得巴慈尔快要受不了了。"

奈杰尔没做回答,他从打字机里抽出了那页纸,又塞进去一张,开始打字。

"我在打字,照抄这个凶手打出来插进受害者自传里的那页。在这里,我的时间计算可能会出点偏差。我不知道他能打得多快,但是,我们假定他早已把要打的内容默记在心里了。过几分钟,我们再核对一下时间吧,那时下午 5 点 30 分离开办公楼的人开始动身了。苏珊当时经过门口时就听到了打字声。"

奈杰尔毫无感情,用几乎是学究气的口吻烘托了场面的非真实性气氛——非真实性的焦点便是那个四肢摊开背朝下、躺在角落里的女人,斯蒂芬和巴慈尔两人的眼睛忍不住地不时回头看看,巴慈尔显露出震惊恐怖的眼神,而斯蒂芬的眼神里则是困惑不解。

一阵混乱的开门声和脚步经过的嘈杂声。已到了 5 点 30 分。

"这是让凶手惊恐不安的时刻,"奈杰尔评论道,"但那晚这个楼面上几乎每个人离开办公楼都早了一点……对了,我打完这页纸,取代了自传里相关的那页——我敢说,我们将永远无法知道那页纸上的内容,但我们能肯定那页纸提供了凶手身份的线索。好吧,但我依然不太高兴。我的直觉告诉我,自从我最后一次读到打字稿以来,我的受害者可能无意中在自传里穿插着对我不利的证明。所以我又一页一页地翻回去——我只需要担心那个描述她年轻时期的章节。我看到,在页面的边缘空白处有个铅笔写的大写字母。这可能是大写的'G'或者'C',这可把我吓了一跳,我就把它擦掉了。"

"'G'?代表格利德?"莱尔冷漠刺耳地低声说道,"但她不会——"

"这不会指格利德,或者西普里安,他要到十年之后才出生呢。"奈杰尔说。

"试试'G'指杰拉尔丁吧。"斯蒂芬建议。

巴慈尔·莱尔注视着他,有点捉摸不透。

"我很满意,页面空白处没有再出现指向我的参照符号了。"奈杰尔重新开口说道,"现在到了一个令人非常厌恶的节点,这是凶手犯了两个错误的地方。"

他端起了打字机,放在地上那女人的身旁。他拿起她松弛的手指,擦拭一下每根手指,然后,在擦干净打字机的键盘后,拿着她的手指在每个键盘上按了一下。

"你看出什么地方有问题了？"他目光锐利地看着莱尔。

"嗯——没有。"

"她是个善于盲打的打字员，我把她的手指放错键了。现在，我要犯第二个错误，我把打字机放回桌子上，把受害人受到我惊吓时正在打字的那页放进去，但我没有把纸摆放恰当。这就是警方首先怀疑凶手打过字的原因，对他可是个致命的疏忽。"

奈杰尔接着把固定住推拉窗的 U 型钉子取下了，在慢慢地环视了一下房间后，他说道："哦，这里的一切都干完了。几点了？5 点 42 分。我们稍微晚了一点——那个凶手被人看见在 5 点 40 分离开大楼。来吧。"

"但是——"

"哦，对了，套鞋。他很可能就在门口脱下套鞋，放进了旅行包里。"

"但是，看在上帝的分上！"巴慈尔·莱尔叫了起来，指着躺在角落里的女人，她两眼闭着，呼吸平稳，苍白的脸旁散乱着黑发。"她是谁？"

"哦，她是我的模特。"

"不给我们介绍一下吗？"斯蒂芬说。

"没时间了，来吧。"在门口，奈杰尔说道，"非常感谢你，克莱尔，结束了，一会儿见。"

他们乘电梯下楼了。当他们经过旋转门时，奈杰尔说道："就在此处，那个凶手被人看见了，头戴黑帽，身穿粗呢连帽风雪大衣。毫无疑问，在他身后的旋转门关上后，他就脱下衣帽，放进了旅行包里。"

在旋转门狭窄的空间里，奈杰尔把粗呢连帽风雪大衣放进旅行包时推撞到了另外两人。斯蒂芬·普罗瑟罗看起来焦虑不安但又兴致勃勃，巴慈尔显得有点神情恍惚。他们走进了安吉尔大街，加入城市工人们的人流之中，朝堤岸花园走去，就像一条河流的支流那样蜿蜒曲折地流向泰晤士河。他们经过了查令十字街地铁车站，爬上台阶，上了亨格福德大桥的北端。奈杰尔的同伴有点难以跟上他大步前进的速度，他漫不经心地走动着，这让他们感到有点害怕。然后，巴慈尔·莱尔打破了沉默："你的意思是西普里安·格利德穿着他平时的衣服，走进了办公大楼，然后——然后就干了那一切？"

"'平时的衣服'？你指望凶手会穿奇装异服？"奈杰尔严厉地回答。

"我从来就没想过他有这个胆量。"

奈杰尔突然停下了脚步——他们现在已穿过了大桥一半的距离——他若有所思地凝视着这两个同伴。

"完全的仇恨就能驱除恐惧。"他说。

斯蒂芬·普罗瑟罗细长的眼睛盯着奈杰尔好一会儿，他们三人靠近了，一起走到了大桥的栏杆边，以便让那匆忙赶路的上下班人流通过。

"你为什么请我们观看这次的犯罪现场再现？"斯蒂芬鱼嘴似的嘴巴谨慎地说出了这句话，"我的意思是说，你完全可以靠自己计算出时间的。"

"我以为你会感兴趣的。"奈杰尔冷冰冰地回答。他转向了河面，大桥上的弧光灯照射在他的背后。堤岸上照出的灯光在桥下流动的河水上仿佛画出了象形文字,壳牌-麦克斯大厦和节庆大厅的灯光隔着泰晤士河交相辉映,一列火车"隆隆"地驶上了大桥,车轮发出的"咔嗒咔嗒"声久久回荡着。火车开走了,奈杰尔的手原本就越过了栏杆,一直拎着旅行包,此刻他松开了手,旅行包掉下去,消失不见了。

"你们看到了吗?没人会注意到发生了什么事。"

"注意到什么?"巴兹尔问道,几乎要叫喊了。

"你甚至都没注意到你自己。一个凶手往泰晤士河里扔了一个沉重的包,里面装有一件粗呢连帽风雪大衣,一顶大黑帽,几副手套,一双套鞋,一把剃须刀,还有一件东西。"随着电气列车雷鸣般的响声渐渐消失,奈杰尔逐渐地降低了嗓音。

"还有一件东西?"莱尔摇了摇头,仿佛是要让脑袋把困惑清除掉。

奈杰尔转向了斯蒂芬。"你能告诉他吗?"

斯蒂芬稍稍沉默了一下,然后皱起眉头说道:"但你告诉我们西普里安·格利德已经被捕了。"

"我从来没说过他是因谋杀而被捕的。"

"这一切究竟是什么意思?"莱尔紧张地问道,"我弄不明白了——"

"这么说来……"斯蒂芬·普罗瑟罗洪亮的声音在过路人混乱嘈杂的脚步声中清晰响亮,"那个'还有一件东西',可能就是一个假胡须了。"

"完全正确。"

"那么,是凶手伪装成西普里安·格利德的模样吗?"巴兹尔的脸色从惊愕不已转变为某种胆怯的希望。

"来吧，我们在浪费时间。"奈杰尔带着他们走过了节庆大厅。四分钟之后，他们经过了滑铁卢车站的主要售票处。当他们三人出现在满是高峰人流匆忙走向出发月台的巨大空间里时，大钟的指针指在5点57分上。

"你们看，"奈杰尔说道，"尽管我一路上在给你们讲解，现在还有时间。"

"还有时间干什么呢？"斯蒂芬·普罗瑟罗的脸色就像是个受到骚扰的蚂蚁窝，乱成一团。

奈杰尔正视着他的眼睛，用有点悲哀、差不多是懊悔的口吻说道："还有时间让你可以去行李寄存处取包——你度周末用的旅行包，然后再赶上6.5次列车。"

不由自主地，斯蒂芬的眼睛转向了行李寄存处。赖特督察和芬顿侦缉警长正站在取件柜台旁。斯蒂芬低低地发出噩梦般的呜咽声，随即"嗖"地一下就窜了出去，朝左斜角冲向出发月台打开的大门，这门像抽水似的正在吸进最后几个来迟了的乘客。

奈杰尔开始在后面追他，赖特和警长也动身去截住他。但是，密集的旅客人流正从右向左匆忙涌来，拦住了奈杰尔的去路，要通过人流，颇似以直角的方式迎着难以抵御的洪流逆行而上。他被冲撞着，跌跌撞撞地被裹挟着偏离了方向，追踪的猎物从他眼前消失了，他无论如何也无法全力追逐了。等他再次看到斯蒂芬时，这矮个子男人并不在他预计会在的地方。借助人流的掩护，他以加倍的迅疾速度奔跑

260

着,就像一只被猎狗追逐的兔子,此刻已经奔到了到站月台的分界线前大约三十码的距离。

奈杰尔拼命地向赖特督察招手,后者迎着旅客人流向他走来。他再次转身向分界线挤,抬头望去,突然感到一阵痛苦的内疚,只见斯蒂芬·普罗瑟罗正从自动售票机里取出一张月台票。与此同时,他察觉到了某种声响,就像是遥远响雷的第一阵"隆隆"的如鼓声般的轰响,伴随着空气中的某种颤抖,在这混乱嘈杂的车站里,与其说是他听到了,倒不如说是他感觉到了。

不!别干!别!奈杰尔在心里默默地叫着。那个检票员,依然没有注意到赖特的叫喊和挥手,在斯蒂芬·普罗瑟罗的票上夹了洞。"隆隆"的震动声加剧了。此刻,赖特和奈杰尔并排闯进了月台大门。在他们前面二十码处,斯蒂芬奔离了月台。他朝四处看了一下,躲避了一个试图阻拦他的搬运工,迎着巨大的火车头奔去。火车头正拖曳着列车,就像缓缓流下的岩浆,朝着轨道防撞栅迫近。斯蒂芬朝它迎面奔去,仿佛这是他的救星,而不是他的厄运,一下子扑到了车头的铁轮之下。

"你是什么时候开始怀疑是斯蒂芬干的?"巴兹尔·莱尔问道。

"'你是什么时候开始爱上我的?'谁能回答?"奈杰尔的声音里既有疲惫,又有苦涩。克莱尔把自己的手放在他的手上。三个人都在克莱尔的工作室里,同一天夜晚的晚些时候。奈杰尔转向莱尔:"对不起,我感到心情糟透了,我喜欢他。"

"那么，我们不去谈他了。"莱尔的脸颊血色恢复了，他一直环顾工作室，就像一个重病后的康复者那样，欣喜地看着各种日常用品。奈杰尔开始回答他原先的问题。

"是迈尔斯小姐的台历上对她遇害那天的登记备注。'雷神之日？！'除了托雷比将军那本书的摊牌，还能指什么呢？西普里安·格利德告诉我说，他看到他母亲独自一人在斯蒂芬的办公室里，俯身在翻校样本，就在该书稿送回印刷厂的上午。假如是她篡改了校样本，而斯蒂芬下了最后通牒，她就永远不可能在她的台历上写下那样的字，并且加上了惊叹号。因此，情况正好相反，甚至双关语也是别有含义。她恨双关语，而斯蒂芬偏偏用双关语，就是为了气她。所以，她也用孩子气似的报复口气，用时间做了个双关语，那时她的最后通牒将要过期了。"

"但动机似乎太微弱了，"莱尔说道，"你的意思是说，他谋杀她就是因为她威胁了他，要去向合伙人揭发他对那个校样本乱动手脚？"

克莱尔说道："无论如何，这只会是她反对他的一面之词，为什么几个合伙人会相信她呢？"

"他的工作、他的保障都很成问题了，所以他会这么想，正是她的威胁才造成了一连串的后果。这一连串事件本身就是长期处心积虑形成的仇恨，却是经不起仔细思考。"奈杰尔停了一下，"你们没有意识到几个月来，斯蒂芬和那个女人仅隔着一层薄墙和推拉窗在一起办公，而正是那个女人榨干了他生活的意义，他们的孩子——"

"什么？谁的孩子？"莱尔叫了起来。

奈杰尔告诉了他有关保罗·普罗瑟罗的事。"斯蒂芬在她的自传里插入一页虚假的内容，因为原先的那页会向我们显示出他和米利森特之间的关系，表明他们曾有个孩子，并给我们提供了他篡改校样本的原因——只要我们一发现有个叫保罗·普罗瑟罗的士兵在乌隆博遇害，此事也就暴露了。"

"我以为你相信他说的话，认为他的弟弟才是孩子的父亲呢。"克莱尔说。

"一开始我确实相信，"奈杰尔向莱尔解释彼得·普罗瑟罗是在哪个环节出现的，"你看，斯蒂芬有两条防线。第一条是防止我们发现他儿子的事。我突破了这条防线后，他就退居第二条防线。那次在他寓所吃午餐时，他才说起米利森特和他弟弟有个孩子，他弟弟叫彼得，是个准备担任神职的学生，而他自己则为此事承担起责任，以便从一开始就保护彼得的职业生涯。这做得非常巧妙。这个新的说法无法证实，因为彼得在一两年前已经死在传教地了。"

"那么，是什么让你产生怀疑的？"

"斯蒂芬的诗，并且他没能再写诗了。"

"我不明白。"莱尔说。

奈杰尔站了起来，在工作室里不安地来回踱步。"《烈火与灰烬》是整个这桩悲惨事的关键所在，"他最后说道，"斯蒂芬极其肯定地告诉我有关彼得的事，他让我感到了这个严峻考验的恐怖，从调情勾引到无情抛弃，米利森特借此诱惑勾引了一个理想主义的年轻男子。《烈火与灰烬》的写作，据他说，就是基于他弟弟的经历，而这一切也是他目睹的。好吧，但后来我发现他一再地尝试写诗，均未成功。假如《烈火与灰烬》是来自二手的经历体验，究竟为什么斯蒂芬的想象力和带着诗意的同情心却在他后来尝试的题材上失败了呢？他如此失败的事实让我越来越肯定，《烈火与灰烬》是来自其亲身的体验经历——来自那种足以毁灭其才智和扰乱其生活的个人创痛。诗人的内心非常坚强，你们知道的，他们不会因为其他人的受难而绝望，但是偶尔，一个诗人的才智会被其自身的某种痛苦难忘的精神创伤所摧毁。我相信，在他年轻时经历了与米利森特的交往后，他决心再也不能那么脆弱了，他就不与人交往，独自生活，焚毁了身后的土壤，而他诗人才华的萌芽也就此化为灰烬。"

"然而，过了那么多年之后，他发觉自己面对米利森特时依然那么脆弱，是吗？"克莱尔沉思着问道。

"是的。他的儿子，保罗，是他从残骸中唯一拯救出来的人。诗歌创作于他无望了，他就把他所有的希望和志向转而寄托在孩子身上——他所有的爱都集中在儿子一人身上。然后，保罗遇害了。斯蒂芬已经一无所有了。你就能明白揭露总督的愿望是多么强烈，到了难以抵御的程度，因为正是总督的愚蠢无能才导致了他儿子的死亡。"

"但是米利森特——"莱尔开口问道。

奈杰尔转而面对着他，"难道你没有想到过斯蒂芬谋杀她的动机之一就是为了使你免遭于她的毁灭吗？阻止她对你的生活造成灾难，就像他在三十年前经历过的那样吗？"

"啊，上帝啊，上帝。"莱尔嘟哝着，不敢面对奈杰尔的目光。

"一个动机——却是次要的动机。然后是他关于文学鉴赏的正直性，他不会因为受到敲诈而撤回他反对公司出版她那些垃圾小说的决定。"

巴兹尔·莱尔脸色涨红着，一直红到他红色的发根。

"但那也是个次要的动机，"奈杰尔继续说道，"而他就在那里，和那个女人貌似亲密地一起上了几个月的班，那个女人曾激发出他的一首伟大诗作，但在创作过程中也耗尽了他的才华。啊，伤口又开始流血了，好吧。我毫不怀疑，她把他的伤口撕裂得越来越大。我曾听到她对他说，'无论如何，我还在写作'。她有足够的机会在私下里奚落他，就通过那个推拉窗。珍听到她对他说，'你就是个阳痿'。很遗憾，巴兹尔，但她确实是只猛禽，啄食着他，直到他变得神经错乱，就像她在三十年前对他干的那样，而且还干得更加娴熟了。"

"是的，在这方面她确实非常娴熟。"巴兹尔·莱尔的声音轻得几乎听不到。

"她曾经利用怀孕作为对付他的武器，我敢说，他那时几乎就想杀了她。如今，她又有了另一个武器,另一种对他发号施令的权力——校样本上两处'保留不删'的标记。所以，这次他确实杀了她。她已经多次地自求杀身之祸了。"

"我明白所有这一切了，"莱尔马上说道，"但我很惊异，他试图把西普里安·格利德卷进去，这似乎与他性格不符。"

"这很有可能是对他原先计划所做的即兴调整。这并不是说他会感到后悔，而是他把这个不中用的年轻男子和米利森特的另一个儿子，也就是他的儿子，做了比较。不管怎么说，他已经计划好在星期五谋杀她，那天员工们都会在下午 5 点 30 分之后离开办公楼。他已经安排好去汉普郡与朋友们共度周末，他无论什么时候去那里都会受到朋友们的欢迎款待。然而，正如他告诉我的，他难得离开伦敦，并且之前也从未和他们在一起度过周末。光这一项就会引起我们的怀疑——在谋杀案的调查中，我们总是寻找非习惯性的反常行为。他构思了一个相当严密的不在场证明——令人印象深刻，而又不至于严密得滴水不漏。然后，在之前的一天，他无意中听到米利森特在电话里和她儿子的通话：她要去西普里安的寓所，就在第二天晚上她要和斯蒂芬摊牌之后，西普里安会一个人在那里等她。这样一来，西普里安就会没有谋杀发生时的不在场证明了。这很可能让他产生了一个想法，装扮成西普里安，或者这本身就是他计划的一部分——我们无从得知了。斯蒂芬已经偷走了边门的备用钥匙——我想一般是为了混淆这个事件，但钥匙的丢失尤其会指向西普里安。斯蒂芬买了一件粗呢连帽风雪大衣和一顶宽边黑帽，不幸，他无法在一夜之间就长出胡须，所以他还得买个假胡须。"

"不幸？"

"苏珊，她在形容看到离开办公楼的那个男子时，使用了一个奇怪的词。'他的脸侧有点头发'，她这么说——她只记得见到他的背影。我听到这里就警觉起来了。她没说'他有胡须'，这太奇怪了，她无意中已经表明那是个假胡须。所以，我就想到那个凶手把自己伪装成西普里安·格利德，以防他在去迈尔斯小姐办公室的路上或者从那里出来的路上遇到什么人。为什么他在离开她的办公室前没有脱掉那件沾有血迹的粗呢连帽风雪大衣呢？因为，假如他被人看见，他得让人看到他穿着那件大衣。嫌疑人承受不起那时在办公楼被人认出是斯蒂芬的后果，因为米里亚姆·桑德斯明明看到他在下午5点20分拎了个'周末度假'包出了办公楼的。他这么做是由于他还得去谋杀，因为米利森特不会等他很久，遵守他们之间的约定；因为他的不在场证明部分地依赖于桑德斯小姐看到他离开办公楼来证实，而她自己则会在5点30分离开。请注意，他从未预计到谋杀的时间会被警方如此确切地确定的。"

"他们是如何确定的？"

"通过发现推拉窗曾被固定过，他没想到他们会注意到这一点。当警方第一次向他问讯时，他犯了个可怕的错误，他说，他不知道推拉窗曾被钉死过。假如他说窗子曾经钉死过，提出某种貌似很有道理的说法，赖特或许不会再去多想了。然而，钉死窗户只能是预防有人突然走进斯蒂芬的办公室，并从窗口看向米利森特的办公室。所以，谋杀肯定是在办公楼里还有人的时候进行的，而且，即使是合伙人们，星期五也从来不会在过了6点后很久才离开的。所以，谋杀的时间就合乎情理地缩小到下午5点20分至6点之间。"

克莱尔给巴慈尔·莱尔又倒了点白兰地。自从他走进这个工作室，他就时不时地用难以置信的目光看她一眼，仿佛他觉得无法将她和奈杰尔那个令人毛骨悚然的犯罪场景再现中的模特联系起来。此刻他说道："恐怕我从来就没有很喜欢过斯蒂芬，没法发现是什么使他有了这个想法。当然,他是维护公司利益的资深员工之一,但我在公司里对他勉强容忍,他是个高傲的、带有学究气的小个子男子,可我从来就没想到过他会陷害我。"

"他没有这么做过。"

"那把剃须刀——"

"剃须刀是莉兹·温汉姆放到你办公室里的。"

"莉兹?别胡扯了!"

"莉兹对斯蒂芬·普罗瑟罗情有独钟——这从一开始我就明显感觉到了。她是个非常聪明的女人,所以她不难察觉到我办理的这桩案子对斯蒂芬不利,或者,她善于领会我给她的种种暗示。此外,她爱他,所以她本能地感觉到他对米利森特的憎恨。我相信在杰拉尔丁家的那次晚宴上,她是第一个怀疑他的人。"

"怎么会怀疑的?"

"你记得吧,我提起在谋杀发生前一天格利德给他母亲打过电话——那个电话确定了在他寓所和他母亲见面的事。斯蒂芬说他'不可能听到她说什么的',他的话一说完,我就在莉兹的脸上看到了一种不同寻常的忧虑神色。我猜测那个电话来的时候她就在斯蒂芬的办公室,于是就听到了电话交谈,因为推拉窗开着。所以,她会想,为什么斯蒂芬会说他没听到电话交谈呢?不管怎么说,我最后问讯她时,她掩饰不住对斯蒂芬的担忧,于是,我就故意发出了几个更为明白的暗示。在我从她家出去时,我无意中听到她给他打了电话,邀请他去吃午餐。天晓得他们之间说了些什么——斯蒂芬不会有意泄露什么的，我肯定，但她的怀疑就快得到证实了，所以——"

"但是，为什么她会选中我呢？"莱尔暴躁地问道。

"你已经回答了这个问题，因为你不是维护公司利益的资深员工之一——你不是一个温汉姆，不是一个杰拉尔丁，也不是一个普罗瑟罗。而她爱斯蒂芬，以她特别的方式，只要能转移对他的怀疑，任何事都行。此时，在工作之外，莉兹就是一个淳朴天真的人，而且很冲动。出于保护斯蒂芬的冲动，她就翻出了那把老式的剃须刀——属于她父亲的，毫无疑问——她的家简直就是一个温汉姆遗物的博物馆，她用剃须刀割了自己的手，然后赶紧放到你的办公室里。在星期一上午，正是她提出来要拿文档看看的。"

"哦，我得说——"莱尔开始说话了，语调愤愤不平，但听起来有点滑稽。

"毫无疑问，此刻她深感羞愧了——为她的无能，没想到警方不会不仔细搜查你的办公室，肯定会发现那把剃须刀的。但是，就像我说的，她也是为斯蒂芬感到惊慌失措，一时冲动之下才那么干的。此事也符合那个理论，就是你在一阵突发的头脑混乱中杀死了迈尔斯小姐。但在莉兹的性格里有着许多的冷酷，她还是个偏执狂，你得记住，尤其是她对公司的声誉，而在她一生中，唯一挚爱的其他人就是斯蒂芬了。"

巴慈尔·莱尔朝奈杰尔几乎不太友善地看了看。"当我们谈论到冷酷时——"

"哦，杰拉尔丁也是如此，以他自己的方式而已，但他的内心比较柔和。他被自己和迈尔斯小姐早年的那件事吓得瑟瑟发抖。关于此事，有两种说法，可我才不关心哪种是真实的。他不得不让莉兹当中间人，把他的说法转告给我。他在道德上是个懦夫，但他没有那种可以想象到的强烈动机去谋杀。"

"我不想讨论杰拉尔丁，我想谈论今天晚上你的演示，是否有必要让斯蒂芬经历那个磨难？该死的，老兄，那绝对是虐待狂。警方肯定迟早会抓住他的吧？只要追查到他购买假胡须和粗呢连帽风雪大衣就行了，是吗？"

"是的，我预计他们会的，"奈杰尔温和地回答道，"一旦他们开始调查斯蒂芬与那些东西的相关情况，而不是西普里安·格利德的话。"

"哦，那么，你如何为今天晚上那个戏剧性的演示做出合理的解释呢？那就像——就像折磨一个人，直到他坦白。"

"看在上帝的分上，莱尔先生！"克莱尔愤愤不平地说，声音颤抖着，"你难道还不明白吗？你觉得奈杰尔在自娱自乐吗？"她站起身来，把黑发一甩，站在巴兹尔·莱尔面前，"你自己说过——警方'迟早'会抓到他的，但必须得尽早，那是为了你的缘故。"克莱尔跺了一下脚，"你的缘故。奈杰尔为你担心——担心如果你再次陷入焦虑之中，胡思乱想着是不是自己在一阵突发的头脑混乱中干的，那会对你怎样？这就是必须尽快制服斯蒂芬·普罗瑟罗的原因。你应该感谢他,而不是采取这种情绪化的态度来对待——"

"好吧,好吧。对不起,真的。我从来没有想到过——"巴兹尔·莱尔向奈杰尔伸出手来,随后瞥了克莱尔一眼。他眼中恢复了往日的神色,补充了一句,"你可真是个幸运的家伙。"

图书在版编目（CIP）数据

诡异篇章／（英）尼古拉斯·布莱克著；吴宝康译
．－－上海：上海文艺出版社，2023
（尼古拉斯·布莱克桂冠推理全集）
ISBN 978－7－5321－8711－9

Ⅰ．①诡… Ⅱ．①尼…②吴… Ⅲ．①推理小说－英国－现代 Ⅳ．① I561.45

中国国家版本馆CIP数据核字（2023）第042931号

诡异篇章

著　　者：[英]尼古拉斯·布莱克
译　　者：吴宝康
责任编辑：曹晴雯
装帧设计：周艳梅
版面制作：费红莲
责任督印：张　凯

出版：上海文艺出版社
出品：上海故事会文化传媒有限公司
　　　（201101 上海市闵行区号景路159弄A座3楼 www.storychina.cn）
发行：上海文艺出版社发行中心
　　　（上海市闵行区号景路159弄A座2楼206室）
印刷：上海中华印刷有限公司
开本：889毫米×1194毫米　1/32　印张9
版次：2023年4月第1版　2023年4月第1次印刷
ISBN：978－7－5321－8711－9/I.6861
定价：45.00元

版权所有·不准翻印

上海故事会文化传媒有限公司出品（01120） www.storychina.cn

想看更多精彩故事？
扫码下载故事会APP

上海故事会文化传媒有限公司所有图书可办理邮购，免收邮费（挂号除外）
汇款地址：上海市闵行区号景路159弄A座2楼206室（201101）
收款人：上海故事会文化传媒有限公司出版发行部
联系电话：021－53204159
如发现本书有质量问题，请与印刷厂质量科联系T：021－60829062